執拗迷愛 Try Me 4

MAME／著　胡矇／譯　HT／繪

目錄

第四十七章 …………………………… 004
第四十八章 …………………………… 019
第四十九章 …………………………… 034
第五十章 ……………………………… 050
第五十一章 …………………………… 066
第五十二章 …………………………… 082
第五十三章 …………………………… 097
第五十四章 …………………………… 113
第五十五章 …………………………… 130
第五十六章 …………………………… 145
第五十七章 …………………………… 160
第五十八章 …………………………… 175
第五十九章 …………………………… 192
第六十章 ……………………………… 207
最終章 ………………………………… 224
特別篇 ………………………………… 233
特別篇 ………………………………… 246
特別篇 ………………………………… 259

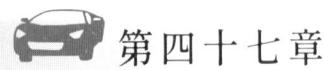# 第四十七章

狗主人……連坐

「不管怎樣就只能重新烤漆了。」

「這下慘了。」

Graph因極度震驚而呆愣,在那之後想著要裝傻來逃避責任,直到車主自行發現,結果卻先瞄到了監視器,這表示說謊的懲罰會加重好幾倍。因此,他跑去請求屋主親戚的協助,對方卻猛搖頭。

『坦白跟你說了,Graph,任何事情我都能幫你,但唯獨與Kin的車子有關的事情我幫不上。』

就連Win哥都不願對抗了,那老子還有活路嗎?

Graph努力地想了又想,最後決定找來幫手——Saifa老師。

他原本也想請Phayu哥來幫忙檢查一下,因為對方是車主認可的技師,但又擔心他們的要好程度會讓事情太快敗露,所以他千叮嚀、萬囑咐,要Saifa哥單獨前來,結果那位哥哥……竟然找來了朋友與朋友的交往對象一起過來。

就是Oat哥和Chin哥啊!

就這樣,三個年輕的男人仔細研究起那道由金派的狗爪所留下的長長刮痕,它的長度從窗邊以下,一直延伸到車身的中央。然後他們一致認為,紙是包不住火的,這種情況就只能重新上漆了。

啪啪。

「別這樣，Pakin哥不會弄出人命的。」Saifa只好同情地拍了拍Graph的肩膀，而這孩子則已膝蓋發軟地坐倒在地上了。

「不會弄出人命，這什麼鬼話啦！Pakin哥一向把車子當寶貝，比老婆還要珍惜，哪天心血來潮，哥那種人還會自己擦車，我死定了啦！絕對死無葬身之地，一定會被趕出家門。」

Graph不知所措地脫口咒罵，一旁聽著的三人不禁嘆了一口長長的氣，因為⋯⋯他們也心知肚明。

當Pakin哥把車停在賽場時，都還要派人守著⋯⋯愛惜到那種程度呢。

「就說是小狗做的啊，與你無關。」

「可牠是我的狗啊。」Graph低聲哀鳴，接著非常憤怒地將視線掃向罪魁禍首⋯⋯然而元凶卻在車庫裡快活地打滾。

金派完全沒意識到自己闖了什麼禍！

「金派壞壞！」

現在已經不是「金派毒辣超壞心」了，名字被縮短成「金派壞」，而不完整的名字使得小狗不肯回頭，牠跑回庭院裡繼續挖土，真的快把主人氣瘋了。

走投無路的孩子抬起頭望向每一位大哥哥。

「我到底該怎麼辦才好？」自從那天被拯救出來之後，Graph已經不再討厭Chin了，所以如今只會擺出一副泫然欲泣的表情，請求對方的幫助。

年紀較為年長的三個人，你看看我，我看看你。

「其實我也不知道到底該怎麼做才能讓Pakin哥消氣。」Oat哥第一個搖頭表示放棄。

接著是笑不出來的Saifa哥，他也只能無能為力地撓撓頭。

「我也沒辦法喔，Pakin哥生氣的時候，恐怖得要命，上次

Max那王八蛋跑回來跟Oat比賽，他的眼睛幾乎快要冒火了，我很慶幸是這傢伙贏了，要不然Oat可能會被扔到泰國灣附近餵魚了。」

被Saifa這麼一比喻，都能看到畫面了，Graph頓時臉色變得更蒼白，只能轉頭望向他最後的希望──那個正抬起手撫摸時髦跑車上刮痕的人。

「Chin哥，我該怎麼做？」

混血年輕人聳了聳肩，然後帶著笑意說道：「在被他殺掉之前，先弄死他不就好了？」

「什麼啦？」

Graph困惑不已，看得Chin哈哈大笑，然後泰然自若地回話，但那些話卻對Graph造成了很大的衝擊。

「就先在床上把他弄死在你的懷裡啊，到了那個時候應該沒力氣再生氣了吧？」

「哥……哥你瘋了嗎！」過了整整一分鐘Graph才找回自己的聲音，幸好他及時閉上了嘴，沒脫口而出說，像Pakin哥那種耐操得像蠻牛一樣的人會比他先沒力？過去以來，他一直都是在半途就快昏死過去了，因此不知道被Pakin哥看輕過幾次，被笑是隻菜鳥。

「呵，沒瘋，難道你還有其他辦法可以哄他嗎？」

被Chin這麼一反問，Graph立刻閉上了嘴巴。

當然，像Pakin哥這樣的人，不是那種他只要表現得像隻奶貓一樣，以嬌萌的語氣哄個幾句，再眨眨眼就會心軟的那種溫柔、善良的男人，對方可是那種想都不用想就能徒手殺掉貓咪的人，所以Chin哥或許說對了，他寧可在床上昏死過去，也好過被扔出家門。

「別這樣嘛，Pakin哥也有可能一點都不在意啊？反正那位大爺也沒有天天開這輛車呀，等他發現，搞不好還要很久。」

雖然Saifa開口安慰，但是Graph已經垂下頭了。他稍微瞥了一眼監視器，不禁這麼想——對方剛才講的「等他發現」這句話，說不定指的就是明天。

他現在開始收拾衣物和小狗的用品，並且在事發後的初期就直接搬出去，這樣好嗎？因為就算這件事的肇事者是一隻狗，可是屋主當初買狗給他的時候就講得很清楚，如果狗犯了錯，那個該負責任的人是主人……不是那隻一副事不關己、在草場中央打滾的那傢伙。

從今以後，我要稱呼牠為……**可惡的金派！**

＊＊＊

決定命運的那一天終於還是來臨了。

這一天，Graph匆匆忙忙地從學校趕回來，心裡七上八下地站著伸出脖子望向家門前，等待不知何時歸來的男人。接著，當他一看到有高級車輛駛了進來，心臟便不知滾到哪裡去了，只好一臉蒼白、戰戰兢兢地走到家門前，目光注視著迅速走下車的人。

至於那一隻「好」狗……可惡地不知溜去哪了！

「怎麼了？為什麼站在家門前？」從車子一轉進家門，Pakin就發現有個孩子站在那裡等著了，嘴角於是微微揚起，凌厲的眼眸明顯流露出愉悅的心情。

工作一切都很順利，而且朝著頗令人滿意的方向發展，還會有什麼事能讓他不開心呢？

「你很想我？」

照理說，光這句話應該就足以把這孩子調戲得滿臉通紅，然後開口反駁，以掩飾自己的羞赧，而不應該是這種反應⋯⋯。

「是⋯⋯是有想念，就是⋯⋯非常想念哥哥。」

「怎麼了？」才剛回到家的Pakin立刻察覺到異狀，因為這執拗的孩子即使後來表現良好，但仍舊敢直視他的眼睛，有時甚至會對他投以挑釁的眼神，不該是這種雙肩低垂、頭低到都快要碰到胸口的模樣，而且還瑟瑟發抖，就和那天以為自己必須要離開這個家時一樣。

Graph深深吸了一口氣，然後輕聲道──

「我有一件事要向哥坦白。」

Graph已做出了決定：在放著錯誤繼續拖延下去與坦白真相之間，比起對方自己發現，選擇後者的話，法院應該會減半他的刑責才對。

然而當Pakin一聽到Graph這麼說，他那對凌厲的眼眸馬上瞇起，語氣也立刻變了調。

「你又幹了什麼好事？」

「沒⋯⋯沒有⋯⋯不是我。」Graph用力搖了搖頭，接著才又囁囁嚅嚅繼續說道：「是金派幹的，不是我⋯⋯啊，哥自己來看好了。」

Pakin鬆開了緊蹙的眉頭，因為有一瞬間他以為這孩子又跑去闖了什麼禍，但聽到是那隻狗的事情，心情稍稍舒緩了一些。結果，這樣的想法在下一秒幾乎有了一百八十度的反轉，因為那個執拗的孩子走在前頭，慢慢帶領他走向他的車庫。

他的臉色已經變了，我死定了啦！

Graph第一次感覺到吞嚥困難，他這時瞥向跟上來的那個

人，接著發現Pakin哥的臉色逐漸變得凝重，愈是靠近展示廳，氣氛就愈來愈令人感到壓迫，Graph幾乎邁不出腳步了。然而路總是會有終點，而那個終點⋯⋯也已經到了。

「哪一輛？」

嚇！

領在前頭的Graph被身後傳來十分壓迫的聲音嚇了好大一跳，因為那個聰明絕頂的人一定早就猜到，這件事與他的寶貝愛車們有關。Graph雙腳僵硬，深深地吸了一口氣，愈是往那輛車靠近，Pakin哥的眼睛就變得愈炯亮，直到他們停在了一輛金屬灰色的超級跑車前面。

「這輛！！！」

就這麼一句話，Graph便嚇了一跳，身體僵硬得和雕像一樣，緊閉著眼睛，接著又緊張地睜眼注視著衝上前去檢查自己愛車的人。而當Pakin凌厲的眼睛一看到長長的刮痕，那張稜角分明的臉迅速轉了回來，嘴唇正要開啟，準備飆罵一些會讓那孩子很想自殺的髒話，若不是因為⋯⋯。

啪。

「對不起哥哥！我很抱歉！我來不及阻止金派，真的很抱歉，我不是故意的！我知道哥很愛惜車子，但我真的不知道該怎麼解決這個問題，哥哥就原諒我吧？我完全沒有做錯事，除了來不及阻止金派，求求你，別把我趕出家門好不好？我很抱歉。」

這個已經失去理智的孩子將雙手舉起高過頭部，做出求饒的手勢，語速快得像機關槍，這讓準備開罵的男人⋯⋯安靜了下來。

「什麼時候發生的？」

「蛤？」

「我問你什麼時候發生的！」

當Graph瞇起眼睛望向自己，Pakin隨即大吼出聲，Graph於是支支吾吾地開口回答問題。

「昨⋯⋯昨天。」

Pakin的眼睛隨即一亮，終於明白為什麼當時在跟Graph說話的時候，這小子的聲音聽起來會那麼慌張。他當然很生氣，而且如果是在以前，他或許會毫不猶豫地直接把人扔出家門，甚至還會把帳單寄給這小子的爸爸，為他的損失求償，如此一來這小子才能牢記在心。可是一看到面前這個執拗少年那張慘白的臉與令人同情的模樣，他就⋯⋯。

「要我弄死那隻狗還是弄死你，選哪個？」

我竟然還有選項？

「弄⋯⋯弄⋯⋯弄死!?」

Graph認為自己已經是個不輕易害怕、心理素質強大的人了，可是一聽到面前這個人說出「弄死」這兩個字，心臟不禁墜落谷底。他知道Pakin有辦法殺人，對象要是金派，絕對是想都不用想就下手了，可是對方真的會殺了自己嗎？

如果選擇殺掉小狗⋯⋯今天肯定得替牠埋葬了，但如果選擇殺掉人⋯⋯。

「哥真的會殺掉我嗎？」

「意思是你已經選好了。」

Pakin咧嘴一笑，讓需要找人求援的Graph不由得渾身一震。Graph準備開口否認，說自己還沒做出選擇，但卻趕不及這個情緒激動、眼睛像是燃起地獄之火的男人，因為這個對方已經上前抓住了他的手腕，將他拖進了屋子裡。

「Pakin哥，我還沒做出選擇，我還沒選好耶！」

「那我替你選，我要來懲罰狗主人！」

「啊！！！」

在那之後就只剩下Graph的慘叫聲，而整個家裡的人沒一個敢上前幫忙，就連金派也偷偷躲在庭院裡睡覺，用兩隻狗掌遮住臉部，像是在說：我可以跟所有人對抗，唯獨這位主人的憤怒我擋不了。

這下狗主人是生、是死，全得看車主是否仁慈嘍。

「哥⋯⋯哥，我已經受不了了⋯⋯啊哈⋯⋯受⋯⋯受不了了⋯⋯嗚⋯⋯。」

「我什麼時候讓你停下來了！」

在寬敞的臥房裡面，Pakin發出了震耳的吼聲，手重重打在白皙的臀部上，Graph從喉嚨裡發出了尖叫聲，朝著天空仰起頭，張著嘴，讓透明的液體從嘴角溢出，從喉嚨裡發出了輕輕的啜泣聲，他的兩隻手被緊緊地綑綁住，擺在背後，完全斷絕了逃跑的機會。

Graph赤裸的身體此時布滿了汗水，以及釋放出許多次的混濁黏液，可是屋主依舊不滿意，他把Graph的雙腿扒開，把碩大的東西深深塞入少年身後的甬道，任由對方整根硬挺的粉色肉棒在空氣中擺動，Graph這時遵照指示不停地上下擺動。

Pakin凝視著那張布滿淚痕的臉龐，但他一點也沒心軟，因為那並不是他狂暴對待而流下的疼痛淚水，而是少年因疲憊到快要窒息的眼淚，但卻被他逼迫繼續接受懲罰。

Graph既疲憊又乏力，但卻無法克制身體被第四次喚醒。

「呃⋯⋯我⋯⋯不行了⋯⋯呃⋯⋯啊啊⋯⋯我沒力⋯⋯了⋯⋯。」Graph一邊語帶哽咽地說道，一邊努力擺動臀部，坐在

深深插入體內的巨物上不停地上上下下，釋放自己和對方的需求，把情緒推向高峰，但是控制節奏的雙腿卻疲軟無力，就連把自己撐起的力氣都沒了，只能持續地顫抖。

可是這一停頓，使得火熱的肉棒猛力塞進深處，就這樣塞著停滯不動，逼得Graph因快感而流出了淚水。

太強烈了，Pakin哥只是頂進來，他就快要窒息死掉了。

「是想讓我射殺金派嗎？」

「不……不要。」

如果選擇殺狗，金派真的會死，但如果選擇殺人……頂多只是在床上暈過去罷了。

這個想法使得Graph甩動頭部，微微睜開眼睛注視著面前這個坐靠在椅背上的男人，對方正抽著香菸克制自己的怒氣，儘管兩隻眼睛怒不可遏地冒出火光，所以Graph只好壓抑住羞恥，照著對方的指示把兩隻腳分得更開一些。

「往後傾斜，我要看到你的全部。」

「不……不要。」

「別讓我再講第二次。」

「呃……嗯啊！」

這道命令讓Graph只好再往後傾斜一點，用兩隻被綑綁的手撐住對方的大腿，而且還將自己的兩腿大大地敞開，露出了正吞食著碩大火炬的潤澤肉穴，以及隨著他每一次移動而晃動小頭的身體核心部位。

這當然很羞恥，但愈是被閃爍的目光肆意地掃視全身，他的末端反而滲出更多的汁水。

Pakin將白色的煙霧深深吸入肺中，已經比較冷靜了一些，因為這個執拗的小子照著他所講的一切行動，所以他轉頭把香菸

捻熄，然後才轉回來關注這具已經變得通紅、並且隨著他不斷撩撥情緒而變得滾燙的潔白身軀。

啪。

「嚇！呃⋯⋯不⋯⋯不可以⋯⋯啊⋯⋯啊！」

男人不過是兩隻手伸出去搓揉他腫脹的乳頭，Graph就抬起了臀部，男人接著把肉棒深深插回，Graph隨即感受到迅猛的熱源進入到體內，將他白皙的胸部頂向那雙不只是輕捏的手。

Pakin開始以指尖不斷地玩弄那對堅挺的部位，不僅用力擠壓和揉捏，還用力拉扯它，逼得少年從喉嚨裡發出了尖叫聲，在那之後就釋放了出來。接下來Pakin又一遍遍地反覆輪替，少年粉色的肉柱經過一番刺激後，看起來快要承受不住，即將完全釋放出來。

「我都沒碰你的那裡，你又要射了嗎？」

啾。

「啊！！不⋯⋯不要，哥⋯⋯Pakin哥⋯⋯嚇⋯⋯好刺激⋯⋯唔⋯⋯別！」

少年奮力搖頭，整個人幾乎要往後倒下去了，因為男人的大手一把抓住了他的核心部位。然而不過是被指尖重重地揉了幾下小頭，這個執拗的少年緊咬住牙，將臉往上仰，準備將情慾釋放出來，若不是因為⋯⋯

嗒。

「不！哥，放⋯⋯放開⋯⋯我想射出來⋯⋯哥⋯⋯我想射了⋯⋯呃、呃！」

若不是因為Pakin握住了那根顏色看起來很可愛的肉柱，並且極度殘忍地封住了滲出汁水的末端，搞得Graph幾乎發狂，雙腿不停地摩擦、腳趾僵硬地刺入柔軟的床墊，雙手緊緊抓住

Pakin的小腿，眼睛圓睜，任由淚水滑落，臀部則不停在Pakin的大腿上扭動。

「啊？我還沒射呢。」

男人再次輕拍了一下白皙的臀部，讓呻吟到喉嚨沙啞的少年不禁咬牙，再度擺動起自己的臀部，吞食這根在他體內進進出出的巨大肉棒。它在柔軟的肉壁上蹭動，與裡面的敏感帶摩擦，真的快把少年搞到升天，但卻又無法射出來。

「再快一點！」

Pakin發出了低吼聲，可是Graph真的沒力了，試圖撐起身體的雙腿在床單上滑動，他只好微微睜開噙著淚水的眼睛看向對方。

「我……很抱歉……原諒我……求……求你。」

！

Pakin認為自己是那種鐵石心腸的人，尤其是關於那些極難取得的愛車，更是沒辦法輕易放過。但是當他看到那張布滿汗水與淚水的臉，通紅的眼睛與鼻尖，還有腫脹的朱唇，身上沾滿了他的濁白黏液，乏力到連腿都撐不起來的Graph，這個鐵石心腸的人就……。

唰。

Pakin拉開了綁在Graph手上的布條，主動撐起身體壓在對方身上，扒開那兩條白花花的腿，再將對方的兩隻手拉起來抱住自己的脖子，然後才將肉棒塞進去反反覆覆地衝撞，Graph頓時如銷魂蝕骨般的發出呻吟聲，接下去Pakin再度迅速又猛力地推送。

啪、啪、啪。

「呃！哥，呼……呼……啊哈……好……舒服。」

Graph附在他耳邊呻吟，溼滑的肉棒與窄小肉穴相互摩擦的聲音響遍整個房間，Pakin於是傾身向下，吻上那紅腫的唇瓣，撫慰這個被他懲罰了好幾個鐘頭的小子。Graph因此跟著張開嘴巴，心甘情願地接受滾燙舌尖鑽入自己的深處。

「哈啊……哈啊……還……還要親……。」

　　他甚至還顫抖著聲音央求男人。這讓壞心的人順著少年的意思給予熱吻，因為其實……打從他一看到少年的臉時，就想這麼做了。

　　要不是因為先發生了跑車的事情，他原本就打算要獎勵對方有當個好孩子。

「你真的很喜歡接吻呢。」

「呃……哥哥……原諒我了嗎……啊！」Graph語氣顫抖地問道，微睜著眼睛凝望這個突然變得溫柔的人。

　　Pakin放慢了速度，他先是把肉棒抽出，然後再緩緩地插入，Graph瞬間渾身酥麻。

「你以為我完全消氣了嗎？」

「Pa……Pakin哥……唔……。」因為被巨物的末端撞擊，Graph發出了抗議聲，然後才緊咬著牙。

　　Pakin緩慢地旋轉臀部，然後附在Graph的側臉問道：「喜歡這樣？」

「啊……呃，喜歡哥哥這……這樣摩擦……呃！好刺激，哥哥，我好刺激……啊哈～」Graph緊緊地抱住男人的脖子，用力地搖頭，舒服到大腦一片空白，只感覺到對方以火熱的節奏在疼愛他。

　　Pakin隨即吻了Graph的太陽穴，立刻沒了脾氣。

「要再有下次，我真的會把你弄死在床上。」

「這一次就快被弄死了……啊哈！哥哥，別……先別……呃……嗯啊，太……太用力，啊！！！！」

Graph正在抗議，所以才會無法克制地叫出聲來，腰部微微擺動，雙腳腳趾緊繃地抓在柔軟的床墊上，因為炙熱的火炬加重了強度，故意頂撞在令他差點喘不過氣的點上，身體只好奮力地與對方輾磨、蹭動，耳邊也聽見Pakin哥跟著加快速度而喘息的聲音。

咯吱、咯吱、咯吱、咯吱。

可Pakin沒打算細聽，全身都是肌肉與力氣的高大身軀正忙著快速、猛力地擺動，火熱到差點讓床鋪燒了起來。柔軟的床墊與大床的床板碰撞，發出了晃動聲，這時窄小的肉穴緊緊包覆著他，並且更快速地不停收縮，因為懷裡的少年，情慾已到達高潮。

Graph的裡面又熱又緊，不但窄小，還緊咬著他不放，搞得他差點瘋掉！

Pakin朝裡面奮勇衝撞了幾下之後……。

嘩。

他把一切統統釋放出來。男人沒戴保險套，也未做任何防護措施，就這麼直接噴射在窄小的肉穴當中。

第一次的時候也沒做防護措施，不過他還算是個有良心的人，所以在Scene的派對上亂交之後，他有順便去檢查了一下身體。如果他是安全的，那麼這個精疲力竭、虛弱地躺在床上的少年才會安全，因為……從那次之後，他就再也沒有跟別人亂搞過了。

這一回，執拗的少年微微睜著眼睛注視著他，聲音沙啞地問道──

「原諒我⋯⋯了嗎？」

「嗯。」

得到答覆，俊秀的少年勉強露出了笑容，接著就因為太過疲憊，幾乎是瞬間入睡。

Pakin將Graph的雙腿分開，粗略地做了一下清潔，然後才在旁邊躺下。同時也沒忘記要將手貼在Graph的額頭和脖子上。

有時候玩得太過激烈，這個虛弱的小子通常會出現低燒的狀況⋯⋯明天大概也會那樣吧？

「先起來吃藥。」

「唔，不要。」

昏昏沉沉的少年搖了搖頭，Pakin不得不重複一遍。

「快點吃藥。」

「嗯。」Graph意識不清地囈語呢喃，只覺得很想睡覺。

Pakin緩緩地搖了搖頭，沒想到像他這樣的人竟然必須要去照顧一個小孩，然而他後來也漸漸習慣到連自己都感到害怕。

帶著這種想法的男人躺了下來，然後將少年癱軟乏力的身軀擁入懷中，感覺這麼多天來，這是最安心的一天⋯⋯這麼多天來，身邊一直少了溫暖的抱枕可以抱在懷裡。

這下不好了，竟會迷戀著這樣的抱枕。

Pakin將這種想法驅散，因為現在只要能安心並且安穩地睡覺，就值得他提前趕回曼谷了。

＊＊＊

同一時間，在家門前，有輛轎車正無預警地駛了過來，而下人們一見到坐在車裡面的人是誰後，便連忙打開大門，女管

家也同樣急急忙忙地趕出來迎接，一旁是半夜被電話傳喚的Panachai，因為⋯⋯。

「Pong先生要回來，應該要提前告知一下比較好。」

這名長者有著高大的身材和斑白的頭髮，但看上去不但完全未顯老態，而且還給人一種威嚴十足的感覺。他那對與兒子像是一個模板刻出來的、凶悍且睿智的眼眸，讓所有人都紛紛低下了頭，不敢與他對視。

這雙銳利的眼眸抬起來，滿意地看了看這棟好幾年沒回來住的房子，同時以低沉的嗓音回答問題。

「就是要讓那小子措手不及。」

「Pakin先生不知道您要回來嗎？」Kaew嬸不解地反問。

高齡男子聽了哈哈大笑。

「跟那小子講過了，不過沒講具體是哪天，萬一全盤托出，就沒法追過來跟我那兒子討債嘍。」

沒錯，這人正是Panupong，Pakin如假包換的父親，也是真正的屋主，如今已回到泰國了。

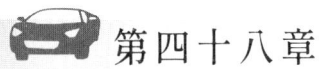

第四十八章
人生的模板

　　Graph是個極度討厭吃藥的孩子，或許是由於年幼時長期被迫持續吃藥的經驗，讓他對吃藥產生了抗拒。沒料到長大後，身體竟然變得和一般青少年一樣健康，因此他對於藥物是能避則避，能躲則躲。然而，他最近又開始容易發燒生病了。

　　這一切全是因為在床上過度運動所造成的！

　　「昨天晚上叫你吃藥怎麼不聽？」

　　「我就很睏嘛。」

　　少年含糊低語，正被要求抬起頭，男人伸出大手貼在少年的額頭與脖子上，藉此與自己的體溫相比，隨後發現少年的體溫確實高了不少。就這樣，僅穿了一件睡褲的人轉身走向房間的一隅，打開為預防這孩子生病而放置的醫藥箱，迅速翻找退燒藥，然後走回來將藥扔在少年的腿上。

　　「吃吧。」

　　「我等一下再吃也行。」

　　「臉色白得連學校都去不了，還想故技重施偷偷把藥扔了嗎？」房間的主人抬起雙手環胸，勾起嘴角，甚至講得好像看破了一切，使得經常把藥物扔出窗外的少年只好迅速閉上嘴。

　　今天早上，Graph醒來時感覺身體又熱又重，此外還有發燒的症狀。再加上昨晚激戰後渾身疲乏，導致Kaew嬤來叫他起床的時候根本爬不起來。身體燙到讓那個原本應該睡到中午的人，不得不先起床查看Graph的狀況。當他看到了這種情形之後，就

代替Graph做了決定，總之得先留在家裡休息。

在接近大考期間蹺課，一定會被Janjao碎唸的。

Graph很想嘆氣，想對著讓他生病的人嘆氣，也想對著一到中午就會撥電話過來噓寒問暖的好友嘆氣。好友甚至堅持過來探望，而且肯定又會把今天所有科目的講義一併帶來。

「啊，快吃吧。」

病人本來還想倔強地說自己每次不吃藥還不是康復了，可當他看到對方倒了一杯水，並將水杯強行塞到他的手中，還站在一旁雙手環胸、緊迫盯人，他那顆不爭氣的心於是這麼告訴自己：就吃下去吧，平常都不擔心你的人難得這麼關心你。

不過，哥是真的擔心我嗎？

「別忘了你還有罪在身。」

「啊？可是哥不是已經懲罰過我了嗎？」

「到底吃不吃？」

少年開口抱怨，怪罪對方昨晚讓他累得半死，讓他害羞到想鑽地洞躲進去，而現在對方竟然還想責罰他？此刻Pakin語氣強硬，厭惡吃藥的Graph只能小聲嘟囔，妥協地把藥吃進嘴裡，接著喝水嚥下。

「就這樣而已，拖拖拉拉的。」

切，用這麼獨裁的方式對待我，哥這下滿意了吧？哼！

病人低聲自言自語，將杯子還給了房間的主人，看著對方走向更衣室，過了一會又走了回來，此時對方已經穿上了T恤。

「哥今天幾點去工作？」

「中午，跟Chai下午有約，偶爾讓那傢伙休息一下。」

少年見狀立即開口發問，得到的答案使他蒼白的臉上露出了笑容，因為那意味著……。

「哥會跟我一起吃早餐吧？」

！

男人轉回來注視著少年的臉，接著就發現病人正帶著希望、眼神閃閃發亮地對他露出笑容，他因此開口問出了一句話。

「看樣子你還挺想我的嘛？」

「……」

固執的小鬼瞬間收起了笑，轉頭望向另外一邊，甚至撇了撇嘴，這種行為以前會被視為沒禮貌。可一看到Graph蒼白的臉上逐漸泛紅，Pakin便知道剛才的話戳中了他的內心。男人呵呵笑了笑，走到坐在床尾的少年身邊，將手放在他圓圓的頭上，輕輕搓揉。

「我才離開四天你就這麼想我，下次我出差要將近兩週的時間，你受得了嗎？」

「兩週！」Graph立刻回過頭，把話重複了一遍，Pakin不禁點了點頭。

「從第一週開始我就得去監督看看是不是一切完備，第二週整週都要籌辦活動。下個月我會離開十幾天。」Pakin承認自己覺得有些好笑，因為眼前的少年露出了一副掙扎的表情，似乎在猶豫該委屈自己或是任性地不讓他離開。

但或許是因為他曾解釋過這並非兒戲，而是投入了大量資源的計畫，所以Graph才緩緩地點頭，然後輕聲問道：「那哥會接我的電話嗎？」

Pakin聽了之後輕輕笑出聲。

「我在這四天裡，有哪天沒接過你的電話了？」

一句話，就讓這孩子露出了笑容。

Graph有些膽怯地伸出手，牽住了Pakin隨意搭在他身旁的

大手，隨後抬起頭問道：「那麼，從今天開始到你預計要去南部的那天，哥能不能每天回來和我一起吃晚餐？」

這是在撒嬌嗎？

Pakin注視著眼前的少年，發現他已經學會了如何向大人撒嬌來得到寵愛，而不是一味地任性叫囂。少年抬著頭，眼睛往上看，抿著嘴，眼中帶著幾分不確定，他的聲音柔和嬌俏，彷彿是在央求對方能順著他的意思……那模樣，有種說不出的吸引力。

其實應該說，跟以前比起來，簡直是天壤之別。

這次的撒嬌，不再像以前那樣只會講「拜託」，彷彿有人寫好了劇本強迫他唸，而是Graph發自內心地想要撒嬌。儘管Pakin知道這幾乎不太可能，因為在接下來的一個月裡他必須四處奔走，可他卻還是……點了點頭。

「我不敢保證，不過會盡量配合。」

「嗯，這樣也很好。」

Pakin本以為這執拗的孩子會大吵大鬧，沒想到男孩卻懂事地點了點頭，讓自詡絕不會陷入小孩圈套的他，心中泛起了一絲說不清道不明的好感。

當這小子不再那麼執拗的時候，真是可愛了不少。

如果Pakin稍微回顧一下就會發現，其實Graph的執拗，都是因為他的行為所帶來的後果。倘若他一開始就不使壞，Graph或許就不會做出讓人責罵的行為了。

「好了，去吃飯吧，我快餓扁了，昨天也沒吃什麼東西。」

還不是因為你吃了我！

少年很想爭辯，卻不知該怎麼回嘴，只能順著對方的拉力起身。他低頭注視著自己主動握住對方的手，然而身為大人的那一方並沒有鬆開他的手，反而還拉著他走出房間，接著……。

「嗚嗚嗚～」

那隻從昨天就消失無蹤的金派立刻抬起了頭，發出輕輕的叫聲，像是想讓主人知道自己在房門前守了一整晚。屋主於是投以十分嚴厲的眼神，使得此時名不符實的金派像隻幼犬般發出了哀鳴聲，顯然牠也知道自己差點就要死無葬身之地了。

「如果還有下次，狗和主人都別想活。」

「嗚嗚～」

嘖嘖，Pakin哥一聲令下，你就慫得嗚嗚叫，對我就完全不理不睬，這隻臭狗根本就雙重標準！

Graph這次真的很想追著這隻狗踢，自己拚死拚活想保護牠，結果牠最後還是完全臣服地趴在Pakin哥的腳邊。他只好忿忿地咬牙切齒，指著那隻狗的臉，要牠先記住這筆帳。而金派似乎也知道此刻不是搗蛋的時候，牠乖乖地起身，一會在周遭打轉，一會跟在他們身後，看得Graph很想再踢牠一腳。

這次他是真的不爽自己的狗了！

可惡……也太可愛了。

最後，這個愛狗成痴的少年還是忍不住心軟，被Pakin哥拖著走向飯廳，而那隻大狗也輕巧地跟了上來。

這本來應該是一個美好的早晨，若不是他們一走進飯廳，就看到某個人正坐在Pakin平常坐的位子上，悠閒地啜飲著咖啡，彷彿這裡是自己家一樣。

一開始，Graph還沒認出那人是誰，但下一秒……。

「爸要來怎麼不先提前告知我！」

身旁的抱怨聲讓少年睜大了眼睛，終於認出了這名身材高大、眼神凌厲的長者是誰。

「Pong……叔叔。」

「這是Graph嗎？長這麼大了，叔叔都認不出來了。」這名笑容可掬的人從椅子上站了起來，毫不關心地從兒子身邊經過，直接朝著少年走去，伸手抓住他的肩膀，輕輕晃了晃，一副很親近的模樣。

Graph見狀卻笑不出來，立刻鬆開了與屋主兒子牽在一塊的手，因為在他的印象中……Pakin哥的父親相當可怕。

Graph可以肯定地說，Pakin哥簡直就是他父親的翻版，兩個人根本如出一轍。

Panupong……真要說的話，他身上帶著典型的商人特質，感覺像是經歷過無數的大風大浪。而且要是有人知道了他背後那些複雜的事業，恐怕會一致認為，難怪他會被稱為「泰國黑手黨」。他專制、冷酷，卻又充滿遠見，眼裡只看得到不斷攀升的數字，且行事完全不在乎手段。

有很多人說，這個男人把事業交棒給兒子了；也有人說，他被兒子鬥垮，所以逃到國外過上退休生活。但若是有人像Graph這樣親眼見到，就會知道……退休的人絕對不是這個樣子。

在Graph的記憶中，他只記得父親曾親自到府拜訪這個人，而且還帶著他一起去，理由是想把自己的兒子介紹給對方，這也是他認識Pakin哥的契機。然而，關於Pong叔叔的事情，他只記得對方那獨斷的眼神和話語，就連自己的父親也都不敢違抗。

這就是Kritithi少年對這個人深植在心中的畏懼，然而……。

「已經十七歲了啊？記得以前還那麼小一個，時間過得真快，讓叔叔都不禁覺得自己老了。」

這個男人儘管外表看起來不像是什麼善類，臉上卻掛著燦笑，就這麼親切地與他搭話。

「如果叔叔沒記錯，上一次見面，應該是四、五年前的事了吧？那時Graph還跟著爸爸來這裡，不過很可惜的是，那陣子叔叔有些忙，所以沒什麼機會跟你聊天。你小時候真是可愛得不得了呢。」

聽到「可愛」這個詞，Graph不禁有些哭笑不得，因為這讓他感覺自己像個小女孩。上次見面時，他明明已經十二歲了，但不得不承認，童年時期的他發育得確實比同齡孩子慢了一些。

直到十五、六歲的時候，他才開始快速長高，以前他不過是個矮小又極度任性的孩子罷了。

「但是沒關係，叔叔會在泰國待上一陣子，也希望能和Graph再更親近一些。」

這句話讓少年一時語塞，完全不敢開口講話，因為他不知道該如何說明自己住在這裡的理由。

對方似乎拐著彎說話，遲遲不進入正題，這使得另一個男人厲聲問道——

「所以，爸到底來這裡做什麼？」

「討債啊，兒子。」

！

Graph不確定這位長輩周遭的氣場是否有了變化，但他感覺長者與自家大兒子對視的瞬間，氣氛突然變得異常冷冽。那男人揚起嘴角微微一笑，看起來宛如一匹狡獪的年邁野狼。

「還沒滿一年呢。」

「我來是想確認我投資的錢是否如你所說的那樣，帶來應有的利潤。」

這段對話絲毫不像是一對父子在交流，反而更像是投資客之間針對利潤的冷峻談判。

「而且你也別忘了，對債主要客氣一點。」

「Pakin哥欠債了嗎？」

Graph一時管不住嘴，脫口而出，老人家隨即轉過頭來，迎上他的目光，輕輕笑了幾聲，緊張的氣氛頓時和緩了幾分。

「Graph，你以為這小子哪來的錢收購土地和投資的？」

Graph原以為Pakin哥是以公司的名義進行投資，Panupong見狀輕笑了幾聲，隨後搖了搖頭，彷彿看穿了少年的想法。

「你錯了……這小子是向叔叔借的錢。」

「可是Pong叔叔不是哥的爸爸嗎？」

「Graph你聽好了，商場上不分父子。叔叔可不打算把錢白白扔進海裡，就算扔錢的那個人是我的大兒子也一樣。債務人從國外留學回來之後就向叔叔借了一筆錢，當然，我們立了清楚的借貸合約。現在連本帶利，大概欠了我六、七十億……別忘了你還剩不到五年的時間可以還清。」

Graph聽了張口結舌，轉頭看向另一位似乎完全不在意這筆鉅額債務的男人。Pakin的嘴角依然掛著微笑，語氣淡然地接口。

「我每年都有還錢，而且五年……綽綽有餘。」

天啊，這可不是六、七千銖而已欸！

Pakin的父親聽了這樣的回答，滿意地笑了，眼中閃爍著對長子滿滿的自豪。

雖然Pakin是他的孩子，但是Panupong並不打算讓兒子認為可以隨意花爸爸的錢。他的責任在這小子完成學業後就結束了，除此之外，他還給了Pakin一筆創業資金。此後，若這小子想做什麼超出這筆預算的事情，那就是商業關係，而非父子關係。因為Panupong相信，錢要是得來容易，那麼去得也會很

快。

　　他用雙手開拓出這片天地，如果這小子想繼承……就得證明自己有這個能力。因此，當Pakin拿著借貸合約來找他，並語氣堅定地表示自己不會讓任何人超越時，身為人父的他不禁感到驕傲。

　　做為一名父親，唯一能提供的幫助就是在人脈上給予指引，至於要不要攜手合作，則需要靠Pakin自己去證明，他不會插手干預。

　　「我可不這麼認為。」昨天才剛回到泰國的人開口說道，接著用下巴指了指掛在牆上的時鐘。

　　「我以前全職工作的時候，從來都是在九點之前就進公司了，結果你現在竟然還沒洗澡、更衣，這樣怎麼來得及吃飯呢？」這位長者說道。

　　Pakin聽了笑出聲來。

　　「我有個能幹的助手。」

　　「你說的是Chai嗎？哼，別忘了，是我派他來幫你工作的，不然你哪能像現在一樣這麼悠哉？」

　　Graph直到今天才得知，原來Chai哥原本是Pong叔叔的人。他看Chai哥一直都在替Pakin哥工作，兩人幾乎形影不離。

　　「還是說，你拖拖拉拉一直不出門，其實是因為……」說話的人露出了狡猾的笑容，接著說道──

　　「……捨不得這孩子。」

　　！

　　Pakin停下了舉起咖啡杯的手，然後將它放回碟子上，雙手輕輕地交握在桌面上，神情認真地注視著自己的父親。

　　「這件事跟爸無關，就像我也不會插手爸的私事。」

Panupong聽了微微勾起嘴角，舒舒服服地往後靠，但眼神同樣透著認真。

　　「是沒錯，但也不完全對，孩子。你看到的那些人，沒人能取代你母親的位置。可是這個孩子⋯⋯在你心中是不是也和你母親有著相同的地位？」Panupong或許曾在許多年輕女性間尋求一時的歡愉，可是他從未讓她們取代兩兄弟母親的位置。那些女人，不過是在他喪妻之後排解寂寞的朋友罷了。他從不會去干涉兒子的對象，除非他認為那個人⋯⋯就是兒子的真愛。

　　和你母親並列同樣的地位⋯⋯你對Graph的心意，是否就像我只愛著你母親一個人那樣？

　　這是兩父子以眼神交流的內容，然而被提及的Graph卻是一頭霧水，似乎有些迷茫，也許是因為吃下去的退燒藥所致，所以才會讓他抓不到話題的重點。他只覺得——

　　被人稱作「孩子」，真是讓人不爽。

　　「那是我的事。」

　　這個答案讓聽的人抬起了食指，笑得開懷，接著簡單地說道：「可是身為父親，總不能放任不管⋯⋯對吧，Graph？」

　　「啊？」Graph嚇了一跳，茫然地做出回應。老人家這時微微瞇起眼，然後把手伸了過來，Graph忍不住想閃躲，但最後還是忍住了。

　　「不舒服嗎？叔叔聽說你已經恢復健康了呀？」

　　「叔叔還記得啊？」Graph不解地問道，對方聞言輕笑出聲。

　　「當然記得，你還曾經生病住在叔叔家呢，因為這小子跑到大太陽底下玩，而且還帶著你一起去。叔叔那次差點就宰了這小子，竟然沒把弟弟照顧好。」Panupong笑著說道，隨後轉向女

管家。

「Kaew，打電話叫醫師過來一趟。」

「哎，Pong叔叔，我真的沒怎麼樣……」

！

Graph一見到Pong叔叔那道比兒子還要可怕的堅定眼神，立刻閉上了嘴。

這位叔叔雖然臉上依舊帶著笑意，甚至還笑了出聲，可語氣卻不容置疑地再次重複道：「請醫師來檢查一下你的情況，好嗎？」

「好。」除了小聲說好，他還能回答什麼呢？Graph隨即望向另一個男人，彷彿在尋求協助，但終究還是來不及。

「至於你，還是快點去工作吧。Chai從早上八點就在辦公室等著你了。」

Pakin作勢想反駁，但最後只是搖了搖頭，從椅子上站起來，準備上樓去換衣服。然而，那執拗孩子的目光卻望向他，他於是繞到了少年面前，將手放在那顆圓圓的頭上，然後附在對方耳邊低聲呢喃道：「沒事的，等一下我會盡快趕回來，陪你一起吃晚餐。今天先好好休息。」

Pakin說完便轉身上樓，但不忘大聲拋下一句話，故意要讓對方聽見。

「沒事的話就早點回去。」

這名父親不以為意地放聲大笑，接著將視線拉回，落在眼前這位據他的眼線回報說不僅僅只是「客人」的男孩身上。

「既然如此，趁著等醫師過來的這段期間，我們來聊聊Graph為什麼會住在這裡如何？」

咕咚。

Graph很確定自己一向是固執、堅強，不會輕易害怕的那種人，不過老實說，他超怕這對父子，怕到都要龜縮了，甚至還能感覺到額頭滲出了冷汗，唾液也像是卡在喉嚨裡，彷彿正在接受史上最嚴厲的審問。

　　這樣的情況下，他該怎麼回答Pong叔叔的問題才好呢？

＊＊＊

　　「我只跟叔叔說，我發生了一些事情，所以哥就讓我住下來了。」

　　「就這樣？」

　　「嗯……我也不知道該怎麼解釋啊。」

　　在回答了Pong叔叔提出的幾個問題之後，家族專屬的醫師終於到了。經過測量體溫等一連串檢查，Graph又拿到了一大袋的藥物，隨後便被送回樓上房間休息。睡了好幾個鐘頭後，電話鈴聲響起，Graph不得已只好醒來再回答一輪問題。

　　Pakin哥大概不希望我說出我們已經睡過了吧？

　　Graph在心中得出了這個結論，他承認自己委屈極了，可是又不能倔強地硬撐著不接受，畢竟他是個男生，不是女孩子。

　　「嗯，那樣子說就行了。」

　　電話那一頭平靜地回應，讓Graph忍不住問出口。

　　「我……需要換房間嗎？」

　　既然真正的屋主回來了，若他還繼續像這樣住在人家大兒子的房間裡，對方肯定會猜到他們之間的關係。然而，Graph全然不知道Pong叔叔這次回來，是因為早已知情……而且是從一開始就知道了，不過這並不是他回來的主因。

當Pakin沉默的瞬間，Graph感到忐忑不安。

「不用，你照常睡在我的房間。」

聽到這樣的回答讓Graph鬆了口氣。

「情況怎麼樣？」

Graph甚至覺得心頭一陣溫暖，儘管對方語氣平淡，但僅僅是想知道他的近況，就讓執拗的孩子忍不住露出了燦爛的笑容，乖順地報告自己的情況。

「已經退燒了。我早就跟哥說過，不用吃藥也行，只要睡一下就退燒了。」

「別逞強。」

又唸我了。

少年有些不高興地撇撇嘴，覺得自己大概像個瘋子，一下子笑，一下子又板著一張臉。

電話另一頭接著說道：「繼續休息吧，我應該會在晚上六點前趕回去，別又胡鬧再讓自己發燒了。」

Graph的心思大概真的很簡單，一聽到Pakin哥這麼說，怒氣便馬上煙消雲散。他乖乖地應答，隨後掛上了電話，在那之後閉上眼睛，再度進入夢鄉。如果可以的話，希望能夢見那個壞心人在他不舒服的時候，回來陪在他身邊，那樣就更好了。

Graph曾經認為自己的身體狀況很糟，但如果有人關心他……那麼這點小病痛也算值得了。

＊＊＊

「你說什麼！！！！」

「是的，Pong先生已經把邀請函送過去了。」

「該死！！！」

Pakin從不畏懼父親的威嚴，相反地，他從小到大一直都非常敬重父親的才幹。然而這份敬重，不管是站在商人的立場或者是家人的立場來看，對方都沒有權力插手干涉他的工作。所以當他從親信的口中聽到這個消息時，立刻發出怒吼聲，一把抓起車鑰匙，隨即往家裡趕去。

他的父親應該是想看熱鬧，但絕對不能是這種熱鬧！

Pakin一腳將油門踩到底，與愛車一同飛馳趕回豪宅，打算將這件事徹底解決。

他一肚子火，不滿對方不事先告知就跑來，也很不高興對方硬是把Graph擺在與母親相同的地位上。這些他或許都還能忍受，但為什麼要插手擾亂他一直以來努力守護的事情？

「這小子從小就懂得使壞，四、五歲就知道該怎麼做能讓人為他著迷，大家簡直把他寵上天，長大之後更是壞得讓叔叔非常頭痛呢。」

「那個時候，Pakin哥做了什麼事嗎？叔叔。」

匆忙跑回家的男人聽見從客廳裡傳出的談話聲，頓時皺起了眉頭。他直接走了進去⋯⋯映入眼簾的是那個今早還很畏懼老人家的渾小子，此時竟和他父親靠坐在同一張沙發上，甚至還興致勃勃地發問，兩人看起來親密得讓人忍不住想要重重地嘆氣。

看來這孩子的後援團又多了一名成員，而且還是他不太想扯上關係的對象。

「噢？我們家Pakin回來啦？」正在述說往事的老父親一回頭就看到了兒子，隨後愉快地打了聲招呼。

急忙趕回來的Pakin壓抑住自己的怒氣，沉聲問道——

「爸為什麼要邀請Nop那老頭來參加我的活動！」

原本心情愉悅的Panupong收斂起笑容，回想起下午派人去處理的事情。

「誰叫你這麼失禮，沒邀請Nop先生呢？」

Panupong知道兒子對他將邀請函寄給敵人、邀請對方參加下個月即將舉行的活動一事感到憤怒。不過在兒子厲聲質問之前，老人家先一步拋出了一句話——

「我沒教過你嗎……**要讓敵人見識你有多強大。**」

聽到這句話，Pakin沉默了下來，這位父親接著加重語氣：「你不是說自己很有自信？別告訴我，區區一隻老鼠你沒辦法對付。」

Pakin沉思片刻，隨後咧嘴一笑。

他知道父親正在測試他。

「那我先把醜話說在前頭，爸既然邀請了一隻老鼠過來，那我就會讓牠死在我的腳下！」

父子倆靜靜對視，Panupong接著以凝重的語氣說道：「很好！不愧是我的兒子！」

儘管Pakin臉上帶著自信，但凌厲的目光卻瞬間掠過少年的臉，接著強壓下內心那一絲顫慄。他告訴自己，只要這小子還在這棟房子裡，就不會碰上危險，而且他也沒什麼好怕的。

然而，Pakin此時逐漸意識到……或許自己才是深陷的那一方。

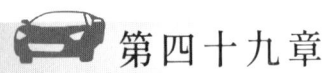

第四十九章
內心知曉

「耶~終於考完了!!!」

「太好了,不用再被冷酷教師摧殘一整個禮拜了。」

「喂~Graph是在講我的壞話嗎?很壞欸!!!」

「哈哈哈哈!我開玩笑的啦!誰敢說Janjao的壞話啊?」

教室前方,一群高二學生吵吵鬧鬧,有的談論著才剛考完的科目,有的則在聊著學期結束後的活動。此時,大家眼中那對看似濃情密意的小情侶也在打打鬧鬧,女孩差點要把講義扔出窗外,少年則笑著調侃,使得幫忙他惡補功課的女孩立刻板起了臉。

Graph完全可以這麼說,這次會做的題目,全都要歸功於Janjao這一整個禮拜悉心的指導。

他依舊堅稱自己討厭讀書,如果父母逼他去補習,他大概會毫不遲疑地直接蹺課。然而,看到好友那麼投入地協助他,說會幫忙拉高他的成績,對他往後的入學考試會有幫助。Graph坦言,自己無法拒絕,因此這一個禮拜除了讀書還是讀書。但讀書其實也挺好的,多少能讓他驅散一些對某個人的思念。

還會是誰⋯⋯當然是Pakin哥呀。

那個曾經待他很壞心的男人已經去南部好幾天了,每天晚上就只有一通短短的電話,Graph天天都在期待這一刻的到來。

一開始確實有些寂寞,因為早已習慣了睡覺時有人陪,習慣了有人一起吃晚餐,習慣了當自己犯錯時,有一雙彷彿能燃燒

一切的凌厲眼眸盯著自己。不過，由於有Win哥在身邊，還有Pong叔叔的陪伴，特別是後面那一位經常邀請他一起到處跑，說是因為好久沒回泰國了，所以他多少也減輕了一些孤單感。

最近一次，叔叔帶他出席了一場活動，儘管無聊，但當他待在Pakin的父親身邊時，他對這些活動的看法開始有了改變。

『別把這些活動看得很無聊嘛，試著讓自己覺得有趣點。那邊……有看到那兩個女人嗎？看得出她們在聊什麼嗎？』

『叔叔，我不知道。大概是在聊錢吧？』

這時，Pong叔叔面無表情地說道——

『才不是，她們正在爭論要怎麼對叔叔施展魅力呢。』

Graph聞言放聲大笑，覺得這個老頭也太自戀了。結果事情的發展簡直讓人瞠目結舌，那些女人隨後真的走向叔叔，並用甜到發膩的眼神看過來，Graph不由得驚詫地眨了眨眼。接著，Graph做出了一個怪異的表情，因為Pong叔叔朝他拋了個媚眼，像是在說：我早就講過了吧？

Graph發現，只要與Pong叔叔在一起，就連這樣的場合也會變得相當有趣，特別是當叔叔讓他觀察自己和別人的交流時。Graph察覺到叔叔與每個人交談的方式都不同，看得出他非常懂得如何應對他人。此外，叔叔還不忘講自己兒子的閒話。

『那個Pakin啊，就只知道擺弄權勢，這樣是不行的，叔叔告訴你。』

自此，Graph開始用不同的眼光看待所有的事情。雖然這些活動在他眼中還是很無聊，但與以往不同的是，他發現這些場合其實是一個大好機會，可以訓練自己應付各式各樣的人。總體來說，這幾天下來，他其實也沒那麼孤單了。

「講我壞話的就是Graph啊！哼，我們乾脆分手好了。」

Graph回過頭將注意力放在好友身上，Janjao仍鼓著臉頰，但眼中閃爍著玩味的光芒，像是在開玩笑地說：跟我分手吧！你就去找個能讓你露出笑容的人交往啊。

　　Graph見狀，不禁緩緩地搖了搖頭，抬起手摟住女孩的脖子，把對方逗弄得放聲驚叫。

　　「我不分手，Janjao是我的，我不會放手的。」

　　「嘖嘖，真敢講，我是Graph的，那Graph是不是我的呢？還有，快給我鬆手喔，你這是在輕薄我嗎？我要跟哥哥告狀了。」

　　「去告啊，儘管去告啊，說不定哪天我還會上門提親呢。」纖瘦的少年搞笑地接下話題，因為對方家裡似乎早已知道他們並非San哥所防備的那種關係，而是眾人認為不可能存在的異性閨密。

　　有人曾經講過，男人與女人不可能只是純粹的朋友，但如果男方從未以看戀人的眼光來看待女方，這不就是個例外嗎？

　　「等著瞧吧，我會讓家裡要求豐厚的聘金，還要加上所有的補習費。」

　　「別加太多喔，最近我可是身無分文呢。」

　　Janjao聽了咯咯笑，儘管一開始聽到朋友被切斷經濟來源時感到很震驚，不知道該如何幫忙，但一得知承擔所有費用的人是Pakin哥時，這位歪女便放聲大叫，陶醉到不停地跳腳。

　　試著想想，人家還包辦了養育的責任，此時不陶醉，更待何時？

　　「喂～那對小情侶，要放閃也稍微顧及一下我們這些鄉民好嗎？我們都是單身狗，能不能別讓我們這麼羨慕啊？」

　　就在這時，另一邊傳來了調侃聲，兩人隨即轉頭一看，發現

全班同學的目光都投射在他們身上，毫不掩飾地在一旁議論紛紛。

「忌妒死我了，還論及婚嫁咧，搞得好像你們已經交往了十年。我必須提醒你們，兩位才剛結束高二生涯呢。」

「但也不一定啊，說不定再過不久真的能收到他們的喜帖呢。」

眾人從一開始的調侃，愈說愈離譜。這兩位好友聞言轉過頭面面相覷，隨後各自轉向另一邊偷笑。看樣子，同學們提到的婚禮恐怕僅止於幻想，畢竟Graph這位讓許多女孩子傾心的白馬王子，早已名草有主。

而且這個「主」，還是個極難對付的狠角色。

「哎，總算考完了，你們要不要一起去慶祝啊？」另一位同學開口問道。

「哎呀，別找他們了，別找啦，他們大概只想要兩個人一起慶祝吧。」

對方雖然嘴上這麼講，卻還是轉頭看向他們，似乎是在徵詢他們是否要一起去。

其實Janjao每次都會跟著朋友一起去，上一次也拉著Graph一同參與。不過她今天與家人有約，所以只好抬起頭看向摯友。

摯友則緩緩地搖了搖頭，隨後俯身在女孩耳邊低聲私語：「今天Win哥會來接我。」

Janjao聽了，轉過頭替好友回答：「我和Graph沒空啦。」

「你們想自己去就直說嘛……我們快點走吧，別當人家的電燈泡，聽說會有報應的。」

朋友們仍不停地調侃，之後才講好有什麼事情再聯繫。然後大家各自解散，分成幾個小群體，興奮地談論著學期結束之後的

計畫。

Janjao聽了也忍不住開口問道：「那Graph放假期間打算做什麼呀？」

「還不確定呢。Win哥和我提過，說之後要飛韓國，我可能會跟著一起去吧。」

「真好，我也好想去，想去找歐爸什麼的。」Janjao一邊花痴地說道，一邊和好友並肩走到了校門口。然而就在那一瞬間……。

「Janjao學妹！Janjao學妹！！！」

咻。

「啊？Night學長好。」月亮女孩循聲轉頭，看見奮力跑上前來的高三學長，對方跑得整張迷人俊臉都布滿了汗水，她隨即露出了淡淡的笑容。

「恭喜你呀，高三學長。」

今天他們結束了高二生涯，也意味著Night學長結束了高三生活，Janjao因此開心地向他道賀，學長見狀只好尷尬地抓了抓頭。Night本以為能看到女孩露出一絲難過的模樣，哪怕只表現出一點點也好，期待女孩會因為他們無法再像這樣天天在學校碰面而感到不捨。但是看起來，似乎是他的期望太高了，女孩依舊笑容滿面，手還挽著另一位學弟的手臂。

這兩人每天都說他們不是情侶，可行為看起來完全就是啊！

想到這裡，這位費盡心思苦追已久、卻次次碰壁的Night掃視了學弟一眼，再回頭看向依然一臉疑惑、不明白為什麼被叫住的女孩，然後下定了決心。

高中畢業之後，Night就會飛往美國深造，所以如果有話想說，這將是最後的機會了。

「我有話想跟Janjao學妹說，可以借我一點時間嗎？」

Janjao立即皺起眉頭，但一看到對方認真的神情，她還是點了點頭。

「那我就在這裡等。」

Graph或許不再像以前那麼討厭這位學長了，但他也不放心讓好友一個女生單獨和對方在一起。最近，Graph開始會去思考「防範於未然」這個道理，更何況他已經察覺到學長對好友的感情。

每次Night學長湊過來攪和，多半都是和Janjao這個名字有關。

「那我去一下喔，Graph。」Janjao點點頭，隨後跟著學長走到幾乎是大樓的另一端，遠到Graph聽不見，但還在他的視線範圍內。

儘管聽不見對話，Graph卻感覺自己知道Night學長在說些什麼。或許是因為Pong叔叔教會他要注意周遭的人事物，而不只是關注那個叫Pakin的男人。所以當他看到Janjao漸漸收起笑容、雙手緊握、緩緩搖頭時，他不禁別過臉，朝另一個方向望去。

他的好友會拒絕對方其實並不奇怪，可對於一個被拒絕了一輩子的人來說，他深知那會有多痛苦。

女孩的回答讓Night學長露出了一抹淡淡的笑容，即便雙肩已經垂下。Graph不由得為自己現在的處境感到慶幸。

雖然Pakin哥從未提過他們之間的關係，但也沒有將他推得遠遠的。

此刻，他擁有了一個機會，他要牢牢抓住這次機會，要讓對方知道，儘管他是個壞孩子、性格惹人嫌，但這個孩子比任何人

都要深愛著Pakin哥。

哥哥什麼時候才能注意到這點？

這個想法必須立刻藏在心中⋯⋯。

「Graph⋯⋯」

一聽到呼喚聲，Graph隨即循聲轉過頭。

「別哭啊。」Janjao紅著眼眶走了回來，Graph見狀便開口安慰。

「因為⋯⋯因為我不知道Night學長喜歡我。」

「那為什麼不答應他呢？」

女孩猛地搖頭，眨了眨眼，努力把眼淚逼回去，接著輕聲回答道：「我⋯⋯我對Night學長並沒有那種想法，我只是⋯⋯只是覺得愧疚自己竟然什麼都不知道，而且學長要繼續留學深造，他不應該來喜歡我，未來還有很多人在等著Night學長呢。」

Janjao聲音顫抖，想到學長聽到她的拒絕時那悲傷的眼神，胸口就充滿了愧疚感。

一直以來，Janjao都以為對方是因為喜歡Graph才接近她，從沒想過對方會喜歡她。愧疚感於是湧上心頭，化成了淚水，使得注視著她的好友⋯⋯。

啪。

「沒關係，別哭，Janjao沒有做錯任何事喔。」

溫暖的懷抱包圍住她的肩膀，紅著眼眶的Janjao把臉埋進好友的胸口，在他的胸前搖了搖頭，然後才慢慢推開了他。

「別對我這麼Man好嗎？要是我不小心喜歡上Graph怎麼辦？」紮著馬尾的女孩故作幽默地說道，感覺心情好了一些。

Graph聽了，露出了燦爛的笑容，將手輕輕放在女孩的頭上。

「Night學長會喜歡Janjao，我一點也不訝異。因為如果我沒有先遇到Pakin哥，我可能也會深深地愛上妳，無法自拔。」

「切，不用講這種甜言蜜語啦。畢竟Graph先遇到了Pakin哥，而且還付出了整顆真心呢。」這個歪女知道好友是想讓她好受一些，她因而笑著回應，不想讓對方擔心。她用指尖輕輕拭去淚水，然後兩人相偕走出了校園。離開前，她仍忍不住回頭望向學長剛才站的那個方向。

我很抱歉，沒辦法回應Night學長的心意。

Janjao在心中默默地說道。

然而，她其實不知道，月亮雖然現在無法與夜晚相伴，但那並不代表未來也沒這個可能。

＊＊＊

「今天考完試了吧？」

「考完了，哥，所有科目都考完了，只等成績出來了。」

「很好，那有跟朋友去慶祝嗎？」

「哥肯讓我去嗎？哼，你想想看，我要是跟朋友們一起去唱卡拉OK，但卻有人站在包廂門口守著，這樣別人會不會以為是哪個黑道大哥的孩子來慶祝考試結束啊？」

「不是孩子，而是黑道大哥的老婆。」

！

Graph從Pawit的車上下來時，正和遠在南部的那個人講電話，語氣聽起來十分愉悅。可沒想到電話另一端卻突然拋出了一句令人措手不及的話，讓Graph雙腳頓時停在原地，這是他之前從沒想過能有機會從對方口中聽到的詞彙──老婆。

Pakin哥曾講過Graph是他的「孩子」，但從未提及更進一步的關係。

　　「呵，怎麼，講不出話了嗎？」

　　「還⋯⋯還不是因為哥！」

　　Graph語氣激動地反駁，試圖掩飾自己突然發熱的雙頰，胸腔裡的一顆心跳動得非常急促，握著手機的手也有些不穩。Graph壓抑著內心那股想要露齒大笑的衝動，笑容卻變得有些古怪。他只知道⋯⋯自己開心得要命。

　　「我怎麼了我？」

　　「不知道啦，反正我就是考完試了。」Graph連忙轉移話題，一點都不習慣這樣的話題，因為Pakin哥的這番話不像是平日為了讓他順從才故意撩撥他，反而更像是無意中流露的真心話，而這樣的表達，讓他高興得幾乎要發狂。

　　「知道了，你還打算說幾遍自己考完試了？」

　　「Win哥說今天要帶我去外面慶祝，Pong叔叔也打電話來說，打完球後會一起過來。」

　　「聽起來滿好玩的。」

　　「羨慕了吧？羨慕就快點回來吧。」Graph就是覺得對方的語氣有些緊繃，或許是因為Pakin哥正為了那個大活動而忙得焦頭爛額，可是他這邊卻過得這麼快活，所以他才會忍不住講出這些話。

　　少年隨後聽見了低沉的笑聲，可是不管怎麼聽都令人覺得相當危險。

　　「呵，等我回去之後你就不要再生病。」

　　！

　　我知道哥想幹嘛。

「我不是哥用來發洩慾望的工具。」

「我什麼時候那麼說過了？」

Graph又頓了一下，當他得知Pakin哥並不僅僅將自己當作發洩性慾的對象時，帥氣的臉上隨後綻放出一抹燦笑，心中湧出一股難以言喻的喜悅。至少，這個叫Graph的男孩，曾經聽到對方口中喊自己為「老婆」，這可是從不曾認定任何關係的男人所講出口的話。

這是不是意味著，自己比其他性伴侶還要特別呢？

「我該走了。」

「哥要掛電話了嗎？」Graph來不及阻止自己，語帶撒嬌地喊出口。他承認，自己還想再多聊一會。

然而電話另一端的男人又怎會沒察覺？Pakin於是語帶笑意地說道：「別任性，晚點再打給你。現在去打開禮物，看看喜不喜歡，我先掛了。」

話一講完，Pakin便掛斷了電話，留下一臉愣然的Graph眨了眨眼睛，懷疑自己是不是聽錯了。

「什麼禮物？」

「噢，是Kin的禮物，下午的時候就送到了。」跟在後面的男模，說話的語氣帶著幾分戲謔，像是在取笑那個此時不在家的人。因為當他打電話告訴某人，說有個孩子即將完成高二的學業了，某人卻只冷淡地反問：然後呢？

結果等Graph的學期一結束，卻有人把禮物送到了家門口。

「Pakin哥有禮物送給我？」

「就在那裡啊。」

Graph回頭問走在自己後方的男模。Pawit隨即朝門口那附近挪了挪下巴，少年見狀，再度朝門口望去。這一看，Graph驚

訝地大叫，他都忍不住想罵自己了，一開始怎麼會沒注意到呢？

有一份大禮被放置在家門前，被一塊銀色車罩覆蓋著，Graph心臟劇烈跳動，拔腿跑了過去，耳邊同時聽見金派跑出來迎接他的吠聲。在這一陣狗吠聲中，送車過來的人走了出來。

「呦，回來啦，我的好徒弟。」

「Sai……Saifa哥？」身材纖瘦的少年困惑地喚著對方的名字，怎麼也沒想到對方會出現在這裡。

代替跑去南部的那個男人來送車的人走到車罩旁，這位雙胞胎弟弟接著露出了燦爛的笑容，眼中滿是興奮，說話的語氣更是激動。

「準備好要看禮物了嗎？」

「準備好了！！！！」果不其然，少年瘋狂地點頭，幾乎要把脖子晃斷了，目光則緊緊盯著正準備拉開車罩的那隻大手，接著……。

「！！！」

Graph的雙眼驚訝地瞪得大大的，任由那位送禮物來的人滔滔不絕地介紹著這份禮物的性能。

「Ducati Scrambler Special Edition Mike Hailwood，二〇一六年最新款，四缸引擎，排氣量八〇三立方公分，噴油嘴四十五公釐，煞車系統和你舊的那輛一樣，是中型運動車款，但酷炫程度不輸其他知名車款。比你藍色那輛還要小一點，但保證騎起來更容易。Pakin哥幾天前急著要我們找到這輛車，等摩托車一到貨，Phayu那傢伙就插隊先幫你檢查車況。噢，Pakin哥還要我轉告你，如果不喜歡這個顏色，看想換什麼顏色，我再運回去幫你處理。」

Graph簡直不敢相信自己的耳朵，手不由自主地放在座椅

上，眼睛愈睜愈大。特別是當他得知這輛摩托車是有人為他緊急找來的時候⋯⋯更是高興得不得了。

「噢，對了，那位大哥還吩咐說，如果想飆去賽場，最好先打電話告知他一下，大概是不希望你像上次一樣摔車吧？」Saifa繼續說道，他笑得燦爛，替這個難掩笑意的徒弟感到高興，一看就知道這小子有多興奮。儘管Saifa自己也覺得難以置信，那個曾經放話說如果再看到這小子出現在賽場上就會取消比賽的男人，竟然對這孩子迷戀到不惜一切代價都要找到這輛摩托車，把它當作禮物⋯⋯而且還只是為了慶祝這孩子高二學期結束的禮物呢。

「喜歡嗎？」

一聽到Saifa的問題，這孩子便轉過頭來，眼睛閃閃發亮地答道：「還用問嗎？當然喜歡啊，愛死了！」

Graph興奮地大喊，沒想到對方竟還願意讓他碰摩托車，而且不只是碰，甚至直接買了一輛全新的送給他。

「那你別忘了打電話去謝謝人家喔，他應該在等你的電話吧？」Pawit拍了拍Graph的肩膀，提醒少年。

執拗的少年聽了用力點點頭，答應一定會打電話過去。隨後，他又小心翼翼地撫摸著這輛新的愛車，金派也興奮地繞著摩托車跑，讓他不得不用嚴肅的語氣對牠說話。

「如果你敢把這輛摩托車弄出一點刮痕，就準備被埋了吧，金派！」

這一幕，任誰看了都會忍不住笑出來，因為大家都能感受到，這個曾經總是板著一張臉、眼神孤寂的男孩，如今是多麼的快樂。除此之外，那位曾經對這個男孩殘忍到足以被稱之為黑心冷血的男人，如今卻像是忘記了過往，正悉心疼愛著這孩子。

他們的關係，大家一眼便看得出來⋯⋯顯然早已超越了僅僅只是職責上的照顧。

＊＊＊

　　「Pakin先生，運送車輛的船已經抵達了。」
　　「嗯，確認一下數量，我不希望活動上出現任何差錯。」
　　Pakin點了點頭，目光穿過透明的玻璃牆，看向停靠在碼頭的一艘大型貨船，船上裝載著數百輛即將參加比賽的車輛，其價值之高，讓人不想去細算具體數字。這些車輛並不僅僅是他一人準備的，還包括所有打算派出自家人馬參加這場盛會的贊助商所提供的車輛。

　　這次的活動不只是為比賽而封鎖一座島，而是專門為此打造了一座島嶼。

　　夢想即將成真，Pakin的雙眼閃耀著光芒，體內的熱血也隨之沸騰，為自己投入資金和人力所成就的一切感到無比興奮。只要想像著究竟會有多少高速奔馳的車輛能成功衝過終點線，他就幾乎等不及要迎接活動開幕的那天了。

　　那小子應該也會喜歡才對。

　　忽然間，這個想法瞬間鑽進了Pakin的腦海中，那個臭屁小鬼的臉龐也跟著浮現在眼前。那個小子昨天打電話給他，發出了讓人耳朵都要被震疼的興奮叫聲，但奇怪的是，他居然願意犧牲自己本就不多的睡眠時間，就為了聽那小子聊了超過一個小時的電話。即便自己並沒有多加回應，卻願意默默地停下來聆聽。

　　那小子收到禮物後感到非常開心⋯⋯男孩的回應讓Pakin覺得，派人專門去找尋這份禮物是值得的。

Pakin知道，那小子是跟著他在玩車，努力想跟上他的步伐，試圖讓他也注意到他們之間共同的興趣。結果在這些事情的影響下，那小子也真的開始對這一切產生了興趣。這讓向來很容易不耐煩的他感到深深的滿足，因為Graph現在可以體會到他所感受到的。然而奇怪的是⋯⋯。

想讓那小子過來親眼目睹這一切。

難道自己也想讓那小子有同樣的感受嗎？

Pakin皺起眉頭，自己也不敢相信那小子竟然對他的思緒和感受產生了這麼大的影響。從前只要見到那張臉，就幾乎恨不得立刻拎著那小子的後頸，把他丟到門外去。而如今，當那小子願意聆聽、願意理解、停止頂嘴時，他便默許了那小子的陪伴。但究竟是從什麼時候開始，那孩子的笑容竟讓他⋯⋯感到思念。

「看樣子是累了吧。」

Pakin緩緩搖了搖頭。是的，他確實覺得累，但這並不是想要倒在床上或找人紓解的那種疲憊，而是一種因想見到某個人而產生的疲憊。

想看看那小子發現禮物時的表情。

這種感覺讓他意識到那孩子對自己而言有多危險，但這次Pakin卻不在乎。他在意的是，那個孩子能否在他的羽翼之下受到庇護。

只要他還繼續守護著那孩子，那孩子就會一直留在他的身邊。

反而是這樣的想法讓Pakin感到安心。

噠噠噠噠噠噠。

然而，思緒被突如其來的聲音打斷，Pakin鋒利的目光微微瞇起，注意到遠處有個小點愈來愈靠近，伴隨著旋翼劃破空氣的

嘈雜聲響，與攪動了四周的強風。Pakin立即邁步朝建築的頂樓走去，那裡是直升機的停機坪，他對於在活動開始前擅自來訪的不速之客感到不悅。

接著當Pakin看到正從直升機上敏捷跨下腳步的銀髮男子時，濃眉隨之舒展開來。

「別跟我說，爸是來攪局的。」

隨著直升機熄火，周圍的氣流再次回歸平靜。島嶼的主人上前迎接自己的父親，以質問取代招呼，這讓Panupong聽了不禁搖頭，但眼中卻閃過一抹狡黠，使得Pakin不由得一陣狐疑。

「誰說我是來攪局的？我可是帶了人來給你加油打氣呢。」

咻。

Pakin差點就要開口問了，不過一個預感讓他猛地轉頭，再次看向直升機，這才看到走下來的熟識親戚。可重點並不是那位親戚，而是另一個臉色蒼白、緊緊抓著直升機門的男孩。顯然，那孩子應該是第一次坐直升機，Pakin銳利的眼睛瞬間瞪大。

「噢，別怪這孩子喔，今天早上是我硬拉著他來的。」

這是Pakin少數幾次對父親動怒，而這也是他少數幾次無法克制自己……高大的身影迅速走向那個臉色蒼白的男孩。

Graph見狀，急忙支支吾吾地解釋：「哥，我不知道Pong叔會帶我來這裡，我真的沒違抗你的命令……。」

啪。

「想你了。」

男人溫暖的雙臂緊緊環繞住少年的腰間，輕輕的低語傳進少年耳裡。

簡單的一句話，就讓周圍的一切瞬間歸於寂靜，少年彷彿聽不到風聲，聽不到海浪聲，也聽不到鳥鳴聲，聽不見任何聲音，

除了那句低沉的……「想你了」。

啪。

Graph甚至沒意識到自己已經伸手回抱住對方的背,並將臉埋在這個冷酷之人的肩膀上,然後只回應了一句──

「我也想你,哥。」

第五十章
變得柔情的冷酷之人

又圓又大的明月高掛在夜空中,將倒影投映在清澈的海面上,波光粼粼,偶爾有小小的浪花在海面上泛起白色的泡沫,輕輕拍打著細軟的沙灘。這是一幅十分靜謐的自然景象,在整座島嶼即將於後天變成一個最大規模的賽場之前,很適合在此休憩。

「呼……呼……哥……我不行……了……真的不行了……。」

在能夠欣賞到最美海景的房間裡,一名少年正癱倒在一張寬大的床上,喘得連身體都跟著明顯起伏,身上被汗水和混濁的黏液浸溼。少年此時被一個高大的男人壓著,對方的呼吸急促,寬厚的胸膛也隨著上下起伏。過了好一會,一切才重新歸於平靜。

「不行了嗎?」Pakin一邊問,一邊將被汗水打溼的頭髮往上撥,讓那個躺在床上筋疲力盡、臉頰紅彤彤的少年快速點頭。

「不行了……沒力氣爬起來了。」Graph並不認為是自己太弱,而是對方實在太強了。

如果要問他們究竟是從什麼時候待在這間臥房的,那麼可以肯定的這麼說,是從Graph踏上這座島的那一刻起。他甚至還沒來得及向Panachai打招呼,或是探索周遭環境,島嶼的主人就直接帶他進了房間,接下來的事情就是現在這副景象。

就像這樣,他累到完全不成人形了。

高個子俯身看著少年,隨後伸手撥開黏在他額頭上的髮絲,讓他露出整張臉來。這時,Pakin才坐起來靠著床頭,接著伸手

拿起香菸，將它點燃。

「喜歡我送你的禮物嗎？」

「喜歡……非常喜歡。」靜靜躺著的Graph連連點頭，他試圖撐著身子坐起來，可說真的，他全身上下都很痠痛，雙腿也因剛才的緊繃而乏力。他幾乎不想移動，只能抬頭望向那張深邃的面孔，隨後臉頰不由自主地開始發燙。

好幾天沒見，Pakin哥明顯變得比以前更黑了。

靠坐在枕頭上的男人，身上沒了被子覆蓋，露出了結實的身體，渾身的肌肉覆滿剔透的汗珠。特別是當他將潤溼的頭髮撥到後方時，那姿態讓少年不得不移開視線，不禁覺得對方所散發的魅力瀰漫了整個房間。

更不用說那句縈繞在耳邊的話，讓他的心臟跳動得快到令人害怕。

他不知道Pakin哥講的是不是真心話，但這足以讓他欣喜若狂，甘願付出一切，縱使自己早已疲憊不堪。而如果對方還想要他，Graph大概也會心甘情願地給予更多。

就算罵我沒尊嚴，我也不在乎。

這是少年一生所渴求的時刻……這個男人終於肯接納他，將他引入自己的生命裡。

這不僅僅只是接納，而且還讓少年感受到自己是特別的。這使得一直以來追著這個男人的少年，甘願放下所有的驕傲和倔強、所有的自尊與自持，慢慢靠向那個男人，把手搭在對方的大腿上。隨後，他閉上了眼睛，將臉往下埋，用微弱卻也無比堅定的聲音說——

「**我很想念哥哥。**」

聽到這話，Pakin忍不住露出一抹微笑。看著這個搗蛋鬼撒

嬌，雖然不太熟練，但不得不承認，Graph這樣把臉埋在他大腿上的樣子，實在可愛得讓人把持不住。Pakin深吸了一口菸，然後將菸蒂熄滅。接著，他伸手環住少年的腰，把已經渾身無力的小傢伙拉起來，讓他靠在自己的胸前。

「才幾天而已。」

「都快一個禮拜了好不好！」Graph用沙啞的聲音反駁道。

Pakin聽了忍不住低聲笑出來，手指順勢輕輕撫弄著少年柔軟的髮絲，愛不釋手地把玩著。

「考題會寫嗎？」

「是都有寫啦，但對不對又是另一回事了。」

「聽說有人幫你複習？」

「啊，對呀、對呀，我整個週末都泡在Janjao家裡，我有跟哥報備過了啊。」

「是沒錯。」

Graph點了點頭，心中升起一股難以言喻的愉悅，因為對方關心起他在這段無法見面的日子裡的情況。由於男人耐心地聆聽，使得一向不喜歡談論自己的少年也因此打開了話匣子，開始娓娓道來。

「Pong叔還說他遇到了我爸，不知道他們聊了什麼，現在我爸又開始寄生活費給我了，還說我可以繼續住在哥家裡。叔叔還帶我一起參加活動呢，我不太習慣穿西裝，但還滿好玩的，有很多人跑來討好叔叔，看著真的覺得很搞笑。」

「所以你這一整個禮拜都跟我爸在一起？」

「因為Win哥沒空嘛，看他好像接了什麼攝影作品集的工作，所以不常在家。Pong叔幾乎每天都帶我出去吃晚餐，結果把Kaew嬸惹得不高興。一提到這件事我就覺得超爆笑的！哥，

Kaew嬸直接斜眼瞥了我一眼,然後問我是不是嫌她的手藝不好,所以才不肯在家吃飯,嚇得我趕緊跑進廚房。」

「聽起來挺有趣的。」

「對呀,很有趣。喔喔,還有金派的事要講。我真搞不懂,每次哥在家的時候,牠就乖得像隻高貴的狗,但只要哥一不在,牠就原形畢露,整個院子到處挖洞耶!我超同情園丁的,每次都得來填牠挖的坑,上次我還幫忙一起填呢。結果草坪這裡一塊、那裡一塊的,都被挖壞了,然後牠又繼續挖新的。我後來才發現牠把玩具埋在那裡,我之前還以為牠不喜歡玩,真想拿橡膠球往牠頭上砸下去。」

Graph愉快地描述著,一點一點地慢慢靠向對方,最後整個纖細的身軀都倚靠在對方的胸膛上,頭枕著對方的肩膀,雙手輕輕搭在對方再度環住自己腰際的大手上。

說實話,Graph覺得,比起無休止的性愛,自己更喜歡像這樣的相處時光。

能像這樣倚偎著聊天,緩解了不少相思之情。

沒錯,他每天都打電話給Pakin哥,有的時候是對方打過來的,可總是講沒兩三句話就掛電話了。話題不外乎是今天去上課、今天有考試,話題就這麼草草結束,然後切斷了通話。如今終於見到本尊,對方也願意聽他講,Graph便想把這整個禮拜所發生的事都說給他聽。

但看起來,聽的人似乎⋯⋯不是很開心。

Pakin並不是因為這小子在曼谷過得開心,自己卻得忙著準備活動而感到不滿,而是因為在這些話題中⋯⋯都沒有提到他的名字。

呵,你到底在想什麼啊,Pakin?就為了這個小子?

高個子很想搖頭，但他已經再也無法抹去深藏在心底的那份情感了。這一切隨著時間推移變得愈來愈清晰。從一開始對這個自以為是的小鬼出現在他家中而感到煩躁，現在他竟然把Graph住在他家、央求一起吃晚飯、像普通少年一樣執意要出去玩、然後在被禁止時氣得大發脾氣，視為是十分稀鬆平常的事情。

　　這些都成了內心早已適應的習慣。

　　原來，生活中有這小子在身邊，並不像他想的那麼糟糕。

　　現在的Graph或許還沒準備好和他一起跳上虎背，但這小子再也不是傻傻等著被狩獵的獵物了。這小子開始懂得思考，也明白了遵從指示並不是因為他專制，而是出於對他的關懷。

　　如今，Pakin已經不再需要找藉口來守護Graph的安危了。

　　Pakin所做的一切，不僅僅是為了與Graph的父親的共同利益，他的行為⋯⋯全都是為了Graph。

　　「今天早上牠還打算跟著我一起來呢，也不知道牠是怎麼知道Pong叔要帶我來這裡的。叔叔就只說要我陪他去打球，等我意會過來，就已經被拖上飛機了，然後當我得知要坐直升機時，差點嚇死⋯⋯。」

　　「別再說金派的事了。」沙啞的聲音還沒講完，Pakin便強硬地出聲打斷。

　　Graph抬起頭，有些忐忑地望著他，彷彿擔心自己又惹他生氣了，甚至還⋯⋯。

　　「哥，你在生我的氣嗎？」

　　聽著那沙啞、怯懦的聲音，打斷話題的男人忍不住輕笑一聲，手輕輕按在少年那顆渾圓的頭頂上揉了揉，隨後稍微將他推開一點，這讓Graph更是驚慌失措。

　　「哥，我真的沒有違抗哥的命令啊！我根本不知道叔叔要帶

我來這裡……。」

「我什麼都還沒說，過來。」高大的男人輕輕搖了搖頭，起身站到床邊，伸出大手抓住少年的手臂，讓少年爬到床邊。

看來Graph的腿依然抖得走不動，而那使得……。

啪！

「啊！！」

「別亂動，你可不輕，要是再掙扎，我就放手了。」

Graph當然被嚇了一大跳。對方忽然將手伸到他的膝窩和脖子下方，用力一抬便把他抱了起來，讓他不由自主地撲上去緊緊抱住對方的肩膀，生怕自己摔下去。然而這小小的掙扎卻引來Pakin的厲聲警告，Graph於是抬頭想反駁，張嘴正準備抗議對方到底在發什麼瘋！但……。

他看到那張深邃的臉上竟掛著一抹笑容……還是那種帶有戲謔意味的笑容。

「啊，再亂動啊？再亂動我就把你扔下去。」

誰敢啦？更何況Pakin哥還是那種說到做到的人。

少年在心中一陣嘀咕，撇了撇嘴，別過臉閃躲，雙腿則不斷顫抖，尤其是當對方開始向前邁步時。

「那個時候我也這樣抱過你啊？」

「哼，哥那時候是把我像米袋一樣扛起來吧，而且還真的扔下我。」Graph不知為何會想起當時的情景，可他就是清楚記得對方那次把他扛起來扔在家裡，那時候Pakin哥完全沒有半點溫柔，彷彿將他當成了不需要的東西。和現在不同……Pakin哥此時小心翼翼地抱著他，生怕弄疼了他。

Pakin把他抱進浴室，將他放在浴缸邊，然後打開熱水，讓水慢慢注入大浴缸，自己則先跨進水裡。

「過來。」

憑什麼聽哥的話啊？一想到以前的事就覺得不爽！

啪嗒——

過去那些讓他身心感到痛苦的日子突然浮現在腦海中。心裡雖是那麼想，但實際上，Graph還是緩緩把腳放入浴缸裡，身體跟著滑入水中，然後……靠向早已等候著他的懷抱。

當然，這讓他羞得不得了。

Pakin哥一旦壞起來，那真是壞到極致，可當他溫柔起來時……對心臟的負荷實在太大，Graph真的很怕自己會不會就這麼心臟病發。

這樣的念頭讓Graph別過臉，看向其他地方，這才發現就連浴室也是面向大海。於是，他抓住浴缸邊緣，將目光投向那片看起來有些可怕的深沉黑色海面，但他相信，白天時應該會是水光瀲灩的景色。

「白天的時候是很美的。」Pakin知道Graph在想些什麼，所以平靜地這麼說道。他捧起溫水澆在那個容易生病的少年肩上，擔心浴缸的水還未完全注滿之前，這小子就先被房內的空調冷死。

「這一面是環繞島嶼的沙灘，只有另一面打造了向海面延伸出去的碼頭。其實那邊的碼頭也是為了這次活動才特別建造的，大部分來這裡的客人都是搭直升機過來……那裡離岸邊有點遠。」Pakin解釋道，讓原本趴在浴缸邊緣的Graph興奮地轉過頭來。

「我可以去看看嗎？」

「可以。」

「那我也可以去玩水嗎？我很久沒有來海邊了，久到幾乎不

記得上一次是什麼時候了。」

　　一般的小孩可能會在放假的時候和父母一起去旅行，可Graph不一樣。從小到大，他所熟悉的假期多半是在醫院中度過，好不容易身體健康了一些，就被送去國外暑期留學，身邊會被安排一個保母陪伴，雙親的身影卻總是缺席，因為他們始終忙於自己的事情。

　　這或許是他第一次真正和某個人一起度過假期。

　　「嗯，明天應該沒什麼事⋯⋯我帶你遊覽整座島。」

　　「真的嗎！」

　　聽到這話，Graph再次靠近對方，他把臉湊了過去，非常興奮地問道，讓Pakin忍不住搖了搖頭。

　　「我說過多少次了，我從不騙人。」

　　「因為哥就是個壞心眼的人呀。」

　　「小心你的嘴。」

　　高大的男人低沉地警告著，嚴厲的眼神掃了過來，讓剛剛不小心頂嘴的Graph愣了一下。可因為此刻的氣氛比以往輕鬆許多，或者是因為對方先前那句「想念」讓他太過得意忘形，使得原本害怕說錯話而被扔出去的少年，反而很跩地左右擺動臉部，露出挑釁的笑容，就像好幾個月前經常做的表情。

　　那種表情，正是Pakin哥所說的「讓人厭煩」的模樣。

　　「我偏不，為什麼我要小心？」

　　「呵呵。」男人見狀，喉間發出一陣低笑，然後⋯⋯。

　　啾！

　　「唔⋯⋯」

　　溫熱的嘴唇猛然覆在少年腫脹的唇瓣上，以Pakin的等級，不可能只是輕輕碰觸或是蜻蜓點水的吻，而是一陣濃情密意的品

Try Me 執拗迷愛 ｜ 57

嚐，但卻熱烈地輾壓著一切，將滾燙的溫度傳到了少年的臉頰，猛烈的進攻讓少年差點來不及換氣，Pakin在這之後才緩緩放開少年，欣賞著自己的「成果」。

「我警告過要小心你的嘴了。」

「！！！」

Graph只能瞪大雙眼，抬手輕輕摸了摸自己的嘴唇，卻說不出一句反駁的話，僅能呆呆地望著那對精光流轉、甚是好看的眼眸，以及那帶著挑釁意味的迷人面容。

「來啊，再挑釁我啊。從現在開始，我不會再把你丟得遠遠的了⋯⋯我要用對我自己也有好處的方式來懲罰比較好。」

然後，這個凡事都把利益擺在首位的男人這麼說道，讓這個長久以來一直渴望著這種親密接觸的少年，在真正面對這一刻時招架不住，只得別過臉看向大海，因為⋯⋯他的耳朵已經熱到不行了。

可惡，完全無法對抗！

撇著嘴的少年在心中這麼想，他試圖擺出不滿的表情，可當他被對方拉進懷抱時，就只能順從地靠了過去。

認輸吧，Graph，無論Pakin哥對你溫柔或是無情，你都沒辦法對抗這樣的男人。

今天，Graph又學到了一件事──在Pakin哥面前，得小心自己的嘴巴才行！

＊＊＊

「哥，別告訴我，這全部都是賽道吧！」

隔天一早，雖然Graph還因昨晚的活動而身子虛弱乏力，甚

至不記得自己何時在浴缸裡睡著，又是怎麼被抱到床上的，但他不想錯過這次環島遊覽的機會，因此一早便起床了，甚至還把身邊的男人一併叫醒，要對方起床帶他去旅行。

此刻，這個穿著合身的及膝短褲、搭配亮黃色背心的俊俏不良少年正一邊興奮地大叫，一邊和按下華麗跑車的敞篷開關的駕駛說話，讓涼爽的晨風迎面撲來。隨後，少年回頭望向沿途的工作人員，他們正在檢查每隔一段距離就安裝的攝影機，以及夜間比賽所需的照明燈。

「沒錯，整座島的道路都是賽道，抓穩了。」

轟隆隆——

Graph靜靜坐著，背靠椅背，隨著身旁之人換檔並踩下油門，車子順著彎道飛速衝出。Pakin接著再次換檔，車子沿著一條通往山上的陡峭坡道攀升，引擎發出了震耳欲聾的轟鳴聲，速度表的指針一路飆升，兩側的景物隨之化為模糊的影子快速掠過。Graph第一次體驗到如此極限的速度，感覺血液似乎都在體內沸騰起來。

這是讓人心悸的極限速度……這種速度，正是Pakin哥所熱愛的。

「太厲害了！」Graph興奮地喊出聲來。對方這時稍微減緩了速度，Graph從後照鏡向後瞥了一眼剛才那個彎道，要不是事先知道它的存在，肯定會直接衝出路邊。

駕駛隨後開口解釋道：「明天的開幕儀式在傍晚舉行。將有十輛來自最大投資者的賽車參加比賽，他們都不熟悉賽道，而且周遭環境就只有路燈，你想想，究竟會有多少選手能順利抵達終點？」

「天哪，我想，一定會有人衝下山摔死。」

「相信我，這種場面正是有人想看到的。」

Graph不太能理解那些對激烈場面感興趣的人，不過想必這樣的人一定不少，否則Pakin也不會大手筆投資，將這座島改造成非法賽車場。至於他自己，也不是什麼天真無邪的人，並不會去指責這種事是不對的。如果真認為這樣子不對，那他或許就無法待在這個男人身邊了。

要爬到這個位置，Pakin哥一定做過很多比「不好」還更糟糕的事，儘管他從來都沒有講出來。

「明天我會讓你一起參加活動。」

「真的嗎！！！」Graph已有心理準備，從明天開始可能會被關在房間裡，就像以前一樣，原因無非就是他是個掃把星，不管去到哪個活動，都能搞得一塌糊塗。但是聽到對方居然允許他一起參加……他簡直不敢相信自己的耳朵。

少年重複地發問，使得聽的人稍微皺了皺眉。

每次不管他說了什麼，這小子總愛再反問一遍。可仔細想想，大概是因為他以前從沒給過這小子什麼吧？

一直以來從沒得到過，所以當自己得到時，總是要再反問一遍，像個沒自信的孩子。

以後，得讓他更確信我是真的要給他。

Pakin一邊這麼想，一邊露出一絲微笑。

有這孩子在身邊相伴，其實還不賴。

「哥，我們猜拳吧！」

「你是小孩子嗎？」

「嗯，我就是小孩子啊，而且還是個想玩水的小孩子，但哥自己說太陽太大，才讓我來這裡玩的！」

Graph大聲回嘴，這時他們正站在遊戲房的中間，面前是一張木製桌上足球桌，他真不敢相信島上居然有這樣的地方⋯⋯而且這張木製的足球桌，綠色的板面上站著整齊排列的小人，像是在模擬真正的足球場。

　　這個房間是專門給家長帶來的幼童使用的，但Graph沒想到自己居然也會被扔到這裡來，明明⋯⋯。

　　「如果哥不想玩猜拳的話，那就讓我進去那個房間吧。」Graph指向度假村的另一棟建築，他知道那裡面有一間小型賭場，可是賭場的主人卻⋯⋯。

　　「不准。」

　　Graph馬上嘟起嘴，完全不明白為何對方自己明明做了這麼多違法的事，卻和一個想去賭場逛逛的十七歲孩子較真。他就只是想看看而已，又不是真的要玩啊，竟然連這樣也不允許。

　　「那就去沙灘玩吧！」

　　「我說了再等一下。」

　　得到了這樣的回答，倔強的孩子走過去伏在玻璃窗邊，心裡滿滿的都是對玩水的渴望，尤其是在這陽光普照的白天，湛藍色海面閃耀著光芒，猶如上好的玻璃般閃閃發亮。

　　此外，沙灘應該很柔軟吧，在那上面踢球感覺會很有趣。

　　這個全然不顧自己昨晚剛經歷一場激戰的少年在心中這麼想，他一臉躍躍欲試的模樣，對服務生端上來的飲料絲毫不感興趣，反而一直用「非常想下去玩水」的眼神盯著那個自午後就悠閒地坐著、細細抿著酒的男人。看樣子Pakin哥今天不會只喝這麼一杯。

　　直到過了好一陣子，Panachai走了進來了。

　　「這是Pakin先生要的文件。」

Pakin接過文件迅速地瀏覽著，剛走進來的Panachai這時轉過頭，目光對上了那個滿眼渴望去玩耍的少年。

　　「Chai哥、Chai哥，這裡有水上摩托車嗎？」

　　「有的，就放在船庫裡。不過說實話，這裡的招牌活動是風箏衝浪……知道嗎？那種需要站在板子上，還要綁著滑翔傘的水上活動，一跳起來就會像在空中飛行一樣……。」

　　「結果頭一撞上石頭就掛了。」

　　Pakin在自己等了一整天的文件上簽了字，開口打斷了正在介紹水上活動的親信，生怕這項活動又會讓這小子遇上危險，把自己捲入什麼麻煩之中。

　　這話回得讓目光閃動、很想嘗試的少年撇著嘴，氣鼓鼓地嘟囔道：「那哥到底允許我做哪些事？」

　　「可以在沙灘上玩水，還可以堆沙堡，我允許你做這兩件事。」

　　聽到這話，Graph張著嘴，像是很想爆粗口似的，但一看到對方嚴厲的眼神，他立刻就閉上了嘴巴。

　　發話的人此時站起身來，對著親信說道：「如果有事找我，我會在沙灘那邊……要去嗎？玩水。」

　　「去！」一見到對方轉過來看向自己，Graph馬上答應，飛速起身，連忙跑過去跟上那個正準備帶他去玩水的人，生怕Pakin哥會突然改變主意，不讓他玩這片打從一來到這裡就一直嚮往的潔白沙灘和無害的清澈海水。

　　Panachai看著那兩人，忍不住露出了笑容，因為一眼就能看得出來，他的老闆已經全心全意接受了那個愛頂嘴的孩子。

　　然而，當他聽到某個人的聲音時，笑容立刻從臉上消失。

　　「Graph呢？」

「Graph先生出去玩水了。」

Panachai先是深吸了一口氣，然後才轉身去面對那位打扮依然魅力十足的人。不，或許應該說，比以往更加吸引人——無論是貼合翹臀的短褲，或是可以看見無邊春色的白色背心。

對方走過來靠在窗邊，這才看到沙灘上的兩人。

「你知道嗎？有時候，我真羨慕Graph。」

「……」

Panachai沒有回應，只是靜靜地站著，與對方保持一定的距離，因為他知道對方的話還沒講完。隨後，男模轉頭與他對視。

「但我大概永遠無法像Graph一樣，得到我所希望的。」那雙漂亮的眼眸凝視著他，接著微微一笑。

「別擔心，我們的事早就結束了。」說完，Pawit轉身準備回房，但……。

「不去找Graph先生嗎？」

「不了，我還有工作，得保養皮膚。」

Pawit邁步離開，只留下伸出手，像是想要挽留對方的Panachai。可他最後卻將手緊握成拳，垂在身側。因為就算他心裡十分想要與對方交談，卻也深知自己不配這麼做，即使他統統看在眼裡，心裡也感受得到——

對方的那雙眼睛從來就沒有「結束」過，是他自己……一次次將那份情感斬斷。

「我不配啊。」

這句話，他多麼想低聲告訴那個即使微笑著，但眼神……卻總是隱隱哭泣的人。

＊＊＊

「唉。」

「我生病又不是我的錯，都是那該死的陽光害的。」

Graph知道自己的身體素質與常人不同，這是從小體弱多病所遺留下來的後遺症。但他也沒想到，在經歷了劇烈的性愛、搭車外出兜風，最後還在烈日下玩水數小時後，今天的結果就是──體溫上升、嘴唇乾裂、雙眼因高燒而泛紅，而且汗水還浸溼了全身。

他的病況讓這座島的主人不留情面地嘆了口氣。

看著Graph一句也沒落下的頂嘴，Pakin無奈地搖了搖頭，將手放在Graph的額頭上，隨後發現他這次的體溫比往常更高，也許是因為這孩子過度使用了身體的緣故。

他已經請醫生來檢查過了，也確定是中暑引起的發燒。

「吃完藥就好好休息。」

「可是我也想一起去。」

「就你現在這個樣子？連起來換套衣服都很費力不是嗎？」

少年只好轉頭望向事先掛起來準備好的西裝，眼神哀傷。他原本以為自己可以看到對方精心策劃的活動盛大開幕，結果卻因為生病不得不待在房間裡！

「這房間的電視連接著外面的比賽直播，你就留在這裡看。」Pakin一邊這麼說道，一邊朝著電視努了努下巴，他知道這孩子期待已久，但以這種狀態跑出去，怕是會直接暈倒吧？不然就是無精打采地坐在活動會場上，那還不如待在這裡休息。

「比賽又不是只有一天，等你康復了再出來。」他不是那種很會哄小孩的人，但至少也讓少年的臉色好了幾分。隨後他低頭看了看手錶，時間顯示已經不早了，作為主辦方的他應該出面迎

接賓客了。

「那我先走了，有事就打電話給我。」Pakin將手機放在床邊，病人聽了點了點頭，原本倔強的眼神也變得溫順。Pakin見狀無奈地嘆了口氣，再度走回去傾身在少年的嘴唇上吻了一下。

「當個乖孩子在這裡等。」

「嗯，我會當個乖孩子的。」

然後，一向倔強的孩子允諾，隨即乖乖地閉上了眼睛，看樣子或許會一直睡到他回來。Pakin見狀，放下心來。然而，他卻沒料到當自己再次回到房間時……這孩子已經不在床上了。

第五十一章
人質

　　Pakin新賽車場的開幕活動,並不像合法的賽事那般擠滿人潮,那些活動通常會吸引大批熱愛飆速的運動迷。然而,雖然來的人不多,但他們的素質⋯⋯卻完全不在同一個層次上。

　　參加這次活動的貴賓,統統都是擁有「**某些**」優於普通人之處。

　　「就像你說的,你真的做到了呢。」

　　「這次活動能成功,得感謝您的鼎力相助。」

　　「呵呵,我可什麼都沒做喔,我就只是跟你一樣喜歡車罷了。」

　　Pakin此刻正站在一位極具名望、權勢與財富的大亨——某個中東國家排名第三的王子——面前。

　　這是他留學時期的老友,對速度的熱愛絲毫不亞於他,搞不好Pakin的熱情還略遜一籌。試問,又有誰能比得上這位財力雄厚到可以在沙漠中修築道路,只為測試新入手車輛的男人呢?因此,當Pakin決定在海中央打造賽場時,這位友人便成為他最先想到的合作夥伴。

　　這位不可或缺的支持者,今天更是低調親臨,給足了Pakin面子。

　　「希望殿下能玩得愉快。」

　　「我也希望如此,別讓我失望啊。」

　　主辦人聞言輕笑,目光對上這位若滿意這個活動就願意豪擲

鉅資的友人。

對這場活動的參與者而言，錢不是最重要的。只要能帶給他們快樂，他們都願意大方掏錢。而且，今日到場的來賓並不僅僅是這位阿拉伯皇室成員，還有許多同樣願意投下巨額賭注的人物，這些都將成為他多年投入心血所帶來的豐厚回報。

心中閃過這樣的想法，Pakin與友人結束談話，上前去迎接另一位客人。

此時Pakin身處於一場被布置得極為氣派的宴會中。

場地四周設有巨型螢幕，即時顯示每一輪賭注的金額，而這些數字也持續在變化。因為有權參與遊戲的人，不僅限於現場的貴賓，活動還透過直播的方式，向經過全球篩選的會員開放畫面。因此，資金流動始終在持續著。

除此之外，會場內還設有大螢幕，隨時播放賽場上每個角度的畫面，甚至包括由早已待命的直升機所拍攝的高空視角。

這是Pakin投入巨資打造的一場盛宴，他絕不容許任何變故來破壞這次活動！

就算是那些父親邀請來的「惡毒老狐狸」也不例外。

「您好，Nop先生。」

Pakin眼前站著的，正是與他八字不合的對手。

Nop⋯⋯是一位四十多歲的男子，穿著一套簡潔高貴的西裝，從頭到腳一絲不苟。這人臉上滿是隱隱的惡意，而那雙宛如鷹隼的眼眸，正緊緊盯著比自己年輕了十幾歲的男人。

Pakin正伸出手向對方打招呼，二人握手的瞬間，整個室內的氣氛似乎變得凝重，就連旁人都能感覺得到。

毫無疑問，這兩個人之間水火不容。

「活動辦得很出色啊，Pakin先生。」

「如果不出色，那就不是我了。」

Pakin毫不掩飾的自信，恐怕正是他們針鋒相對的原因。他雖視面前這個人為敵，但從未將對方看作旗鼓相當的對手。

對他而言，Nop不過是一隻只會偷襲的狗。這條狗擔心自己的地盤被搶走，卻又只能在一旁狂吠。無論是競標，還是其他被他介入爭奪利益的項目，Nop始終無法與他抗衡。Nop爭不過他，因此處處找他麻煩。更何況，對方的手下，也全是些粗製濫造的次貨。

老闆都那個樣，屬下當然就更廉價。

「你還真是一如既往的自信啊。」

「謝謝您的稱讚。」

「其實，我也想找機會和你談談。聽說我的部下給你製造了一些麻煩，對吧？我已經教訓過他們了，也希望你不要計較。」

其實是在幫那些畜生撐腰吧？

Pakin露出冷笑，隨即反擊道：「不用向我道歉，我只是當成狗在吠，既不痛，也不癢，對我一點損失都沒有。」

！

島主注意到對方的手緊握成拳，隨後又鬆開，而那雙閃爍著火光的眼睛，滿是不悅。Pakin知道對方恨不得掏出槍來朝自己開火，但這傢伙也明白在那麼做之前，自己會先將他弄成一具屍體，並埋在島的深處。

二人對視，火光迸濺。跑來敵人地盤上的Nop先生，像是聽到了什麼笑話般笑了幾聲。

這傢伙其實並不覺得好笑，反而是被氣得半死吧。

因為Pakin其實正在嘲諷──你也不過就這點本事。

當然，Pakin並不打算收回剛才的話。他看著對方壓抑怒火

的模樣，想起了那些來煩他和那孩子的小角色。

如果有機會，他或許得處理掉這些礙眼的傢伙。

Pakin提醒自己，如果他真在意Graph的安全，那麼回到曼谷後，勢必要清理掉未來可能會發生的隱患。

「是嗎？如果你沒問題就好。」

「是的。如果Nop先生沒其他事情，我就先失陪了，還有許多客人等著我招待。」

比你還重要的客人。

Pakin再次露出微笑，隨後帶著勝利者的笑容轉身離開，前往接待那些Nop沒本事單獨見上一面的貴賓……那傢伙和他的等級天差地遠。

＊＊＊

Pakin的舉動讓來參加活動的Nop先生咬牙切齒，他壓抑住怒火，帶著滿腔怒意回到了自己的房間。

砰！！！

「那個囂張的臭小子！！！要不是有他爸的權勢罩著，他根本不可能有資格站在我面前講這種話！」

門一關上，Nop發出了震耳欲聾的咆哮聲，眼中燃著熊熊怒火，讓手下們全都低頭避開他的視線，深怕一個不小心遭到牽連。就在此時，另一個人從臥室裡走了出來。

「老闆。」

「都是你害的，Korn，所以那小子才敢這麼羞辱我！！！」Nop憤怒地朝自己的心腹咆哮，責怪該名心腹之前去挑釁那小子，結果卻變成要由他來善後。

Korn這時毫不畏懼地迎上老闆的目光，直到老闆的情緒稍微冷靜下來後，才開口匯報。

　　「老闆，我已經有辦法對付他了。」

　　「對付？你每次都這麼說，可你什麼時候真的做到過？就連讓他收起那該死的笑容你都辦不到了！！！」

　　「我已經把那傢伙的戀人抓到手了，老闆。」

　　！

　　「什麼意思……？」Nop狐疑地轉身瞪向他的心腹。

　　目光猶如毒蛇般的男子手心向上一翻，比向了自己剛從裡面走出的那間臥室，房間的主人這才走進去查看。

　　「這孩子是誰？」

　　臥室裡，一名少年正靜靜地躺在床上，另有一位年輕醫師站在不遠處。Nop見狀，沉聲問道，隨即將目光轉向帶著笑意匯報的心腹。

　　「這位就是Pakin的那個孩子。」

　　「就這個小鬼？你又在給我找麻煩了嗎？」

　　Nop氣得準備掏槍對準心腹的腦袋，想以此發洩怒火，如果不是Korn趕緊接著說明……。

　　「就是這小鬼，才讓他上次願意妥協。我派人跟蹤他，發現他住在Pakin家，重要到連Panupong都會帶著他出席各種場合。而且我們的人還說，這孩子和Pakin那傢伙睡在同一間房裡。」

　　即便島主再怎麼小心提防，也不可能徹底檢查進入島上的每一個工人。而早在一開始的時候，Korn的人手便已潛伏其中了。

　　「我們很幸運，這小鬼病了，所以醫師已經給他吃了藥讓他睡著了。」

他們這群人當中，正有一名是駐守在這座島上的醫師——負責開藥給Graph的人。不過，他開的不只是普通的退燒藥，而是一劑保證讓少年睡到早上才醒來的安眠藥。

「你是怎麼把他弄過來的？」聽到這裡，Nop的怒氣才稍稍平息了一些。

「只有兩個人在看守，他們可能以為所有人都在活動現場，再加上沒人知道這小鬼被帶到島上，所以有些大意了。我已經解決了他們的人，然後就把這小鬼帶來了，就像您現在看到的這樣。」

「那你接下來打算怎麼做？」

這個問題讓回報計畫的人立刻露出一抹陰冷的笑容，隨後便將整個計畫詳盡地匯報給老闆。

原本心情不佳的Nop先生臉上逐漸浮現笑容，因為這個計畫似乎能徹底摧毀那個囂張的臭小子，讓他沒臉繼續狂妄，再也無法在這個圈子裡抬起頭。

這次的行動值得冒險一試。

＊＊＊

太陽早已沉入天際，整座島嶼卻因即將上場競速的選手而被燈光照得通亮。這場比賽不只有地下賽車界的非法選手，甚至連一些職業選手也為了高額獎金而參賽。

一切盡在掌控之中，每臺攝影機的焦點都集中在起跑線上的賽車，所有人的目光也都聚焦在那裡。然而，並不是所有人都對這場比賽感興趣，其中一位就是正覺得百無聊賴的男模。

Pawit來這裡是為了陪伴Graph，但當他得知那孩子生病無

法出席活動後,他便無事可做。

身材修長的男模早已習慣成為焦點,就因為自己的身材、外表。儘管身為男性,他也知道自己對同性來說有著獨特的吸引力。因此,就算有好幾雙眼睛注視著自己也並不奇怪。可有些目光卻讓他感到厭煩至極⋯⋯來自他表哥的對手。

那傢伙痛恨他的表哥,但卻想要得到他。

「哼。」Pawit冷哼一聲,依舊靜靜地躲在角落裡,打算伺機離開這場讓他倍感無聊的活動。如果不是那個剛才被Pakin修理得不輕的大漢突然露出愉快的神色走了過來,他可能早就溜走了。那人似乎有什麼值得高興的事情發生,完全取代了先前因島主激怒而產生的不快情緒。

「嗨,好久不見了。」

「你好。」儘管舅舅那一方家族權勢滔天,可他父親那邊的家族卻從未涉足非法事業,因此Pawit知道自己不該愚蠢地主動樹敵。Pawit只是淺淺一笑,接過對方遞來的酒杯,但絲毫沒有要飲用的意思。

他可沒那麼笨。

「什麼時候回泰國的?」

「一段時間了,不過我很少出門。」

「難怪,我倒是常碰到你父親。聽說你不喜歡這種場合。」Nop帶著笑意說道,目光掃過眼前修長迷人的身影。儘管對方是男性,但Pawit身上散發出的魅力卻遠遠超過許多女性。

Pawit聽了不動聲色地敷衍了幾句,臉上掛著虛假的笑容。

「是的,我不太喜歡這樣的場合。今天會過來,也是因為我哥。」Pawit特意強調自己與Pakin的關係,對方聞言輕笑出聲。

「不過,你應該會很無聊吧,你哥可能還要忙好一陣子。」

「不會的，其實我正打算去陪我弟。」Pawit將酒杯交還給服務生，心中明白此時所有人的注意力都集中在比賽的開場活動上，所以應該不會有人來解救自己脫離這名男子的糾纏。因此，他認為是時候找個理由離開，好去看望那個抱病的孩子。

「是嗎？看來是個很重要的弟弟。」

！

某種異樣的感覺告訴Pawit，這人不太對勁。不過為了盡快離開這個地方，男模於是保持微笑答道：「是的，非常重要的弟弟。所以，請容我先行離開。」

「希望下次還有機會再見。」

Pawit見狀，鬆了一口氣，慶幸對方肯放他離開，即使在心底深處莫名地感到一絲不安。

對方提到Graph時的語氣……像是認識他。

不可能吧？是自己多想了。

Pawit在心中對自己低語著，可雙腿卻加快了步伐。他急切地想去找那個倔強又愛撒嬌的孩子，好過繼續待在這個讓他絲毫不感興趣的鬼活動上虛度。然而，就在他一走到門口時……。

「Win先生，你要去哪裡？」

「去找Graph。」

Panachai立即上前擋住他的去路，同時瞄了一眼Pawit走過來的方向。

作為Pakin的親信，Panachai自然不會信任那隻狡猾的狐狸，更討厭對方盯著老闆弟弟背影時的那種眼神。

「那我送你過去吧。」

「你很閒嗎？」

「還能抽出一點時間。」高大的男子語氣低沉道，完全無視

Pawit不想靠近他的態度。

　　他銳利的目光中透著認真，表示他一定會把他護送到房門口。這讓Pawit無奈至極，明白再繼續堅持下去也毫無益處，還不如快點走到目的地。

　　儘管每次一靠近這個男人，就會讓那些痛苦的回憶再度湧上心頭。

　　Pawit這樣想著，同時邁步走向通往樓上房間的走廊，卻未察覺到周圍異常的安靜。但走在後面的Panachai則不然，他皺起了眉頭，手已摸向配在腰間的手槍。

　　「Win先生，請跟在我的身後。」察覺到異樣的Panachai走到了前頭，用手臂護住另一個人，後者眉頭立刻一緊。

　　「這是什麼意思？」

　　「周圍太安靜了。」

　　「什麼意思？等等，那Graph呢！」Pawit瞬間瞪大眼睛，驚叫出聲。他知道這片區域內的房間，應該只剩下那個抱病的孩子獨自發著高燒躺在床上。他鋒利的眼眸隨後環顧了一下四周，發現的確如Panachai所說，根本沒有任何人在看守，這讓Pawit的心臟因恐懼以及對那個孩子的擔憂而加速狂跳。

　　「快點走啊！」Pawit幾乎要吼出聲，推著那個依然保持警戒的男人的背部。

　　Panachai隨即嚴肅地回道：「別離我太遠。」

　　「好啦，我知道了，快一點！！！」Pawit甚至想直接衝出去，但他知道自己肯定會被抓住。他只好用雙手推著Panachai寬厚的背，催促他繼續往前走。

　　Panachai被推得不得不加快步伐，同時抽出手槍，進入備戰狀態。

直到兩人來到了Pakin的房間門前……。

「Win先生，請先在這裡等一下。」

「知道了，快點啦，Chai！確認一下Graph是不是還在裡面？」Pawit試圖壓低聲音，但實際上他替那個孩子擔心到快要哭出來了。

Panachai聞言迅速點頭，推開門，接著側身進入房間內。Pawit此時不知道裡面發生了什麼事情，他只能焦急地四處張望，並掏出手機準備隨時聯絡表哥。

「Win先生，可以進來了！」

砰！

Pawit毫不猶豫地用力推開門，循著呼喚聲衝了進去。然而，當他一跨入臥室……。

「不可能！」兩名工人面朝下倒在地毯上，Pawit的心臟瞬間沉到了谷底。他迅速將目光轉向床鋪，卻發現那裡空蕩蕩的。

「你檢查過浴室了嗎！」

「是的，Graph先生不在這裡。」Panachai語氣凝重道，他隨即掏出對講機，開始聯絡他的老闆。

「Pakin先生。」

「你在哪裡，Chai……。」

「緊急狀況，Pakin先生。Graph失蹤了。」

「你說什麼！你現在在哪！！！」

對講機那頭陷入短暫的靜默，彷彿信號一度中斷。但當聲音再次傳來時，對方的嗓音充滿了怒氣，似乎有一股毀滅性的力量透過電波傳來，顯然Pakin已經了解了情況。

「我就在你的房間。」

「我現在馬上過去！！！」

對講機中傳來刺耳的嘈雜聲響，Panachai這時轉頭看向一旁臉色蒼白的人。

「Pakin先生很快就到了。」

「我知道啦！但我想知道的是，Graph到底消失到哪去了！該死！！！」Pawit平時是個很擅長控制情緒的人，但這次卻完全失控了。他對著另一個人大聲吼叫，焦急得快要抓狂。因為無論怎麼看，此時都不像是那孩子會自己跑去沙灘散步的時候。

看到Pawit這麼憤怒，Panachai只好這麼安慰道：「冷靜一點，Graph先生一定會沒事的。」

這句話或許多少能安撫到Pawit的情緒，但絕對無法讓正在趕來的那個男人減少半分怒氣。

Pakin從未想過，自己會把這麼重要的工作拋到腦後，然後以最快的速度趕路。豆大的汗水透溼了他的鬢角，但他卻感覺不到一絲炎熱，相反地，他的脊背一陣陣冰涼。親信剛才的話仍然在他腦海中不斷迴響——

那個孩子不見了。

不久，他終於抵達房間。親信此時站在門口等候發落，而他的表弟則凝重地抬手掩面。Pakin銳利的目光掃過事發現場，不需等任何人向他報告，當下便能明白——這絕不是鬧著玩的。

那孩子再怎麼頑皮，也沒本事放倒兩名壯漢，讓他們像現在這樣倒在地毯上昏迷不醒。

「派人搜索整座島，帶走他的那些人不可能跑得太遠。」Pakin轉向親信，語氣低沉地命令。

Panachai聞言便迅速衝了出去。

然而，如此冷靜的命令讓Pakin的親戚猛地轉過頭，眼神相

當憤怒地瞪了過去。

「這就是Kin得知Graph失蹤後說的第一句話？你難道不擔心他嗎！」

他的表哥太過平靜了，冷靜得像個薄情寡義之人，彷彿那孩子失蹤不是什麼重要大事，冷血得什麼也感受不到。

Pakin對此不予以回應，亦沒理會表弟那像是快要崩潰的模樣。

「回答啊！哥難道就一點都不生氣嗎？不知道哪來的人渣把那孩子帶走了！！」

此刻，角色似乎完全顛倒了。平時能在任何情況下保持冷靜的那個人，現在正怒火中燒地對自己的哥哥咆哮；而那個平時脾氣火爆的人，卻站在原地，靜默地任由弟弟朝自己大吼。

是的，Pakin的臉色沒有絲毫的改變。

不過，又有誰比Pakin更清楚自己的感受呢？

他的外表看似鎮定，但內心卻如末世之火般灼熱，胸腔中的心臟幾乎被燒成了灰燼。他感受到了一種從未有過的恐懼，那恐懼像惡性腫瘤般蔓延開來，啃噬著他的內臟，甚至逐漸向外滲透。然而，他將這一切全都壓抑在那張冷漠的面容底下。

現在，他必須讓自己盡可能地冷靜，讓內心盡量保持平和，讓大腦能正常運作。如果他因為憤怒而失去理智，最終受到危害的只會是Graph。

那個孩子，我真不應該放他一個人睡在房間裡！

這是Pakin第一次如此責怪自己。如果他當初帶著那個孩子一起出門，這件事或許就不會發生。但現在不是懊悔的時候，他必須弄清楚到底是誰幹的，預想那孩子可能會發生什麼事。

「Nop！！！」Pakin立刻就意識到誰是幕後黑手，隨即拿

起對講機，聯絡監管碼頭的人。

「禁止任何人離開島嶼，直到我下達命令。」

「剛才有一艘快艇離開了島嶼，要派船去攔截嗎？」

「該死的王八蛋！！！」

Pakin大聲地咒罵，隨即下令：「派船把它追回來，誰能做到，我會重重獎勵！」

接著，Pakin又用對講機聯絡他專屬的直升機隊伍。其中一架用於實況轉播，另一架則用於緊急情況。而此刻，無疑是最緊急的情況。然而，就在他準備放下一切，親自出去尋找那個生病的孩子時，另一個剛得知消息的男子走了進來。

「需要幫忙嗎？」

咻。

「爸。」

此時站在門邊的那位父親神色嚴肅，讓原本曾放話說「就算死也絕不低頭向任何人尋求協助」的兒子沉默了片刻，隨後……。

咻。

Pakin整個人彎下身來鞠躬。一直以來他就是個強大到試圖與父親較勁的年輕人，極少回歸到長子的角色。

「幫幫我。」

「雖然這句請求聽起來不怎麼順耳，但看在你願意低頭的分上，好吧，我幫你。你留在這裡，這場活動不能沒有你，至於搭乘直升機去追人的事，由我親自去辦。」Panupong語氣嚴肅道，隨後這位理應行動遲緩的老人，竟以敏捷的步伐迅速轉身離開，甚至還同時快速地向身後的隨從下達指令，彷彿他的腦袋隨時都在全速運轉。

留在原地的Pakin吸了一口又深又長的氣。

操！

現在，他多麼想拋下所有的事，親自去找那個孩子。但他擔負的責任卻緊緊掐住了他的咽喉，讓他無法擺脫。他知道，這場活動是他多年心血的結晶，他亦不想看到它毀在自己手上。

然而，在毀掉這場活動與失去那個孩子之間做抉擇，光是想想……都讓他的心臟幾乎停止跳動。

竟敢讓我這麼焦急，等你回來了，一定要狠狠嚴懲，讓你記住教訓！

「沙──沙──Pakin先生，車子現在已經放出去了。」

「先交給你處理，我在忙其他的事情。」

Pakin已經不在乎這是他自己的開幕活動，語氣嚴厲地回應監控室，幾乎想直接切斷通訊，但對方接下來的報告讓他停了下來。

「出現問題了，剛剛有消息回報，發現三號賽車手昏倒在沙灘附近。」

「我馬上過去！」不管線索有多微小，Pakin毫不猶豫地馬上衝出房間，直奔監控室。

監控室裡面有幾十名手下正在忙碌地工作，Pakin迅速衝到監控螢幕前，上頭顯示三號賽車沿著賽道疾馳的畫面，但並沒有和其他車輛擠在一起，而是故意落在最後，似乎是刻意在引起眾人的注意力。

「調出車內的影像。」

啪。

螢幕上的畫面只有一片漆黑，這讓Pakin幾乎想要怒吼出

聲。

「用無線電聯繫選手！」

沙……沙……沙……。

「無線電系統出問題了。」

「該死的破東西！！！」Pakin幾乎要把無線耳機砸在地上，雙眼死死盯著那輛四門賽車。那輛車經過改裝，性能不輸給數千萬的豪車。然而，天色已經完全暗了下來，他無法看清車內的情況，可內心卻湧上一股異樣的預感。

那孩子會不會就在那輛車裡？

這個念頭讓他幾乎想衝上車，踩下油門追上去。但就在那一瞬間——

鈴～～～

褲子口袋裡忽地傳來了響亮的電話鈴聲，Pakin迅速拿出手機。而螢幕上的來電顯示讓他的心臟猛然一緊……這是他出門前留給那個生病孩子的手機。

「Graph！你在哪裡！！！」

「你好，Pakin先生。」

他憤怒地大吼，期待能聽到那生病孩子沙啞的聲音，告訴他只是偷偷跑出去玩了。但電話那頭傳來的，卻是低沉、幽暗的嗓音。對方聽起來像是戴著面罩說話，聲音因此更加低沉，讓人難以分辨對方是誰。

「你是誰！！！」

「我有東西要給你看。」

對方非但沒有回答問題，反而還說了一句不相關的話。而就在那一刻……。

「影像來了，Pakin先生！」

「Graph！！！」

車內的影像終於出現在螢幕上，但鏡頭並未如原先計畫那般，為了確認選手在比賽過程中的狀態而架設在選手的前方，而是直接對準了副駕駛座。此刻，副駕駛座上那名垂著頭昏睡過去的人⋯⋯正是Kritithi先生。

一見到那名少年，剛才跟著來到監控室的Pawit便像受到驚嚇似地叫出聲。而拿著手機的那個人⋯⋯心中的震驚遠超於此。

當Pakin一看到那個完全不省人事的少年時，他的心臟彷彿沉入了幽黑的大海之中。

「Graph⋯⋯。」他只能出聲呼喚那孩子的名字。

「現在準備好來談條件了嗎？」

Pakin只能緊握住拳頭，深吸一口氣來穩住自己的情緒。因為接下來，Graph的生命將完全取決於他的決策！

第五十二章
衝向天空的火焰

　　滿是監視器螢幕的監控室內，壓抑的氣氛幾乎讓所有人都嚥不下口水。每一雙眼睛都緊盯著其中一個螢幕，螢幕上顯示的是一名少年的影像。昨天，所有人都看得出來，這位少年對他們老闆的重要性。隨後，眾人的目光轉向了這座島上權力最大的那個人。此刻，他緊握著手機的手已經青筋暴起，眼中燃起熊熊怒火，彷彿想親手粉碎那個始作俑者。

　　「你想要什麼？」

　　「唉呦、唉呦，只要是這孩子的事情，總能讓你這麼緊張呢。」

　　「把你的手從我的孩子身上拿開！」

　　Pakin知道，自己不該過於表現出對那孩子的擔憂，但當他看到駕駛把手伸進畫面範圍內，開始撫摸那名臉色蒼白、昏睡不醒的少年臉頰時，他低沉的怒吼聲便炸裂而出，氣得面部充血。這反應引來了一陣笑聲，從電話的另一端刺激著他的聽覺神經。

　　那渾蛋聽到他急得雞飛狗跳的怒吼聲，覺得相當痛快。

　　「別這樣嘛，你可別忘了，對我應該禮貌一點。」

　　「你到底想要什麼！」這名被要求禮貌一點的人語氣強硬，冷峻的目光掃視著螢幕上少年的面容以及身體。雖然少年身上沒有任何外傷，但他卻更加焦急。

　　那孩子的情況看起來比昨晚還糟。

　　儘管Graph睡得非常沉，但他的胸部起伏卻更加劇烈，顯示

出高燒的情況變嚴重了。少年面容蒼白，嘴唇乾裂，根本不需要碰觸也能感受到，他的身體一定很燙。所以，他必須盡快把那孩子帶回來！

「我想你很清楚，我大約還有十五分鐘就能衝過終點線。但是，我只給你十分鐘的時間來做決定。」

Pakin保持沉默，表示自己正在聆聽。這時，通話另一端傳來一道洪亮的嗓音，對方那語氣聽起來像是很有自信，彷彿自己拿了一手更好的牌。

「我需要你接受我的提議，用來交換這孩子的生命。」

「我就大發慈悲地告訴你一件事，不管我答不答應，你都別想從這座島上逃出去。」Pakin語氣冷硬，試圖扭轉局勢。如果那傢伙在做出這種卑劣行徑後還想過上平靜的日子，那就必須接受他的提議，放了Graph。

然而，對方卻爆出一陣笑聲。

那刺耳的笑聲鑽進了Pakin的耳中，他的手不由自主地握緊手機，幾乎要將它捏碎。

「別太自信了，Pakin先生。別忘了，你還沒抓到那個放置炸彈的人，這意味著你也抓不到我。」

Pakin並不訝異這些人是一夥的，但他氣憤的是，竟然讓這些人接連得逞，而且這次還是在他的眼皮底下發生。沉默只會讓對方更得意。

「就算你派直升機來搜捕我，只要我拿到想要的東西，我就能從島上逃走，像你這種沒本事的人，甚至連我的衣角都抓不到。」

Pakin立刻意識到，對方不僅僅只有下手的那幾個人。如果對方這麼有自信，就表示他的島上肯定有內鬼，而且對方早就安

排好了退路。但此刻，他還無法確定對方究竟會如何脫身，畢竟所有攝影機都對準了那輛賽車。Pakin隨即轉身對著親信點了點頭。

Panachai接到信號後，立即轉身離開。他知道自己只有不到十分鐘的時間，去找出對方究竟會使出什麼手段逃出這座島。

「好了，我們來談正事吧，Pakin先生。你知道現在我的時速是多少嗎？」

Pakin銳利的目光轉向另一邊，他的一名手下隨即點了點頭，並將賽車的時速數據顯示在螢幕上。那是一個稍有差池就可能致命的速度，雖然這場比賽的確是為了挑戰極限，但那個倔強的孩子絕對不能身陷其中！

「是，我知道。」

「很好，那就不需要多說了⋯⋯那你想想看，如果這個俊俏的孩子在這樣的速度下，從車裡被甩出去，會發生什麼事？」

「⋯⋯」

這一次，Pakin沒有回應，雖然在內心裡暗自咒罵。他發誓，就算這傢伙真能從這座島上逃脫，他也一定會追捕到底，然後用最殘暴的方式虐殺，要對方牢牢記住──別妄想出手碰那孩子！可就在此時，他的腦海中閃過一幅畫面⋯⋯。

雖然不應該去想像最糟糕的情況，但Pakin腦中卻不自覺地浮現出那名虛弱的少年，被從高速行駛的賽車上推出去的場景⋯⋯縱使僥倖沒讓頭部撞到地面，Pakin也無法想像，一個失去意識的孩子能從這種地獄般的速度下倖免於難。

對方似乎能猜到他在想什麼，因為對方正在「展示」給他看。

咔嗒──

突然，副駕駛座的車門被打開，外面的狂風瞬間灌進車內，拍打在少年的身上，使得少年的頭髮在風中亂舞。這時，Pakin幾乎想衝進螢幕裡，但他僅死死抓住座椅的邊角，壓抑住自己的衝動。

「你別以為自己逃得掉！」

然而，這句威脅似乎惹惱了對方。

砰！！！

「Graph！！！」

就在那一刻，刺耳的撞擊聲突然響起。駕駛將車倏地偏向路邊，打開的車門因此猛力撞上了安裝在路邊的設備，造成劇烈的震動。這讓僅繫著安全帶防止被甩到賽道上的少年，頭部隨之劇烈晃動。

強勁的撞擊力道讓車門部分碎裂，碎片散落在路面上，不過整扇車門仍未完全脫落。一些碎片甚至彈入車內，劃傷了Graph的臉頰，鮮血隨之滲出。

鮮紅的血液順著臉頰滑下，將蒼白的臉染成一片鮮紅。這一幕讓看的人瞪大了眼睛，心臟幾乎停止了跳動。Pakin感受到一股比地獄之火更猛烈的憤怒，比世上所有熱氣加起來都還要猛烈的怒火，直衝他的胸口。

我要殺了你！我要追殺你，直到你死在我的腳下！！！

Pakin在心中怒吼，嘴上卻不得不用低沉的嗓音發問，語氣像是在告訴對方……他已準備好進行協商。

「你想要什麼，就直接說吧。」

「很明智的決定。」

車外的風聲呼嘯，卻無法壓過那惡徒的聲音。而對方接下來所提出的條件，則讓監控室裡的所有人都僵在了原地。

「取消你所有的比賽,然後讓所有的賓客滾回家!」

「!!!」

這個條件讓所有人不敢呼吸,他們只能將視線投向那個擁有決策權的人⋯⋯那個付出多年心血打造這場活動,並曾發下豪語無論發生什麼事情,比賽都必須進行下去的人。然而,現在面臨交換的人質,是那名少年。他們真的不知道老闆究竟會如何抉擇。

「作為交換,只要你宣布取消比賽,我就立即把這孩子還給你。」

如果這只是在首都街頭的比賽,Pakin會毫不猶豫地下令取消所有活動,即便這可能會讓他損失一大筆金錢。但這並非市街比賽的程度可比擬的,參與者全都是握有驚人權勢的大人物,一旦他宣布取消並請這些賓客離開,那就意味著這場活動徹底失敗。

若是讓這些賓客感到不悅,他就再也沒有機會回來繼續站在這個地方了。

如果這場活動失敗,便代表他的人生也一起走到了終點。

Pakin自己也覺得很訝異,明明這件事情應該比買一輛車還容易做決定,可他為什麼就是說不出口?

一個人的生命,與他傾注全部心血的事業。

幾個月前,他可能想也不想就選擇掌握在手中的權力。一個只會跟在他身後跑、令人厭煩的孩子的生命,不比他所投入的心血重要。但此刻,他的身體卻僵化,嘴唇乾裂,連一句話都說不出口。

他只知道,自己不能失去那小子。

那小子,只是一個每晚都陪在他身邊的頑皮孩子。

那小子，只是一個孤獨無依、渴望溫暖的寂寞孩子。

那小子，只是一個不懂得如何向他人撒嬌以博取關注、令人頭疼的固執孩子。

那小子，只是那個總讓他工作出現狀況，但能用笑容為他帶來繼續前進的動力的孩子。

『Pakin哥，Pakin哥，Pakin哥你聽我說，今天我還和金派一起玩了呢！』

他想起那小子見他願意傾聽自己的故事時所露出的欣喜笑容；說著自己已不再像從前那樣孤單的歡快說話聲；或者挪過來將臉依偎在他大腿上的溫暖皮膚……這個孩子並不重要，一點也不。

真的嗎？如果不重要，為什麼你不拒絕呢？

Pakin無法欺騙自己，他無法欺騙那顆此刻正要碎裂的心，說出那孩子不重要。他很重要，重要得勝過一切。

「老闆，快看那邊！」

然而，就在他猶豫不決的那一刻，一名手下的聲音突然響起，將他從沉思中拉回。他猛然抬起頭，接著看見了……那個原本低垂著頭昏睡過去的孩子，此刻已經微微睜開了雙眼。

Graph那充滿淚光的眼睛，正直視著攝影機。而駕駛則志得意滿地認為那孩子還沒醒來，完全沒轉頭留意。只有監控室裡的人發現，Graph已經醒來了，並且正聽著這一切。

「怎麼樣？我再給你三分鐘時間。」

不可以，不！！！

Pakin喃喃自語，心中突然升起一股不好的預感，少年的目光則往旁邊瞟了一眼。昨天他帶著Graph繞島兜風時的情景，頓時鑽入了他的腦海中。他記得非常清楚，Graph曾經說過，這條

路看起來就像有人會衝下山摔死。

那個彎道此時愈來愈靠近。就在任何人都還沒來得及做出決定時，少年微微地動了動唇瓣。

啪！

「不！Graph，住手！！！！」

「啊！！！！」

「我認輸了！我什麼都答應，停下來！！！馬上停車，現在就停下來，我會取消比賽！！！！」

Pakin已經看不到Graph的臉了，只見少年整個人傾向駕駛座。緊接著，耳邊傳來了惡徒驚慌失措的喊叫聲。然而，他的妥協還是來得太晚，遠遠比不上車內那名少年做出決斷的速度。

「不，不，不要！！！」Pakin發出了怒吼聲，因為另一個螢幕裡顯示出那輛三號賽車正以極快的速度急轉，以至於難以穩住車身。接著……。

「Graph！！！」

轟隆！！！

整輛車直直衝向山崖下方，那裡沒有防撞墊，只有足以將任何落下之物撞得支離破碎的堅硬物體。

就在那一瞬間，車內的畫面戛然而止，如同Pakin失去支撐的雙腿一樣。

「不可能……」Pakin跪倒在地，目光死死盯著車輛墜入山谷、看不見任何殘骸的畫面，耳邊卻迴盪著Graph最後講出的那句話──

『我不想成為哥哥生命裡的掃把星……。』

＊＊＊

Graph是一個體弱多病的孩子，不過這個體弱多病的人卻非常討厭吃藥。如果發燒了，他會立刻貼上退熱貼；如果感覺身體不適，他會躺下來休息以恢復體力；如果中暑了，他就會一直待在冷氣房裡。他願意嘗試一切辦法，只為了避免吃下更多的藥物，他小時候就已經吃得夠多了。

　　同樣的……今天，Graph也沒有吃藥。

　　即便醫生開了一堆藥給他，但Kritithi先生所做的事情，就是趁沒人注意到時，悄悄把藥藏到枕頭底下。然而，由於病症的緣故，他很容易就陷入睡眠，並且可能會一直這樣睡到第二天的早晨，或直到病情稍有所好轉。

　　除此之外，Graph是個能睡得很沉的人。一旦睡著，就算有人將他抱到其他地方，他也毫無知覺。所以，從被帶離房間、被放到車上、再繫上安全帶的整個過程，他全然不知情。直到他感受到劇烈的撞擊和臉頰上的灼痛感，才將他從睡夢中喚醒來面對眼前的現實。

　　現實是，他並沒有躺在房間裡。

　　現實是，有人正在和Pakin哥談條件。

　　以及現實是……他又再次成了那個毀掉Pakin哥生活的「掃把星」。

　　一次又一次，他總是讓這個男人所付出的努力付諸流水，而這一次，亦是如此。

　　當Graph一得知惡徒想要什麼的瞬間，正在發高燒的他腦海中立刻浮現出一幅畫面——那個晚上他依偎在Pakin哥的胸膛裡，聽那壞心的男人談起他多年前的夢想。

　　他記得非常清楚，那個男人的神情、眼神，以及滿懷決心將

這場比賽變成現實的語氣。而那也是Pakin哥第一次敞開心扉，讓他走進去感受。他胸口裡的那塊肉因此幸福地跳動著。更重要的是……昨天，他也親眼見證了這一切。

他走進了這個男人傾注所有心血所打造的島嶼，所以Graph發誓，自己無論如何都不要成為摧毀它的原因！

Graph注意到有一臺小型攝影機正對著自己，但他的目光卻悄悄瞥向熟悉的賽道。

昨天，Pakin哥已經帶他看過了整條賽道，他從副駕駛座的視角看到了賽道的每一處細節。而此刻，某個人正載著他高速行駛、往上坡衝去，讓他的心跳愈來愈快。

正因為Graph記得這條路線，所以在那一秒鐘便決定了下一步該怎麼做。

Graph並不是自作多情，認為Pakin哥會為了他而放棄這場比賽。但他下定決心，為了Pakin哥，他要親手阻止這一切。

少年即將展開行動，但在那之前，他對著攝影機低語……彷彿那些話是說給螢幕另一端的那個男人聽的。

無論這個孩子有多固執、多纏人，以至於令人煩厭，但他不想讓任何人說，他是Pakin哥生命中的「掃把星」。

Graph用盡身體最後一絲力氣撲向駕駛座，死死抓住駕駛的方向盤。由於對方毫無防備，Graph得以將方向盤猛力轉到底。在這個過程中，震耳的慘叫聲迴盪在他的腦海中，而對方則試圖以強大的撞擊力將他壓回座位上。但是Graph不在意，他唯一專注的事，就是緊握住那被轉到底的方向盤。

如果這混蛋死了，如果我死了……一切就能結束了。

在這一瞬間，Graph腦中浮現出這十年來一直縈繞在他心上的男人的臉。

那個男人，曾經視他為沒教養的孩子。

那個男人，一次又一次將他扔出家門。

那個男人，曾經把他丟在街頭，任由他痛哭。

那個男人，在他最孤單、最無助的時候，擁抱安慰他。

那個男人，嘴上說著「不行」，但卻買來他最想要的小狗送到他的手上。

那個男人，曾吻著他的嘴唇，告訴他要當個好孩子，然後乖乖等待。

現在，他已經是個好孩子了吧？他不再是那個任性又固執的孩子了吧？

「我……會當哥哥的……好孩子……。」

Graph對著空氣低喃，彷彿希望這句話能傳給在遠方的那個人。

就在撞擊聲響徹四周、視線變得模糊、鮮血流入眼睛裡的同時，Graph感覺自己的身體彷彿被撕裂，沒有半點爬起來的力量。然而，在他最後一刻所渴望看到的……就是曾承諾過，如果他當個好孩子，就會回來找他的那個男人的臉。

「Gra……Graph……Graph！！！」

Pakin哥真的來了，哥哥真的一次也沒有食言。

Graph聽見從遠處傳來的聲音，以及某個人帶著極度恐懼靠上來的臉，但他已經沒有任何知覺了。在意識完全消散前，他最後看到的是直衝天際的烈焰。

看來我死了吧？

＊＊＊

「讓一讓，請讓一讓！」

病床被緊急地沿著走道推向急診室，身旁跟著數名護理人員密切關注傷者的狀況。不遠處，一名西裝破爛、襯衫已被鮮血浸透的男人緊隨其後，他銳利的目光死死盯著那個氣若游絲、渾身血跡斑斑、看起來不太可能生還的身影。

「請您留在這裡！！」

「救救他！要付多少錢都行，但請救救他！！」

急診室門口，護理師們齊力阻擋這名高大的男人，使得一副想衝進去的男人發出嘶吼懇求。就算要傾盡所有，他也心甘情願，只為了延續少年的生命，再多爭取一些時間。

「不要讓他死！不要讓我愛的人死掉！！！」

Pakin對著關上的急診室大門嘶吼，那扇門彷彿也將他的心死死地關上。他站直的雙腿，一下子無力地跌坐在椅子上，雙手緊抓著自己的頭髮，像是要將它們扯下來。

少年的模樣依舊歷歷在目。

當他看到那具從破損車門裡露出的、血跡斑斑的身體，剎那間，他的心臟幾乎停止跳動。他的兩隻腳義無反顧地衝上前去，完全無視身邊手下的大聲呼叫，警告他車子隨時可能會爆炸。他只想著一定要把這孩子救出來，不管那具身體是否還有生命氣息。

他全力以赴，無視油箱即將炸開，也無視火焰正要將他吞噬，以雙手用力將那具被鮮紅色液體浸溼的身軀拖出來。就在那一瞬間，整輛車轟然炸裂，猛烈的火焰竄向四面八方，但Pakin絲毫不在意。他唯一在意的只有⋯⋯。

『沒死！Graph還沒死！立刻準備直升機！！！』

他的手下立刻跑上前查看情況，盡可能利用現場的設備進行

搶救，隨後再將人抬上直升機，緊急送往擁有最完善醫療設備的醫院。而現在，Graph已經被送進了急診室。即便沒有人在耳邊低語，Pakin也很清楚，那孩子的生還機率有多渺茫。

他的雙手親自碰觸過那具身體，指尖感受到鮮血流出的溫熱。就連他的雙眼也牢牢記住了每一個畫面，猶如刻進了心底。

「Kin。」

Pakin完全無視表弟正向他靠近，也不在意Pawit哭得渾身顫抖。他唯一注意到的，是自己正沿著手掌滑落的眼淚，以及自己那幾乎聽不見的呢喃聲音。

「都是我，都是因為我，是我害Graph變成這樣的，都是因為我！」

這一切，都是因為他。如果他沒有走進這孩子的生命中，Graph就永遠不會接觸到任何危險。如果他從未遇見那個七歲的孩子，事情大概就不會變成這個樣子了！

那個孩子曾大膽地命令他，結果被他教訓了一下。那小子後來才終於明白，並非所有人都會照著自己的話去做。

自那之後，那孩子就像影子一樣追著他跑。

『Pakin哥，Pakin哥⋯⋯Pakin哥。』

當年的那個幼童，漸漸成長成一名為了獲得他認可而不斷努力的少年。

那個孩子，本應該走上平靜幸福的人生道路，成為出生在富裕家庭的尊貴少爺，然後遇見一個好女孩，而不是像這樣，經歷這種事情⋯⋯遇上像他這樣的人。

這十年來，他到底為了Graph做過什麼？為什麼那孩子最後竟決定為了他這種人犧牲自己的生命？

就在那一刻Pakin才明白，就算有再多的金錢和權力，也無

法買到一個人的命。

　　直到來不及挽回之際，他才意識到，對他來說最重要的，原來是那個寂寞孩子的笑容，以及那些竭力想留住他的擁抱。

　　Graph是他所愛的人，是比任何一切都還要重要的人。

　　然而，他現在還能用什麼來交換？該怎麼做，才能讓那孩子回到身邊，再次露出笑容？

　　他完全不知道，真的一點頭緒也沒有。

　　「不要死啊，Graph，拜託了⋯⋯不要死。」

　　「Kin⋯⋯。」

　　這個擁有一切卻無法救回最愛之人的男人的身影，映照在每個人的眼中。Pawit這時候也只能默默地挪到表哥身旁，伸手摟住他的肩膀，即便自己也抽泣到不能自已。

　　「Graph⋯⋯會沒事的⋯⋯Graph一定會沒事的⋯⋯那個固執的孩子⋯⋯一定會平安⋯⋯無事⋯⋯。」

　　此刻，他們只能祈禱，那孩子的頑強能支撐他繼續堅強地活下去。

＊＊＊

　　「該死，最後還是被那傢伙搞砸了！」

　　快艇剛抵達岸邊，Nop從島上的眼線那邊得知他精心策畫的計畫徹底失敗，只能憤怒地咒罵，對那個死於火海的手下卻毫不惋惜。畢竟，這種人他隨時都可以找到新的來替代。

　　然而，這隻邪惡的狐狸萬萬沒料到，自己會遇上這群人。

　　「怎麼樣，Nop先生，看起來氣得不行啊？」

　　「你！」

Nop抬起頭，發現碼頭上的一群人正舉起槍口對準他，而站在最前面的人竟是Panupong。這位老人正用那種年紀不該有的凶狠眼神盯著他，語氣冰冷得彷彿能刺穿他的皮膚。

　　「聽說你匆匆忙忙離開了會場，這麼急是要去哪裡啊，Nop先生？」這位年長者以平靜的語氣說道，目光則注視著眼前因震驚而瞪大雙眼的男子。對方顯然沒想到會在這裡看到他。

　　Nop應該不至於蠢到以為直升機會比快艇還慢吧？

　　「真是⋯⋯真是意外，居然在這裡遇到你。」Nop依舊裝出一副不知情的樣子，因為這整件事都是出自Korn之手，沒有任何證據能追查到他頭上。而且，那傢伙也在那場車禍中變成了一具屍體。

　　「我來是為了抓老鼠啊，Nop先生。你有看到嗎？我正想幹掉一、兩隻呢。」

　　「那你恐怕是白跑了。這附近一隻老鼠都沒有。」

　　Panupong平靜地盯著對方的臉，隨後⋯⋯大笑起來。

　　然而，那笑聲卻沒半點令人感覺的愉快，反而使現場氣氛變得更加緊繃。

　　「好啊！這附近沒有老鼠，那就好。那麼，我就請你替我向那隻老鼠帶句話吧⋯⋯。」Panupong忽然收起笑容，直盯著Nop的眼神猶如獵人正準備抓捕獵物。

　　「如果再有人敢出手動那孩子一根汗毛，那麼下次不只是我兒子會追殺到天涯海角，就連我也會剝下他的皮做成擦腳的地毯，再把他的腦袋丟進海裡餵魚！明白了嗎，Nop先生？」老人露出了一抹冷笑，最後那句話顯然是故意說給面前這個人聽的，而不是請對方轉告其他人。

　　兩雙眼睛靜靜地對視，最後是Nop無法再承受那樣的眼

神，主動移開了視線。

「總之我會替你轉告的。」

這等於承諾了他再也不會出手動Graph分毫。

Panupong聽完微微一笑，轉身準備離開。這讓Nop幾乎鬆了一口氣，但突然⋯⋯。

咻！

Panupong抬手做了個手勢，槍口立刻從對準船上的人轉向了船身，接著⋯⋯。

砰！砰！砰！！！

「啊！！！」

轟！！！

密集的子彈朝著那艘華麗的快艇掃射，逼得船上的人紛紛跳進水裡逃命。爆炸聲伴隨著這位正宗泰國黑幫老大那令人毛骨悚然的笑聲，表示這次只是個警告，可如果他未來的媳婦哪怕只是指甲上多了一道痕跡，下一次被射穿的就不僅僅是船身，而是頭顱正中央！

此時，Panupong只能祈禱那個孩子平安無事，因為他十分理解兒子此刻的感受。

這個家的男人看似玩世不恭、漂泊不定，但一旦將真心交給了某個人，就會一生一世與那人相守。正如今日，這位年長男人的心中依然只有妻子的身影，填滿了他整顆心臟。

「別讓你的心漂泊不定啊，我的孩子。」

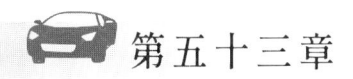

第五十三章
從早壞到晚的壞人

　　在一望無際的草原上，清風吹拂，樹葉隨風搖曳，潔白蓬鬆的草棉樹絨飄到了空中，把細小的纖維散落到各處。而在這溫暖柔和的氛圍中，有位少年正躺在草坪上，睜開眼睛，恍惚地凝視著耀眼明亮的天空。

　　他在這裡待了多久？

　　不知道……不知道究竟待多久了。

　　少年感覺自己的身體輕飄飄的，非常舒服，天氣溫暖得讓人隨時都能進入夢鄉。然而，他並沒有就這麼睡去，而是靜靜地躺在那裡一邊望向天空，一邊在心裡問著自己：我是誰？我在這裡做什麼？還有，我是否還有可以回去的地方？

　　真溫暖啊，好想睡……好想就這樣一直沉睡下去……。

　　……拜託，醒過來吧，醒來啊，Graph……。

　　吵死了！我就想睡個覺，幹嘛一直叫我醒來！

　　少年對自己說道。他已經無數次聽到這個聲音，每當他快要沉睡時，這個聲音便會將他喚醒，讓他再度醒過來，注視著那刺眼的天空。他不禁感到疑惑……到底是誰在呼喚他？

　　……求求你，別這樣睡下去……。

　　是誰用那樣急切的語調在呼喚他，讓他的心忍不住顫抖？是誰讓他想回頭去看看四周，確認那個人是否就在附近？是誰那麼希望他能回去？

　　真的有嗎？我的人生裡，真的有人需要我嗎？

少年問著自己，試圖將那些聲音從腦海裡趕走。他只想閉上眼，然後好好休息一下。

……對不起，別丟下我離開……。

哭聲，那個人在哭泣。

瘦削的身體想要爬起來查看，但卻沒有力氣。他只知道，呼喚他的人正在哭泣，正在為他流淚。但無論再怎麼使勁思索，少年也想不出有誰會為像他這樣的人流淚。他什麼都記不起來了，只記得自己是一個誰也不需要的人。

生命中身邊沒有任何人，那他為什麼要繼續活下去？

……別這樣丟下我啊，執拗的臭小子……。

為什麼啊？不是不需要我嗎？為什麼還要呼喚我？既然要把我拋得遠遠的，為什麼又求我不要走遠？

到底是誰在叫喚？又是誰總把我丟得遠遠的……到底是誰？

少年那恍惚的眼眸緩緩眨動著，彷彿開始恢復意識了。但他的身體依然無法動彈，他持續思索著，努力回想，誰曾經叫他執拗的臭小子？誰曾經說他是煩人的小鬼？又是誰曾說過，他的介入，讓人生活變得一團糟？

少年不停地回想、回想再回想。

他應該什麼都不要想了，應該休息了，可為什麼……淚水卻流了下來？

淚水從他的眼角兩側滑落，濕溼了他的臉頰。然而少年卻忍不住疑惑，這究竟是他的淚水，還是某個人的淚水？為什麼淚珠從天空落下，喚醒他，阻止他繼續沉睡？甚至還感覺到了……手上的拉力。

少年看不見自己的手，但他能感覺到，有誰正緊緊地握住它。冰冷的體溫在雙手的包裹下變得溫暖，也使得應當平靜的內

心跳動得愈來愈快,讓他幾乎無法呼吸。使他忍不住覺得,這種暖意是那樣的熟悉。

曾經,有人像這樣牽過他的手。

曾經,有人用這雙手抱著他。

熟悉的溫度讓他的心微微顫抖,而好幾天不曾說過話的嘴唇,此刻動了起來。

「Pakin……哥……。」

就在脫口說出這個名字的瞬間,大量的記憶頓時湧入腦海,隨之而來的是不斷滑落臉頰的淚水。

少年終於想起了自己是誰,也終於想起了自己……愛著誰。

哥還需要我嗎?哥還需要我對嗎?

這個問題讓少年努力地想要挪動身體。他緩緩地動了動指尖,卻發現它們僵硬無比。但他必須再更努力些,因為如果正在呼喚他的聲音是來自那個男人,如果這從天而降的水珠是那個男人的淚水,那麼他就會回去。

無論有多痛苦,他都一定要回去!

Pakin哥,你還需要我對嗎?還需要我……。

「Pakin……哥……。」

「Graph!!!Graph醒了!!!」

一開始,Graph還不清楚到底是誰在呼喚他,因為當他睜開眼的瞬間,映入眼簾的不是顏色鮮明的天空,而是一片刺眼的白光,視線於是變得模糊。而原本的溫暖舒適,也逐漸轉變為令人難以忍受的劇痛,蔓延到全身上下。那一刻,他只知道,自己的嘴唇正在呼喚著心中唯一的那個人。

「Pakin哥……哥……。」

「Graph!Graph,你聽得到我的聲音嗎?快來人,Graph

醒了，Graph醒來了！！！」

在一片模糊的畫面中，Graph看到了淚水。但卻不是他最想見到的那個人的眼淚，而是他最親近的朋友正紅著雙眼將臉湊近他。好友那晶瑩的淚珠滑下來滴在他的臉頰上，同時結結巴巴地拚命叫喚外頭的醫護人員進來查看他的狀況。

「Jan……jao……。」

「Graph，是我！我還以為你……嗚……你一直不肯醒來……一直都不肯醒來。」

他的摯友緊緊握住他的手，哽咽到全身顫抖，努力拼湊出完整的句子。直到此時，Graph才明白自己的狀況真的很糟，所以Janjao才會哭得像是心都要碎了。

Graph知道朋友是在擔心他，但他只問了一句話——

「Pakin哥……Pakin哥……在……哪裡……？」

「Graph，聽我說……！」滿臉淚水的少女幾乎說不出話來，但還沒來得及回答更多問題，醫生和護理師便蜂擁而入，急忙查看這位奇蹟生還的重要病患。Janjao這時只能退到房間的角落，抬起手摀住嘴巴，然後忍不住放聲痛哭。

她的好友醒來了，他真的醒來了。可她該怎麼告訴他……該怎麼告訴他，那個男人一次也沒有前來探望過他？

她該怎麼回答這位正在呼喊那個壞心男人的朋友呢？

為什麼啊？為什麼那位哥哥不來探望Graph？Graph會變成這樣，不正是因為那位哥哥嗎？別再讓我的朋友更痛苦了。

＊＊＊

「為什麼Kin還待在這裡？」

「我得工作。」

「可是Graph醒了耶！！！」

「……」

在高聳的大樓辦公室裡，Pawit才剛猛力推開總經理辦公室的大門，發出了震耳的聲響，完全不理會Panachai阻攔的聲音。在那之後，他直接衝了進去，一掌用力拍在那個被稱為兄長的男人的桌上，不悅地咆哮質問。而那人卻用平淡的語氣回答「我得工作」。

這句話果然讓Pawit氣得差點抓狂，他瞪著眼前的親戚，彷彿要將人生吞活剝。更讓他惱怒的是，Pakin竟然再次低頭，繼續翻看著前幾天比賽結束後所積累下來的文件。

島上那場活動取得了高度的成功。儘管剩餘的幾天時間裡，賓客們完全見不到活動主辦人的面。但這次活動的收益卻十分可觀，足以還清幾年前Pakin向父親借來的債務。不僅如此，Pakin還收到了大量的呼聲，希望活動能再次舉辦，甚至有人提出要租下整座島嶼，用於舉辦私人比賽。

這一切讓Pakin的生活依舊忙得不可開交，但對於突然闖進他辦公室的人來說……這些理由並不足以讓他忙到抽不出時間去見那個孩子。

啪。

撕拉！！！

「你到底有沒有在聽我說話！！！」就在這一瞬間，毫不畏懼兄長的Pawit直接奪過對方手中的文件，當著他的面撕了它，接著以憤怒的語氣質問道。

Pakin隨即抬起頭，注視著自己的弟弟，以嚴厲的眼神制止對方。

「別以為我不敢把你丟出去。」

「你是要像把Graph從你的生活中丟出去一樣,把我也丟出去嗎?」

「……」

兩兄弟靜默地互瞪著對方,彷彿戰爭一觸即發。而一向不輕易退讓的Pakin,卻率先將目光移回剩下的文件上。

「如果沒事的話就出去。」

「Pakin哥!!!」

每次Pakin用弟弟的真名稱呼他時,就意味著已經動了真格。同樣的,當Pawit喊出「哥」並附上兄長的全名時,也代表他已憤怒到不再顧忌任何情面。然而,這並未使比較年長的那個人有一絲動搖,因為對方依然堅持同樣的話。

「回去吧,我還有工作要做。」

啪!

Pawit的雙手緊握成拳,滿眼怒火地瞪著表哥,而那眼神盡是失望。

他正為那位據說已經甦醒的弟弟感到難過,對方在昏迷了整整十天後才終於醒來。

Graph會有多傷心?如果他知道,自己愛到願意付出整個生命的那個人,竟如此冷漠無情。而且Pawit也無法理解,完全不明白,當初那個在急診室外哭泣的男人消失到哪去了?那個男人為了滿身鮮血的少年要死要活,甚至願意開口取消自己投入無數心力的活動,只為挽救那孩子的性命。

為什麼他後來就再也看不到那個男人了?

如今留在這裡的,只有那個冷酷凶狠的Pakin先生,變回到和Graph搬進這個家之前一樣。

一個除了自己的利益之外，什麼都不在乎的人。

「我不明白。」最後，Pawit帶著沙啞的聲音問道。

這句話讓Pakin抬頭與他對視，然後簡單地應了一句：「你不需要明白。」

聽到這話，Pawit笑不出來，哭不出來，什麼都說不出來。他只能深深吸了一口氣，努力壓下心中升起的怒火。

當然，他對面前這個男人的憤怒，更甚曾經傷害過自己的那個人！

「哥你就是個沒心的人。」

Pawit最後說了這麼一句話，接著轉身，帶著眼淚離開了辦公室，一副再也不想看見這個如此無情的男人。然而，這些眼淚，卻是為了那個還躺在醫院裡的少年所流的。

Pawit早在Graph的學校裡就認識了Janjao，但卻是在幾天前才交換了聯繫方式。這個女孩打從少年被轉移到市中心一家私立醫院之後，便天天來守著自己的朋友。

那孩子打電話來哭著對他說──

『Win哥，Graph想見Pakin哥。你能不能帶Pakin哥過來？我求求你，我不想再看到Graph流淚了。』

一個真心為Graph哭泣的小女孩。

「我送你吧。」

「不必，我不想看到你的臉！」

Pawit用冷硬的語氣對Panachai說完後，獨自一人走出了大樓。此刻，他不想看見那兩個人的臉，無論是Panachai的老闆，還是Pakin的手下⋯⋯兩個同樣冷酷無情的男人。

同一時間，就在辦公室大門關上的那一刻，那個剛剛被指責為「沒心沒肺」的男人停下了手中的工作。他那張冷靜、不在乎

一切的臉，漸漸變成了痛苦的神色。他用雙手將文件推得遠遠的，然後無力地將頭靠在椅背上。

Graph甦醒了，那個孩子再次活了過來。

這是他今天得知的唯一一個好消息。

事實上，Pakin並不是毫無感覺。他非常確定，自己比所有為Graph哭泣的人加起來所感受到的還要更多。但他能怎麼做？他現在哪還有臉去見Graph？

畢竟他正是造成這一切的主因。

如果Graph繼續待在他身邊，類似的事件就會再次發生。

留在他身邊，就算有兩條命也不夠用。而現在，那孩子已經用掉了其中一條，他絕不能再奪走Graph的第二條命，這樣Graph才能有機會繼續在這個世上活下去。

這時，曾經的念頭又重新回到了他的腦中——他必須將Graph推得遠遠的。

自從他大學畢業回到泰國後，便開始刻意避開那孩子，並跳進險惡的商業環境中，就是因為不想把那小子拖進這邊的世界裡。可他那個時候到底在想什麼，居然改變了那個決定，還說著自己可以保護那小子，不顧一切，只想著如果想得到那小子，就要把人留在身邊。然而這次的事件已經證明了——Pakin先生不是神。

他完全無法掌控任何人的命運。

如果愛他……就必須將他推開。

如今，即便他的父親已經承諾會保護那孩子的性命，使其免受他的宿敵威脅，可是他的敵人又不止一個，還有更多想要將他鬥倒，將他踐踏到地底下的人。如果他仍執著地將Graph留在身邊，最終的結果，只會讓最愛的人死在自己面前。

Pakin絕對無法承受這樣的結果。當他看見滿身是血的Graph時，他才終於明白，自己有多愛他。

　　愛到無法相信這個自私的自己竟然也能去愛別人。

　　現在，所有人應該都在為Graph的甦醒而欣喜，但那個最想將那孩子擁入懷中的人，其實是他。

　　在得知消息的那一瞬間，Pakin像是如釋重負，隨之而來的是一股渴望。Pakin想要緊緊擁抱Graph，吻遍他的臉頰，再憐惜地捧著他的臉，悄聲地訴說自己全心全意的愛。然而⋯⋯他做不到。

　　誰說這個男人冷酷無情，從未去探望過那個孩子？那根本不是事實。

　　「Pakin先生，您應該告訴Pawit先生的。」

　　「告訴他幹什麼？講了他一定又會跑去告訴那孩子。」

　　Panachai走進辦公室，恭敬地說道。而Pakin則搖了搖頭，像是很疲憊地閉上了眼睛。

　　是的，每天他完成工作後，即使病房探視的時間已經結束，他還是會偷偷溜進去守著病人。

　　Pakin每一天都會握住少年的手，每個夜裡都會低聲呢喃，希望能喚醒Graph。而每一次，看著那個昏迷不醒、徘徊於生死邊緣的少年，這個男人總是會流下男兒淚。

　　醫生說少年已經脫離險境，但已脫離險境的人卻一直不肯醒來。

　　所有人都認為Graph可能永遠不會再醒來，但他不相信。他仍然呼喚著，期望能喚醒少年，仍然輕吻著Graph的嘴唇，彷彿希望睡美人能因王子的吻而甦醒。可是，他不是王子，他從來都只是個壞蛋。因此，病房裡只能聽見壞心男人的聲音不停祈求。

「……醒過來吧，醒過來，回來吧……。」

Pakin不會向上天祈求，因為他知道自己是個罪孽深重的人，曾毀掉過許多人的人生。所以，他想向撒旦立下契約，願意用自己一生的痛苦，來換取Graph的命。

現在，Graph醒了。他那倔強的孩子終於醒了，而他……該是時候退開了。

「那今天……？」

「我不去了。我的時間已經結束了。」

還未等親近的手下把話說完，Pakin便搶先開口回答。他再次睜開眼睛，將先前推開的文件拿回來，把注意力集中在堆積如山的工作上，希望這能稍微減少一些對Graph的思念與渴望，儘管他清楚地知道……這根本無濟於事。

他依然渴望看到少年睜開眼注視自己，想聽到少年叫喚他的聲音，也想看到少年因見到他而露出的欣喜笑容。

Pakin渴望著這一切，但……他什麼都無法擁有。

* * *

「Graph真的很幸運，大腦沒有受到影響，只是全身多處骨折而已。」

「這也叫幸運嗎？」

「當然幸運啊，至少沒有刺穿肺或腎臟……。」

「別這樣嘛，Janjao，不要哭了，我現在不是已經平安了嗎？」

「誰叫……誰叫你昏迷了整整十天……整整十天耶……我們都快哭死……了……。」

在一群醫生圍著檢查、再次進行腦部掃描，而且為了保險起見又一次檢查了一遍身體，還有見到了原以為不在乎他的父母流著眼淚來擁抱他之後，Graph於翌日再度醒來了。接著，他一早便見到了來探病的好友。然而，當談起他的病情時，這個月亮女孩像是又要痛哭失聲了。

　　沒經歷過的人不會懂。Janjao記得第一天見到Graph時，那副模樣根本不像一個還能活過來的人。他全身都纏滿了繃帶，手臂和腿打上了石膏，頭部也緊緊纏著白色繃帶，讓人擔心他的腦部是否受到了重擊。臉的一側還貼著大片貼布。

　　她從未見過有人傷得如此嚴重，那模樣讓她不由得對所有事情都充滿了恐懼。然而，這位傷患似乎對自己的狀況毫不在意，因為那整張被玻璃劃傷的臉，仍朝她露出蒼白的笑容。

　　「別哭了啦，我早就習慣住院了。」

　　Graph試著裝出一副樂觀的樣子，但做為他最要好的朋友，Janjao又怎麼可能會不知道他其實有多麼勉強自己？

　　從昨天開始，少年再也沒有問起過另一個人。他變得沉默，就好像從未喊出過Pakin的名字一樣。

　　「對了，妳今天不用去上補習班嗎？」

　　「不去了，我可以自己看書，但我不想讓Graph醒來後沒有人陪。」Janjao專注地說道。因為即使去補習，她也無法將內容聽進去，還不如留在這裡守著病患，讓自己安心。而且家裡也沒人反對。

　　最近，Tawan哥回家了，所以她大哥每天早上送她來醫院，而Sun哥則負責每晚接她回家。

　　『Graph是非常重要的朋友，哥哥不會有意見的。』

　　家裡的所有人都這麼說。於是Janjao每天一大早便到醫院，

待到直至夜間探視時間結束才離開。然而,即使她一整天都這麼守著Graph,卻始終沒見到某個人的身影。

每當看到病人露出失落的神情,女孩就恨不得狠狠打自己一巴掌。

一開始,她是為好友感到委屈;但現在,她則為好友感到憤怒。

「Win哥來看過Graph哦,昨天就來了。不過那時候Graph還沒醒。他晚上又來了一次,但Graph那時正好又被醫師帶去做檢查,所以沒見到。」Janjao努力讓自己表現得開朗一些,而病床上的人也只是淺淺一笑。

「有很興奮嗎?Win哥很漂亮吧?」

「沒錯~是我見過最漂亮的男生。就連哭起來也很美,皮膚好得連我們女生都自愧不如,身材也超性感的。如果我是男生,早就撲上去了。」只要談到這些事,歪女就會忍不住想入非非。

看到好友試著笑出來,讓Graph感覺好受一些,即使笑到疼得不得不停下來。

「胸部的顏色也很好看哦。」

「別說得讓我也想看了!」

病床上的人打趣地說道,讓那位「想親眼看看」的人抬手搗住臉,但不久後又笑得樂不可支。

「Graph的爸媽也來了哦,Graph的媽媽天天來,而且每天都在掉淚。」

「嗯,我知道,昨天她也來了。」

「他們真的非常愛Graph,不是像你想的那樣不在乎你。」Janjao試圖告訴少年,想讓對方知道,還有很多人愛著她這位朋友。不只有Graph以為不在意自己的父母,還有把Graph當成親

弟弟一樣擔心的Win哥，甚至連她自己也非常擔心，因此寸步不離。

然而，應該笑出來的少年，卻漸漸收起了笑容。未打上石膏的手，隨後伸了過來。

啪嗒

「Janjao。」

「怎麼了，Graph？」那模樣讓女孩連忙抓住了好友的手，緊緊握著，像是隨時願意為對方做任何事般回應道。然而，接下來聽到的問題，卻讓她低下了頭。

「那個人呢？」

「……」

「Pakin哥呢？」

別哭，Janjao，千萬別哭。

「告訴我吧，直接告訴我……他是不是從沒來過？」

「嗚……」

不是要妳別哭了嗎？笨蛋Janjao！

如果眼淚就是答案，那麼從女孩眼中奪眶而出的淚珠，便是最清楚不過的回答。Janjao甚至只說了——

「對不起，我很抱歉。」

對不起，我無法給出Graph想要的答案。

而聽到這句話的少年，僅僅露出一抹淺笑，回應地握了握好友的手。

「沒關係……別哭了，不用向我道歉啊。」

怎麼可能沒關係呢？見到眼前摯友那痛苦得幾乎喘不過氣的模樣，Janjao卻說不出話來。她只能緊緊握住Graph的手。

「幫我一個忙吧。」

「可⋯⋯可以啊，Graph想讓我幫什麼忙！」

Janjao快速點頭，而Graph則露出一抹哀傷的笑容，接著說道——

「用手幫我遮一下眼睛，我覺得眼睛有點痛。」

Janjao努力壓抑著自己的淚水，肩膀因而不住顫抖。她伸出手覆上好友的臉以及眼睛，然後低下頭，把臉埋進枕頭裡。因為那個說著眼睛刺痛的少年，此刻正在啜泣。

「嗚⋯⋯嗚⋯⋯嗚嗚嗚嗚嗚嗚嗚⋯⋯。」

接著，少年的啜泣漸漸化為幾近窒息的痛哭，他的心碎了。

嘴上說著沒關係的人，心卻早已哭得精疲力盡。

無論誰看到這一幕，都會為之心痛⋯⋯女孩低著頭將臉埋在枕頭裡啜泣，用一雙纖細小手遮住少年痛哭的臉。那是為了那個不關心他的壞心男人所流下的眼淚。

結束了，夠了。這樣的痛苦，甚至比死還更折磨。

窗外的天空已經變了顏色，她的好友終於累到睡著了。臨時看護的Janjao也到了該回家的時候。她紅著眼睛，沿著醫院的走廊走著，對熟識的護理師的問候報以微笑，慶幸沒有人提及她臉上的狼狽。

不想再提到那個人了，提起來就替Graph覺得痛。

Graph怎麼熬過來的？這些年，他到底是怎麼忍受那冷酷無情的男人的？

當時的Janjao只顧著陶醉、打趣，享受在幫助好友能如願以償地與另一個男人在一起的娛樂中，只看到有如故事裡描寫的那種美好的愛情。可她卻忽略了，這份愛情帶來的傷痛，不是落在虛構的角色身上，而是由她的好友來承受那份傷痛。

剛開始看到Graph哭泣時，她總是安慰自己，事情會好起來的。

壞壞的男主角，一旦心有所屬就會變好。

她原本是那麼想的。

可她怎樣也沒想到，那個壞男人，居然只會變得更壞。

如果早知道Graph會這麼痛苦，那個時候她就應該拚命反對Graph去衝撞那個男人的鐵牆。

Graph已經付出了全部的努力，傾盡了整顆心，甚至把身體搞得傷痕累累。但看看他最終的下場⋯⋯他為之付出了一切的那個人又在哪裡呢？

連個影子都沒見到。

！

「不是真的吧？」

但這個念頭很快就被打消了，因為她眼角瞥見了某個身影。

一個男人，正背對著她坐著，然而，那身影卻點燃了她心中的怒火。Janjao隨後深吸了一口氣，她對這個男人已經不再有任何恐懼。

就算開槍射她，或者把她沉入海底都無所謂，但她絕不會就這麼善罷甘休！

「你還有臉來這裡？」

Janjao走上前，站到他身後，語氣中充滿了憤怒與怨恨。而那個男人沉默了半晌，接著站起來，轉過身與她對視。

至少看起來憔悴了一些。

Janjao不想心軟，但在對上男人那雙乾涸的眼眸時，她的心還是不由自主地動搖了。然而，Graph滿臉淚水的模樣一瞬間鑽進了她的腦海中，這畫面足以讓她挺直了腰桿，毫不畏懼地迎向

男人的目光。

「妳要回去了？」

「是。」雖然有些意外，但她還是回答了。

「要我送妳嗎？」

「不必了，我有人接。」

Pakin看著眼前的女孩，彷彿一隻小心警惕的貓，一旦危險靠近，就隨時準備對著他的臉伸出利爪。平時，這模樣或許會讓他覺得有趣，但此刻，他卻笑不出來，甚至連一絲微笑都擠不出。Pakin注視著這個人，她正在做那些他本該做的事。

他當然清楚，這個女孩每天都來陪著Graph。

「你還沒回答我的問題，你來這裡做什麼？」

Pakin很想回答，但最終只說了一句：「我要回去了。」

「那就快點回去啊，快回去啊！！！」聽到這裡，女孩的聲音尖銳起來，雙手緊握成拳，漂亮的眼眸已經盈滿了淚水。過了一會，Janjao終於冷靜下來，隨即語氣堅定且認真地說道——

「如果哥不需要Graph，那我拜託了，這個男人……就由我來照顧，我一定能比你這些年做得更好。」

這番話讓Pakin啞口無言，Janjao這時再次強調——

「如果你回來，只是為了讓Graph傷心，我求你，別再出現在他面前了。我可以自己照顧Graph。」

說完，Janjao轉過身，然後邁步離去，完全不在乎誰比較年幼、誰比較年長。她只知道，自己非常認真。

如果他不需要Graph，那麼她會親自接手！

第五十四章
一分鐘從來都不是毫無價值

「耶!終於可以出院了!」
「這麼高興,搞得好像自己才是病人一樣。」
「哎喲,Win哥,當然要高興啊,總算可以出院了耶。」
「該不會是Janjao懶得再來醫院陪我了吧?」
「吼,Graph,居然這樣誤會我!」

從一天變成一週,從一週變成了一個月,最後Kritithi先生終於可以出院了。在父母強烈要求醫師確保他真的可以痊癒後,遵照指示,他在醫院裡足足治療了一個月。因此,他身上遭到撞擊而產生的瘀青已經完全消退,臉上的傷口也只剩下些微痕跡,而他則覺得這樣挺帥氣的。現在,就只剩下手臂和腿還需要石膏固定著。

能夠出院,某個女孩似乎比本人還要高興。逗得護理師和親自來接送的男模不禁露出了笑容。

其實,Graph的媽媽原本要親自來接,但因為臨時有急事無法前來。少年對此表示:「沒關係,我可以理解。」

從一個固執又愛頂嘴的孩子,在住院治療的這段時間,將Graph變成了另一個人。曾經,他是一個只要不如意就會發脾氣、堅持事情都要按照自己意思來的少年,現在竟然成了一個覺得任何事情都無所謂的人。他開始接受醫師所有的指示,按時吃藥,表現得乖巧,讓所有人都感到不可思議。

不過,大家都不約而同地認為——走過一趟鬼門關,真的能

改變一個人。

沒有人知道，在Graph昏迷不醒的那段時間裡經歷了什麼。但他醒來之後，連眼神都變得不一樣了。

從一個不諳世事的孩子，變成了彷彿歷經滄桑的人。

所以，現在這位被允許返家的病人，只是淡淡地微笑，既沒有特別的欣喜，也沒有任何不滿。他只是覺得好笑，看著自己的好友，一大早就抱著一大束親手栽種、親手包裝上緞帶的花來探望，甚至還幫他收拾全部的行李，說起話來，一副比他本人還要高興的模樣。

如今，就連醫院裡的所有人也開始認為，他和Janjao是一對情侶了。

也確實會被這樣認為啦。

Graph想笑，但卻笑不出來。他只是回頭望了一眼醫院——這個自他進入青春期之後，就一直極力避開的地方。

他厭惡那純白的四方空間，但此刻，他卻還不想離開，因為心裡的某一個小角落仍在等待著⋯⋯等待那個自己期盼的人能出現。然而，最後卻什麼也沒等到。

這一個月的時間，教會了他什麼是「放棄」。每一天，他都得帶著淚水和失望入睡，並且問自己的心：「夠了嗎？可以停止傷害自己的心了嗎？還是非得等到它真的破碎才滿意？」

如今，Graph終於明白，身邊有許多人關心他、愛他，希望他能繼續好好活下去。

他曾以為不在乎自己的父母，竟然每天都來看他，為過去的種種向他道歉。

Kaew嬸則帶著一大堆食物來給他，多到被護理師沒收。她甚至還緊緊抱著他，失聲痛哭。

Win哥每次工作一有空檔，就會過來陪伴他，與他分享一些有趣的故事。

還有那個對他最重要的人……Janjao。

這個他認為最偉大、付出最多、最關心他的女孩。這位每天都來照顧他的好友，陪著他一起流淚，在他痛苦到無法承受時，柔聲安慰他。

Janjao將他從谷底拉了上來，並且對他說：『Graph，你還有我。』

他怎麼能因為一個不懂得珍惜自己的人，而讓這些人失望呢？

於是現在，他覺得已經夠了。當他跨出醫院大門的那一刻，就代表了等待的終結。

從今以後，Graph這個人，要為自己而活，為那些珍惜他的人而活。

「Graph，還痛嗎？走得動嗎？」

「我只是腿斷了，又不是癱瘓。」

「吼，Graph，我是在擔心你欸！」

「可以走、可以走，在醫院的時候，我還繞著醫院散步呢。」

少年對正攙扶著他的好友露出微笑。她明明小小一隻，如果他真的摔倒了，兩人恐怕會一起倒下。但對於好友的協助，他並未多言。因為若要她待著不動，這小妮子肯定會不安。

Graph再次確定，如果不是先遇到Pakin哥，或許他現在早已深深愛上這女孩，無法自拔。即使現在，儘管他無法對任何人付出比愛那個男人更多的感情，但這並不意味著他無法去照顧別人。

比起Janjao對自己的付出，他更想要給予Janjao許多的照顧與回報。

　　「Graph，你看著我笑什麼？」

　　「就笑妳啊，這麼小一隻，說不定我一摔倒就把妳壓扁了。」

　　「壓下來，我就踹你石膏，來啊！」

　　Janjao鼓著臉頰，甚至真的抬起腿作勢要踢石膏，可就算他真的摔倒了，最驚慌失措的，絕對還是這個說要踹他的人。

　　「妳連打我一下都下不了手，就別在這裡說大話了。」

　　「哼！」

　　來回互噴了幾次後，那個遲遲無法出手攻擊朋友的女孩放棄了，畢竟她就連抬手拍一下好友的手臂都會皺眉。只好雙手繼續穩穩地攙扶著男孩的肩膀，讓看到這一幕的人都忍不住露出了笑容。於此同時，剛把行李放進車裡的那個人卻笑不出來。

　　Pawit如今的心情相當沉重。

　　這一個月裡，他一直希望自己的表哥會改變心意，但事情卻毫無進展。然而若不去注意，或許就不會察覺，當Pawit冷靜下來後再仔細觀察⋯⋯這才發現，表哥的狀況比他原本想的還要糟糕。

　　那個男人外表看起來雖然與從前無異，但內心卻日漸崩壞。這讓Pawit無法理解——既然愛，為什麼不伸手將人留住呢？

　　這恐怕是他這輩子都無法理解的問題。

　　而眼前這兩個孩子親密的畫面卻一天天地增加，Pawit不知道Janjao什麼時候會超越朋友的界限愛上Graph，也不曉得Graph何時會關上每一扇心門，把他表哥隔絕在外。可那一天似乎越來越近，一切正在偏離它應該有的軌道。

「好了，準備好了嗎？孩子們。」

「準備好了！」

病人爬上了車，坐上了後座，而Janjao則與Pawit一起坐在前座。

Pawit發動了車子，開著這輛大型家庭車駛上了道路。他的目光隨後掃向醫院的另一側，即時注意到一個男人匆忙躲進車裡。

既然這麼在意，為什麼還要放手？

「對了，我已經去吃了Janjao推薦的那家蛋糕店了哦。」

「好吃吧？我超喜歡的。」

「是不錯吃。不過韓國有一家蛋糕店的蛋糕更好吃，吃過一次就忘不了。」

Pawit甩開自己的思緒，主動聊起別的話題。這讓喜歡甜食的女孩眨了眨眼睛，垂涎三尺，很想馬上就吃到。

「好想吃啊，可是如果託人買回來，會先壞掉吧。唉。」

「等Graph痊癒後，我們就一起去旅行。我帶你們去逛逛……想去Gay Bar看看嗎？」

「想去！！！」

Pawit笑著說道。他早就知道對方是個徹頭徹尾的歪女，因為她自己也很直白地坦承，甚至還拐彎抹角地問他有沒有男朋友。思來想去，為了讓這孩子過過癮，他索性把Scene哥的照片發給她看。不過就一張圖，便讓他見識到女孩一旦嗨起來，會出現什麼情況──直接在他耳邊尖叫。

現在，女孩正睜大眼睛，一眨不眨地盯著他猛看。

「Janjao，收斂一點啦。」

「可是，Graph，那可是Gay Bar耶！」Janjao立刻轉頭反

駁好友，隨即又轉回來。

「女生也可以進去嗎，Win哥？」

「可以進去啊，只是裡面的男人可能不會對妳感興趣罷了。我想，Janjao應該會喜歡。啊，不過妳還沒成年對不對？」Pawit一說完，突然想到這點。

Janjao立即轉向後座的Graph，幾乎就要撲上去搖晃他的手。

「Graph～Graph～Graph！等我們滿二十歲，一起去韓國吧，好不好？好不好嘛？我會去打工，我一定會存錢，等我上大學之後會去兼職家教！一起去韓國吧！」月亮女孩興奮地說道，還一副快要跳起來的樣子。

Graph聽了不由得點了點頭，覺得好友的激動模樣非常爆笑，也應了對方的請求。

「好啊，好啊，我們去。」

「這才是真朋友嘛！」

興奮的女孩幾乎要開始制定還有好幾年才會用上的旅行計畫了。這時Pawit透過後照鏡看向後座，正好撞見少年低頭看著自己被畫上五顏六色的石膏。Kak那群人上週跑來探望Graph，他們還特地帶著顏料在石膏上作畫。

「Graph，下週我得去韓國一趟喔。」

「哦，哥之前說過有工作必須回去。」Graph點點頭，因為之前就講好了，等放假就要跟著Win哥一起去旅行，但現在自己這副模樣，大概只能作罷。

Pawit接著說道：「這樣就沒人餵金派了。」

！

「那……？」

「他最近很少回家睡覺。」

少年先是一愣，接著才輕聲開口，Pawit連忙給出了回答，不需要等少年提到某個人的名字。

這答案卻讓Graph緊緊抿著嘴，然後不是很確定地問道：「那Kaew嬸呢？哥，可以讓她餵嗎？」

「你也知道，金派不太會去吃。」

是啊，那隻德國牧羊犬有一個讓Graph對牠完全沒轍的習慣──牠只吃他和另一個人餵的食物。到後來，牠「偶爾」會吃Win哥倒給牠的食物，但倒飼料的人也說了，牠吃的量遠不如他餵的那麼多。

「……」

狗的主人沉默了下來，像是找不到解決的方法。這時，坐在前排的人提出了建議。

「Graph，把牠帶回你家如何？」

聽到這句話，少年緩緩搖了搖頭。

「不行，金派不習慣我們家的人，而且牠對外人很凶。如果帶回家，以我現在的狀況根本壓不住牠。萬一牠咬了家裡的人，我爸一定會下令把牠丟掉的。更何況，牠之前有一次還差點去咬我爸，我爸是不會留牠的。」狗主人一邊這麼說道，一邊嘆了一口氣。因為金派真的如同牠的名字那般凶猛，他實在看不出如果帶牠回家，牠能否安然無恙。

搞不好會被家裡的傭人處理掉。

「Win哥，你能不能請那位哥哥幫忙餵一下牠？」

「如果碰到面的話。」

Pawit的聲音平淡，但語氣中帶著幾分怒意，這讓Graph笑不出來，胸口裡的那塊肉痛了起來。

Pakin哥不怎麼回家,那他去了哪裡……算了,這已經不關我的事了。

最終,Graph只是靜靜地望向車窗外,看著那些建築物一棟一棟地在眼前掠過。而坐在前座的兩人,完全不知道這位少年腦中到底在想些什麼。

或許,他在想著金派,或者,是買下金派的那個人。

＊＊＊

這一個星期以來,Pakin首次回到家中。自從他開始住在公司之後,成日埋首於工作,有時最多只回到公寓休息。但他不是為了讓自己忙碌到忘記一切才這麼做,而是因為每次回到這裡……就會湧上太多的回憶。

從前院到後院,到處都有那個執拗少年的身影。

「Pakin先生,您終於回來了,太好了。」

「怎麼了?」

男人剛剛從車上下來,就看到女管家連走帶跑地上前來找他,臉上明顯流露出如釋重負的神情。

「是金派的事。」

「牠怎麼了?」Pakin立刻皺起眉頭,腳步加快地往家裡走去,正準備大聲叫喚那隻狗的名字,然而他的眼角卻先瞥見了牠的身影。

有一大團巨大的毛球,正虛弱地趴在通往屋內的臺階上,牠的身體明顯消瘦。唯一挺立的耳朵,似乎在表明牠一直在等待著主人的歸來。而當他一靠近,牠就抬起頭,發出如幼犬般的哀鳴,彷彿連吠叫的力氣都沒了。

「怎麼會這樣？」Pakin見狀，沉聲問道，伸手摸上這隻費力朝他靠近的大狗頭上。

「牠不肯吃東西，您看，Win先生放了這麼多食物，但牠只吃了一點點。」

Kaew嬸端起狗碗走過來給他看，Pakin接著發現，盤子裡的罐頭食物只少了一些，看起來更像是小狗用鼻子將食物推散開來。

「而且牠哪裡都不肯去，一直趴在這裡，大概是在等Graph先生吧。」

「⋯⋯」

在這之前，Pakin一進到家裡不久後又立刻出門，沒來得及注意到金派一直趴在這裡。他其實並不意外這隻狗會等待牠的主人⋯⋯一個或許再也不會回到這裡的主人。

「拿新的罐頭過來。」

最後，原本只打算進屋拿份文件的男人，直接在臺階上坐了下來。他對著Kaew嬸吩咐，她隨即匆匆跑進屋裡拿來新的狗糧和狗碗。Pakin這時輕輕拍了拍金派的頭，看著這隻凶猛的狗將頭靠在他的腿上。

「很想念他嗎？」

「嗚～嗚～」

「嗯，我也想他，每一天都在想。」

「嗚～嗚～」金派低聲哀鳴，用鼻尖碰了碰他的手，像是在問：既然想念，為什麼不把主人帶回來？

牠這模樣看得高大的男人露出一抹嘲諷的笑容，他嘲笑的是自己。

「我沒臉去找他。這樣就好了。」

跑回來的Kaew嬸，僅能站在原地咬著嘴唇，強忍住淚水，兩隻手緊緊拿著狗罐頭以及狗碗，注視著這個從來不曾表現出自己脆弱一面的老闆。而這個男人，此刻卻坐在臺階上，對著一隻大狗低語，也不知道牠是否能聽懂。

　　Graph先生的重要性，甚至讓那個一向自視甚高的男人表現出如此模樣。

　　「Pakin先生，拿來了。」終於，女管家深吸了一口氣，走上前將兩樣東西放在他手邊，隨後默默退了出去，因為她的老闆這時候恐怕不想與任何人交談。

　　Pakin隨即打開了罐頭，將狗食倒入碗中，推向那隻正使勁嗅聞的大狗。金派這時才一副飢腸轆轆地起身吃東西，那模樣讓Pakin看了只能嘆息。

　　「你想念他，還能表現出來，那我呢？我又能做什麼？」

　　這個問題，他根本不需要答案。等金派把牠的那份食物吃得乾乾淨淨，他這才緩緩起身，然後出聲呼喚牠。

　　「你等在這裡也只是白費力氣，進屋子裡去吧，金派。」

　　他的呼喚聲讓這隻凶猛的狗轉頭望向屋子的入口，然後才垂著尾巴，跟隨這名主人走進了屋內。然而，牠並沒有放棄希望，牠依然相信，牠的主人不會就這樣拋下牠，讓牠孤零零的。

　　只要牠一直等待，主人就會回來。

　　能躺在自己的床上，照理說應該是最舒適的休息方式。然而，這個一個禮拜沒回家的男人，卻睜著眼睛望向天花板。身體明明累得要命，筋疲力盡，但Pakin卻無法閉上眼睛，無論抽了幾根菸，接著又喝了高濃度的酒，也依舊發揮不了半點作用。

　　他失眠了，或只是不習慣這張床太過空曠？

這張床的尺寸，比一般特大雙人床還要大，就像是飯店裡特別訂製的款式。Pakin這麼多年來，也早習慣了它的尺寸，但這次卻感覺不一樣。

　　他並沒有睡在床的正中央，而是躺在自己平常習慣的那一側。當他轉頭看向另一側，那裡曾經有一個執拗的孩子，垂著脖子打瞌睡，將臉埋在枕頭裡，等待他回來一起過夜。可現在⋯⋯那裡卻空蕩蕩的。

　　「我快撐不住了。」

　　Pakin用手按住額頭，自言自語講了這麼一句話，隨後又重重地嘆了一口氣。

　　「金派。」

　　「汪！」

　　趴在固定狗墊上的大狗吠了好大一聲，因為填飽了肚子，所以稍微恢復了一點力氣。Pakin接著坐起身來，拍了拍身旁的床鋪。

　　「上來這裡。」

　　這個曾經規定不准狗上床的人，如今卻這麼說道。他看著那隻大狗走到床的另一側，抬起頭與他對視，彷彿是在詢問自己真的可以上去嗎？Pakin見狀，點了點頭。

　　「上來吧。」

　　金派應聲吠了一聲，隨後跳上了床的另一側。房間的主人再次躺下，閉上了眼睛，一邊低聲喃喃，一邊將那些無法對人言說的脆弱，全部傾訴給這隻狗聽。

　　「我好想念那個孩子，想到都快瘋掉了。」

　　在與臥室同一層樓的辦公室裡，一名男子正站著倚靠在厚重

的木製桌邊，手裡拿著一大疊照片，一張……接著一張……排列在桌面上，這些照片或許會被鋪滿整張桌子，若不是因為……。

咿呀——

「下次要過來，至少提前打個電話也好。」

「如果我打了電話，就看不到你這副狼狽的模樣了。」

剛出現的人無奈地長嘆了一口氣，接著走進被另一個人占用的辦公室裡。他直接走到一張長沙發前隨意坐下，將腿抬起來搭在前面的桌子上，疲憊乏力地閉上眼睛，一副幾乎沒睡覺的模樣。

自從Kaew嬸打電話到樓上，告訴他父親回家了，他就幾乎沒闔過眼。

在那場比賽結束後，他的父親便飛去歐洲了。而這次回來，顯然是要談些他不願意聽的話題。

這名年長的男子正拿著一大疊照片甩來甩去。

「你從什麼時候開始像個變態一樣，跟蹤一個男孩子的生活？」

「從爸飛回去之後。」

Pakin懶得為自己辯解，反正證據都被對方拿在手上了。他語氣冷淡地回答，依舊閉著眼。而這回答卻讓Panupong笑出聲，然後再次低頭看那些照片……那些照片裡全是同一名少年，名字叫做Graph。

從Graph在醫院裡甦醒開始拍攝，包含他的個人照、與Janjao的合照、醫師前來檢查的照片。每天記錄著大小事件、各種角度。甚至連昨天出院的照片，也都有各種不同的動作。Panupong見狀，不禁搖頭，知道自己兒子的情況嚴重到難以治癒。

起初他沒插手這件事，因為覺得自己的兒子應該很聰明，但他忘了，這個家的人對於感情的事情，總是十分笨拙。

　　「既然這麼愛那孩子，為什麼還要放手？」

　　「是抓不住才對。」Pakin也直白地回答，雙手緊握成拳，試圖壓抑自己內心那股想要立刻衝去找人，然後再次把那具纖瘦的身軀重新擁入懷中的衝動。

　　這句話果不其然讓他的父親放聲大笑，笑聲大到讓房間的主人不得不睜開眼睛，望向父親。

　　「抓不住？為什麼抓不住？是不想讓他遇到危險，不想讓他成為攻擊的目標，不想讓他被當成人質嗎？說吧，我的兒子，到底是哪一個原因？」

　　「……」

　　Pakin答不出來，因為父親所列舉的每一項理由，彷彿全都說中了他的心思。這時，他那雙犀利的眼睛往父親的眼眸深處看去。

　　「這樣盯著我看，是不是在想，我是怎麼知道的？」

　　兒子還是沒有回答問題，而父親也懶得去聽他的藉口。

　　「因為那些我也曾經想過。」

　　這是Pakin自見到父親後，第一次坐直了身體，他將腳從桌上放下，犀利的眼神明顯表現出自己在專注聆聽。這使得想逗弄兒子的人，哼哼笑了幾聲。

　　「但你大概不會想聽。」

　　「如果爸想完好無缺地走出這個房間，我建議爸應該說出來。」

　　Panupong聽聞，笑得越發誇張，接著才點了兩下頭。

　　「哎，現在這小子竟然凶狠到敢威脅要折斷親爹的手腳

了。」雖然嘴上這麼說，但這名年長的男子還是坐到了另一張沙發上，雙手交握，示意他接下來要說的是一件從未向任何人提起過的重要事情。

「你覺得，當年我是以什麼樣的心情和你媽結婚的？」

！

兒子沉默了，但眼神中似乎透出幾分了然。

「沒錯，Pakin，我愛你媽勝過自己的生命。我曾無數次害怕她會死、害怕她會成為被攻擊的目標、害怕她會遭遇千千萬萬的危險，如果她留在我的身邊。我甚至差點放手，讓她離開。但你媽是一個固執的人，她不接受我替她安排的一切。她曾經對我說：『人如果命已絕，終究會死；但如果命不該絕，就算從樓上摔下來也能活下來。』……那你呢？又是怎麼想的？」

Pakin聽了沉默了片刻，接著才低聲回答：「Graph差點因為我而死掉。」

他直視著一臉嚴肅的父親，對方則反問他——

「那麼，你媽是怎麼死的？」

媽媽因嚴重的產後體虛而去世。

雖然他沒有回答，但心中已經有了答案。

Panupong於是點了點頭。

「沒錯，Pakin，你媽沒有被人綁架或者被抓去當人質。她是因為將生命給了你弟弟才離世的。她用行動證明了自己可以待在我的身邊，而且她的死，不是任何人強行促成的。」

他將所有的照片放在兒子面前，然後緩緩說出了他人生中最重要的一課。

「我和你媽一起生活了整整十年，那十年是我這輩子最珍貴的一段歲月。而我要告訴你的是，我願意付出一切，只為了能讓

那段時光多延長一分鐘。」

這頭惡虎的雙眸縱使黯淡了不少，但回憶依舊清晰地映在那對眼眸當中……那段與他這輩子最愛女人的幸福回憶。

「我願意付出一切，那你呢？你是否已經盡了全力？」

Panupong講完最後一句話，接著就站起身來，重重拍了幾下兒子的肩膀，留下這句話讓兒子自己去思考。

「別讓時間白白流逝浪費掉。我或許只擁有十年的時間，但你……可能連一分鐘都不剩了。」

他該說的都說了，剩下的，就看兒子是否還要放任自己繼續犯傻。

＊＊＊

學校放假期間，對大多數學生來說，可能是盡情遊玩的時候，或者忙於補習，把自己搞得暈頭轉向。但可以肯定的是，絕對沒人有像Graph這樣的經歷——猶如一具木乃伊般躺在家中。

「無聊死了。」

今天，Janjao無法過來陪他，因為她又得開始補習了。Graph一想到對方之前還嚷嚷著不想去，卻又承諾週末會將學習到的知識傳授給他，不禁覺得好笑。對此，Graph只能回答……那多不好意思，其實可以不用。

最後，這個無聊到極點的少年，只好抓起枴杖，撐在腋下，協助自己從房裡走出來。他盡量不發出聲音，生怕家裡的人會跑出來幫忙攙扶。Graph一再強調，自己只是骨折，又不是癱瘓。

「不過是去客廳，小事一樁，下幾階樓梯而已。」

這個不自量力的少年自言自語，隨後沿著樓梯扶手慢慢往下

走。他用雙手握緊柺杖,讓健康的那一隻腳先踩下去,然後再讓受傷的腿一階一階跟上,按照醫院所教的步驟移動。他開始得意,因為自己已經走到一半了,再幾步就能踏到平地。

然而,少年過於專注,以至於沒注意到外頭的車聲,還有隨後走進來的人。

「你在幹什麼!」

來人因眼前所見的景象,以受到驚嚇的語氣脫口問道。不過Graph聽到這熟悉的聲音,比對方更為震驚。

「哥⋯⋯?」

喀啦!

就在這一刻,Graph突然連人帶柺杖失去了平衡。他的雙手先鬆開了柺杖,沒受傷的那一隻手則試圖抓住什麼作為支撐,但是單腳站立的姿勢,就只會讓他的身體因重力而往下跌去。

Graph緊閉雙眼,忍不住在心中大叫:這下完蛋了!

啪!

「你在搞什麼啊?為什麼一個人下樓!」

結果一點也不痛。

Graph緩緩睜開了眼睛。隨後,他看到了⋯⋯自己最不想見到的那張臉。

「放開我,哥。」即使驚魂未定,但他的內心卻告訴他必須說出這句話。

那個因擔憂而面色陰沉的男人微微一怔,最後還是鬆開了手,走到一旁撿起掉落的柺杖,遞了過去。

而Graph則往後退了一步,僅問了一句話:「哥來這裡做什麼?」

少年的語氣冷淡,與從前那個執拗的孩子判若兩人,讓來人

愣了一下。他銳利的目光凝視著那雙如今已不願再映照出他身影的清澈眼眸。不過，他已經下定了決心。

「金派想念牠的主人⋯⋯而我也是。」

他已經浪費了太多時間。從這一刻開始，他不願再失去任何東西了。

第五十五章
說著「已經夠了」的內心

　　Graph不知道現在的自己應該有什麼感覺，是該感到開心、難過、失望，還是心痛？

　　當他對上那雙自己思念了整整一個月的深邃眼眸時，他真的不知道該有什麼樣的情緒。因為他曾等待過，用盡了最後一絲希望。現在，他已經不再抱有任何期待了。而他那顆十年來始終軟弱的心，也終於對自己說：夠了，我不會再為這種人一再受傷了。

　　無論對方用什麼語氣、說出什麼話，這個Graph……已經記取了教訓。

　　想念是嗎？如果真的想念，就不會任時間白白流逝到這種地步了。

　　他躺在醫院裡等待，每一天都在期盼，期盼能見到那個占據他所有情感的男人，期盼對方會走進來，穿過那道他每日凝望的門框，露出一如既往的笑容，然後喊他一聲「執拗的小鬼」。然而，這一切都沒發生。不管是哪一天、哪一分鐘，無論他向哪位神明祈求，這個如同撒旦的男人也從未前來探望過他。

　　那現在為什麼又跑來說想念？

　　如果以為他會因此開心到撲上去緊緊擁抱他……那麼這個男人就大錯特錯了。

　　那顆曾經軟弱的心，如今已變得堅強，未來也只會為了自己的身體而跳動。

「我想，哥可能找錯對象說這句話了。」

少年露出一抹淺笑，但卻向後退了好幾步，使得說著想念他的男人忍不住想要跟上去抓住他。然而，少年此時帶傷的身體狀態，讓男子不能再像過去那樣隨意動手。

此時的Graph，身體依然如同那天從車禍殘骸中被救出時一樣，脆弱不堪。

「我相信金派牠是真的想我，但我不認為哥跟牠有一樣的感覺……。」

「我是真的想你。」

Pakin不知道自己更想見到的是誰——是那個講不聽又愛頂嘴的執拗小鬼，還是眼前這個冷靜到讓人害怕的少年。

Graph緩緩地搖了搖頭，用再也不抱任何期望的語氣回應他。

「好聽話還是留著說給別人聽吧，這個Graph已經不需要了。」

「Graph！」

Pakin立即喚了一聲，作勢想要上前一步，但少年卻退得更遠。這讓Pakin的胸口感到難以置信的刺痛與焦灼。突然間，男人倏地意識到，當初他一次次閃避對方時，這是否就是少年長期以來的感受？

「我覺得我們已經沒什麼好談的了。Win哥告訴我，比賽很成功，我沒有搞砸它。所以我不欠你什麼。我已經盡全力不成為你的掃把星了……所以才會落得這副模樣。」Graph低頭看了看自己手腳上的石膏，露出一抹虛弱的笑容，然後再次抬起頭對上男人的目光。

「現在，我們之間已經兩不相欠。我不覺得還有什麼必要再

談下去了。」

啪！

「Graph，別這麼說！」話音剛落，Pakin終於忍不住，他的雙腿不由自主地上前，伸手抓住少年受了傷的手臂。這次，他並沒有像以往那樣用力捏到使人生疼，而是輕輕握住，確保傷患不會逃離他。

而少年只是低下了頭，輕聲問道：「那我能說什麼呢，Pakin哥？」

「我對不起你，Graph。請你原諒我。」

「哥到底做錯了什麼，要向我道歉？」

少年立即反問，並沒有試圖掙脫，只是抬起一雙因泛著淚光而顯得明亮的眼睛，直視著他。少年露出一抹像是在嘲諷自己活該的笑容，然後再次強調——

「哥沒有對我怎麼樣，一切都是我自作自受。」

「不是那樣的，Graph，不是。我很抱歉沒去探望你，對不起。」

即使Pakin的語氣再怎麼焦急，對方似乎依然堅持自己的想法。拄著枴杖的少年深吸了一口氣，像是準備好要說話，但那並不是為了接受Pakin的道歉。

「或許我無數次給哥帶來麻煩，不過這一次，我希望哥能聽我說。」

「……」Pakin雖然知道接下來的話可能並不是他想聽到的，但他還是肯靜下來，讓少年把鬱積在心裡的話說出來。

「住院的那段期間，我每天都盯著病房的門，無時無刻都在期待哥走進來。每當大門被推開時，我都會感到一絲激動，可當我發現進來的人不是哥時，我的心情就會變得很低落。明明那

些來探望我的人，無論是我爸媽、Janjao、Win哥，還是我的朋友們，他們都是為了我好。可是，我卻無法對他們露出開心的笑容，說一句『謝謝你們來看我』，因為我的心裡一直在想著哥，只想著哥一人，直到有一天……我發現自己再也無法忍受這種感覺了。」

Graph隨後抽回被握住的手，任由淚水滑落，沒有想要壓抑的意思。

「哥知道嗎？當我在醫院甦醒後，第一個想到的人是哥，但當我醒來一睜開眼，看到的卻是Janjao的眼淚。」

少年說話的聲音顫抖，可卻透著一股堅定。那時候他曾無數次呼喊著面前這個人，但最後握住他的手、哭得滿臉淚水的人，卻是他的摯友。那個人哪裡也沒去，甚至在他感到孤獨無依的時候也一直陪在他身邊。

那個人，就是Janjao。

接著，已經下定決心不再讓自己再次受傷的少年，繼續說道：「這一次差點喪命，讓我明白了一件事。我受夠了，哥。從今以後……我只為自己而活。」

Graph又退了兩、三步，望向這個自己愛了整整十年的男人，即使到現在，這個男人仍占據著他整顆心。可是，他已經不再執著了。不是每個人都能在愛情裡如願以償，而他在這些情情愛愛裡盲目太久了，以至於幾乎看不見身邊的一切。他以後再也不會這樣了。

他不會再讓愛情繼續吞噬自己，因為他身上的傷口……已經痛得讓他快要無法承受了。

「有誰在那裡嗎？」

少年纖瘦的身影突然轉向另一側，大聲叫喚可能待在廚房裡

的人,直到聽見了回應聲。預計再過幾分鐘,應該就會有人跑過來,並數落他獨自下樓。然而就在這短短的幾分鐘內,Pakin以低沉的聲音說道──

「你說你要為自己而活,那如果從現在開始⋯⋯我只為你而活呢?」

「⋯⋯」

聽到這話,少年只能愣愣地站著,直勾勾地凝視著那雙至今都無法讀懂的眼睛。他雙手不由自主地緊握成拳頭,一邊在心中問自己⋯⋯這個男人,還想從他身上得到什麼?

「哇啊!Graph先生!你怎麼下來了⋯⋯糟了,有客人嗎?」一名女傭匆匆忙忙跑來,驚慌地大叫。因為老爺再三叮囑過,如果他唯一的兒子再出任何差錯,她們全部的人一定都會被炒魷魚。

結果一向對其他人不以為意的少年,做出了讓Pakin意想不到的事情。

「不好意思,我自己下來了。再麻煩姐姐扶我上樓吧。」

這個從未向任何人道過歉的少年,此刻語氣禮貌得如同換了一個人。隨後,Graph轉過身,迎上了Pakin的目光。

「至於哥想做什麼,那是你的事。因為你和我,已經沒有任何關係了。」說完,他轉向女傭點了點頭。

「等一下麻煩請人送客。」

「呃,那您⋯⋯?」女傭偷偷瞥了一眼依舊站在原地的男人。

然而屋主的兒子卻拋下這番話──

「今天我爸不在,哥大概白跑一趟了。如果想見他,建議去黨部找他比較好。喔,另外,以後不必再來這個家了,這裡對你

來說，沒有任何益處。」

少年講完了最後一句話，然後在女傭的攙扶下一瘸一拐地走回幾分鐘前才剛離開的房間，而全程都有一雙銳利的眼睛緊緊盯著他的背影。

回到了房間，待女傭也離開了後，少年才閉上眼睛，任由剔透的淚水滑過臉頰。

「我做到了，Janjao，我成功了。我已經能割捨他了。」

少年低聲自語，像是在給自己信心，不斷告訴自己一定要徹底斷絕。然而，為什麼……當他為自己的心這麼做時，卻依然如此痛苦？

「夠了，別再愚蠢地執迷不悟了。」

最後，已經停止哭泣的少年，又再度為了同一個男人落淚。

* * *

Graph完全不敢相信，真的完全不敢相信。

「這是怎麼回事，媽？」

翌日早晨，當Graph被人攙扶下床，有人幫忙洗澡並擦拭身體後，他被帶到了樓下的飯廳——因為他堅持不想一直窩在房間裡，畢竟已經在醫院裡躺上一個月了。然而，Graph完全沒料到的是，和他一同坐在餐桌旁的，居然不僅僅是承諾會陪他一起用餐的母親。

坐在那裡的男人，不會錯的……是Pakin哥。

為什麼這個男人會和他一起坐在餐桌旁？不，應該說，昨天談過話之後，為什麼這男人還有臉出現在這裡！

「他說想來探望你，所以我就邀他一起吃早餐了。」

母親毫不知情地說著，完全不知道自己兒子會受這麼重的傷都是拜誰所賜。她只知道兒子是因為搭車去旅行時發生了意外，因此熱情地款待了Pakin，即使心中對他許久未出現亦感到疑惑，畢竟他明明就和自家兒子感情甚篤。

　　事情還不止於此。坐在那裡一言不發的男人突然迅速起身，朝著因受到驚嚇而愣在原地的少年走去，然後在Graph沒來得及反應的情況下拿走了枴杖，遞給在一旁攙扶的女僕。

　　「我來抱他。」

　　啪嗒！

　　「哎！！！」Graph驚呼出聲，因為對方快速地將他整個人抱了起來，但動作卻十分小心翼翼。在他還來不及多說些什麼的時候，Pakin就已經抱著他走向餐桌，接著將他溫柔地放在椅子上。

　　「我和醫師談過了，他仍不建議Graph活動。阿姨，其實應該讓Graph搬到一樓來住，這樣就不需要上下樓梯，腳才不會承受太大的負擔。還有，如果要出門，最好先用輪椅代步比較好。」Pakin轉向中年女性建議道。

　　「慘了，那這幾天一直這樣上下樓梯，會不會有問題？」

　　「不管怎樣，還是讓我帶他去醫院檢查一下比較妥當。」

　　「這樣會不會太麻煩你了，Pakin？」

　　「不麻煩，我很樂意為Graph做這些事。」

　　少年只能看著兩位大人你來我往地討論，完全無視他的存在。原本他打算裝作不在意，但母親的回應，卻讓他忍不住低聲抗議起來。

　　「那阿姨就麻煩你照顧他了。」

　　「媽有問過我到底想不想去嗎？」

「啊哎,可是你本來就和醫師約好要檢查的呀,不是嗎?只是提前兩天去,這樣比較保險。」

「可為什麼我要跟Pakin哥一起去?」

Graph立刻反駁,但母親卻只將他的語氣當成小孩在鬧彆扭,不禁露出了笑意。

「人家Pakin一來,你就又開始任性了呢。」

「我才沒……。」Graph馬上閉了嘴,不想讓某個人認為,對他來說,Pakin哥比起「父親認識的人」還多了一點什麼意義。於是,Graph乾脆不再爭辯,把注意力轉向早餐,但他吃得很笨拙,因為慣用的那隻手無法使用,而且他連一秒鐘都不肯抬起頭去看坐在對面的那個人。

也因此,Graph並未發現此刻身旁人都注意到的事情……那雙一刻不離的、專注凝視著少年的深情眼眸。

Graph其實並不想去醫院,他很想倔強地說自己真的沒事,但一看到母親擔憂的神情,聽到她以懇求的語氣讓他去檢查一下比較安心時,他就不忍再讓她繼續擔心。然而,當他提議請母親陪他一起去時,對方卻露出一臉為難的表情,顯然她又要和那些名媛貴婦聚會了。不想再生事端的Graph嘆了一口氣,只好無奈地答應。

所以,Graph此時才會坐在一輛大型家庭車的後座,而開車的人則是至高無上、權勢過人的男人。

然而,有件事讓Graph感到訝異,因為打從認識這個人以來,他從未見過對方開這樣的車。對方大多是開著那些車頂低矮、坐著腿會不舒服的超跑,而這輛卻是大型車,和熱愛速度的人一點也不搭。他當然感到好奇,但他並不想問出口。

「如果開那些車,你大概會坐得很不舒服。」

不過開車的人似乎一直透過後照鏡注意到他的神情與模樣,隨即以低沉的嗓音說道。而聽者卻只是將臉轉向車窗外,擺明了是在表達——昨天我已經把話說完了,現在跟你沒什麼好說的。

然而,Pakin並不打算放棄。

昨天,這個男人承認,自己沒料到會見到執拗少年這樣的態度,完全不像他過去所熟悉的那個孩子。可是,少年的語氣、淚水和痛苦卻讓他明白,過去的那個孩子依然在那裡,只是被一層堅硬的盔甲隔絕開來,不讓他走進去。

Pakin知道,自己做錯了,他決定要竭盡全力,將一切導正回來。

如果Graph推開他,他會想盡辦法靠近。

如果Graph不願意見他,他會比Graph過去所做的更加纏人。

他父親說得對,他不想再浪費與Graph共度的每一分每一秒。如果他只顧慮安全問題,那或許什麼都沒做就失去了Graph。因此,危險嗎?像他這樣的人,如果連自己所愛的人都保護不了,那他還能做什麼?

他能管理上百上千人,又怎會無法照顧那唯一一個對他來說最重要的人呢?

這一次,即使被人譏諷為懦弱又自私、是個說來就來的男人,也無所謂。但既然他已經想通了,就不會再轉身離去。

他會盡一切努力,直到Graph願意重新敞開心扉!

相較於今天被這些話語拒絕所帶來的痛苦,還遠遠不及過去這十年來他帶給Graph的那些傷害。

「我想回家。」

「等看完醫師，我會送你回去。」

「我已經跟你說過了——」

「你告訴我，要我隨心所欲……現在我就是在隨心所欲。」

少年微微抿唇，隨後別開了臉，不願再看那雙透過後照鏡注視著他的犀利眼眸，他只能望向窗外的建築物，以此結束話題，但最終還是忍不住低聲嘀咕。

「哥根本不在意我話裡的重點。」

他早就說過，從今以後，他們之間不再有任何瓜葛。

「因為我的重點是……我會用盡一切方法哄你，直到你心軟。」

「哥根本不需要哄我，因為我並不生你的氣。」Graph確實是這麼想的。即使他流了再多的眼淚，他還是不怨恨也不厭惡對方，相反的，留在他心裡的全是那些一回想起來就會感到非常幸福的回憶。只是這些回憶，卻也像是他心裡的灼熱烈焰，為他帶來痛楚。

Pakin哥其實沒做錯什麼，錯的是我自己，愚蠢地愛上了這樣的人。

駕駛聽完那些話，用堅定的語氣回應道：「我也請你讓我按照自己的心意去做。」

Graph只能閉上眼睛，以此結束對話。畢竟，他應該很清楚對方到底有多我行我素，怎麼就忘了？Pakin講的話就是準則，只是，他不打算再遵循那些準則罷了。

夠了，真的夠了，無論Pakin哥打算做什麼……今後也都與我無關了。

※ ※ ※

Try Me 執拗迷愛 | 139

「哥怎麼會來這裡！」

當新的一天到來，Pakin就匆忙離開家，奔向昨天那個願意讓他帶去醫院、願意讓他抱上輪椅，甚至願意讓他接送回家的少年。縱使二人之間沒有任何對話，但只要少年肯退讓，就是個好現象，他也期待未來的每一天會愈來愈好。結果，事情卻不是如此順利。

此刻，男人感到頗為不悅與煩躁，因為有一隻護著幼崽的母貓，正擋在通往屋內的入口前，對著他哈氣威嚇。

「當然是來找Graph的啊。」

「我知道哥是來找Graph的，但你不應該再來這裡了！」Janjao毫不留情面地回應道，不肯退讓地直視眼前的男人，甚至張開雙臂，不讓對方越過她，彷彿全然忘記只要Pakin稍微施力，她那纖細的身體就可能會被直接甩下樓梯。

甩下去就甩下去吧，這種壞心腸的男人，我才不在意啩！

女孩堅定地想著，依然張著雙臂攔在那裡，注視著那個用認真的語氣說話的人。

「為什麼我不能來？我最重要的人就在這裡。」

「你還有臉說這種話啊？當Graph哭得死去活來的時候，你到底去哪裡了？現在還敢說這種話，未免也太自私了吧！」Janjao難以置信地說道。她直視著這個曾經深深傷害她好友的男人，而對方此時卻厚著臉皮來到這裡。

不過，對方聽了並沒有反駁。

「沒錯，我很自私，我這輩子都很自私。而且我會繼續自私，絕不把那個孩子讓給別人！！！」這彷彿是在反擊女孩那天在醫院裡對他說過的那些話。

他不會讓步，即使眼前的女孩曾經跟他要過人，但他絕不會把Graph讓給任何人！

「無恥！」Janjao忍無可忍地罵了出來。她簡直不敢相信，自己竟然會對別人說出這樣的話。但此刻，就算有人指責她不懂禮數，她也不在乎。若不是此時女傭端著早餐托盤走了過來，她甚至可能罵得更難聽。

「Janjao小姐，Graph先生的早餐已經準備好了。」

「哦，好的、好的，我現在幫他端上去……你可以回去了，噴！」

話一說完，這隻保護幼崽的母貓再次扭頭朝他齜牙咧嘴，接著才從女傭手中接過托盤。隨後，她就像在自己家一般轉身走進屋內，只留下一旁的女傭帶著尷尬的笑容，轉頭去看那位經常見到的客人。

「呃，Graph先生說他不想見您。」

Pakin沉默了一會，承認自己這個一向要什麼有什麼的人，此時心中正升起一股愈來愈強烈的煩躁感。不過他還是壓抑住憤怒的情緒，問起另外一個人。

「叔叔在家嗎？」

「在的，老爺在家。」

男人跟著女傭朝另一個方向走去，儘管他的心很想直接奔向Janjao消失的那個地方。

他絕不會把Graph讓給任何人！

「這人的臉皮真是厚到極點，性格又爛得要命，好的也就只有那張臉和家世罷了！」

「妳以前不是還公開替他打氣嗎？」

「現在完全不想幫那傢伙加油了，我還想伸出爪子抓花他的臉呢！！！」

臥室裡，Graph露出了一抹淺淡的笑容，看著正在攪拌熱粥的好友。她一邊忙碌，嘴上一邊罵著那個連續三天出現在他家門前的男人，那雙又圓又大的眼睛透著怒氣，紅潤的嘴唇一開一闔，恨不得把他們提到的那個人親手做掉。

「Graph，你別在那邊笑，他真的很糟糕欸！」

好友為了他氣成這樣，讓Graph忍不住笑出聲，感覺原本沉重的心好像不可思議地減輕了一些。

「Graph，你真的沒事嗎？」女孩停下攪粥的動作，不是很確定地問道。她關切地注視著少年。

少年聽到這句話，沉默了片刻，然後勉強擠出一抹笑容。

「其實我也很想說沒事，但真的不行，Janjao。只要一看到他的臉，我心裡就很不好受。」

「唉，Graph，下次直接打電話給我，我會立刻跑來當你的打狗棒！」

女孩同情地說著，並拿起湯匙將粥遞到少年的嘴邊，使得這個老說可以自己吃，但每次都會弄得到處都是的人，只好露出淡淡的笑容。

「唉，為什麼我們認識得這麼晚呢，Janjao。」

「又在說這種話了。不過至少我們還是認識了呀，Graph，我會保護你的。」身材嬌小，但內心卻一點也不弱小的女孩，語氣堅定地這麼說道。

少年努力笑出聲來，試圖讓好友安心，然而他的內心並沒有絲毫好轉，尤其是當他知道某人此刻也待在同一個屋簷下。

哥，夠了，拜託你別再讓我覺得更難受了。

別再讓這顆心動搖，還想回去再次受傷。

等到Pakin與屋主談完話，時間已經過了一個多小時。並不是因為他有這麼多事情要討論，而是他需要找個藉口，讓自己能夠繼續留在這個家裡。最後，他提出了多項利益交換，為了讓自己能夠自由進出這間屋子。

他堅持自己比Graph的親生父親更能照顧Graph。

此刻，高大的男人正隨著下人走向Graph搬下樓的新房。等到那名下人禮貌告知要回去工作後，男人的大手才緩緩推開房門，心裡期待能看到那個少年朝自己露出一點笑容，結果卻看到了如此令人感到痛苦的一幕。

那是少年纖瘦的身體靠在床上睡著了的畫面。他渾圓的頭枕在一名女孩的大腿上，因為飯後服藥的緣故而昏昏入睡，而那名來探望的女孩，也將頭倚靠在床頭，呼吸均勻。四周散落著補習班的講義。

Pakin不願承認，但眼前這兩個孩子在一起的樣子，竟然這麼般配。

Graph當初看著他和其他床伴在一起時，是不是也像這樣？

這樣的想法，讓他的內心痛得無法形容。他輕手輕腳地走到床邊，偷偷瞥了一眼那女孩，然後緩緩地跪下，伸手去碰觸那遮住少年臉龐的碎髮，輕柔地將它們撥開，露出那張潔淨的臉，以及淺淡的傷疤。

Graph是個一旦睡著，就會睡得很熟的人，Pakin很清楚這一點。所以，他的手指輕撫過那張他無比思念的臉蛋，隨即低下頭⋯⋯在少年的額頭上落下一吻。

今天，他或許得先離開了，因為這個孩子應該不想見到他。

但……。

「我是不會放棄的。」

他貼近少年的臉頰，輕聲呢喃，隨後緩緩站起來，轉身安靜地走出房間。直到房門被關上之後，那個看似熟睡的女孩，這時竟慢慢睜開了雙眼。

Janjao凝視著眼前那扇門，然後低頭看著那個要求枕在她大腿上的好友，就好像之前便習慣枕著某個人的腿睡覺似的。在那之後，她嘆了一口氣，伸手輕柔地撫摸著好友的頭髮。

「不管Graph選擇哪條路，我都會全力支持你。」

真奇怪，為什麼明明撞見了這麼親密的畫面，她卻一點也不感到激動呢？

因為她這個歪女所感受到的，是兩個男人在不同的執著裡煎熬。

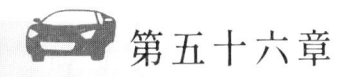

第五十六章
愛耍詐的男人帶著幫手前來

Pakin明白那個少年正試圖避開他。如果知道他要來，少年就會先讓自己睡著。不論少年是真的在睡覺還是假裝的，過去的這一個禮拜，他的哄人手段似乎都沒什麼成效。這使得一向只有別人聽他說話的男人不由得開始擔憂了起來。

如果幾年前有人告訴他，有一天自己會因為一個小小的男孩子而煩惱不已，他大概會笑掉大牙吧。

但現在……他真的笑不出來了。

既然普通的方法起不了作用，這個擁有無數權力的男人便開始尋求幫手。

不是奢華的晚餐、高價的禮物，或者對其他人講過的甜言蜜語，因為這些對他一點幫助也沒有。而Pakin認為，如果這個「幫手」也不起作用，那大概就再也沒有人能幫助他了。

「Graph先生，Pakin先生來找你了。」

「那我睡著了。」

某天清晨，那個被工作纏身的男人竟然早早上門找人。原本正在看漫畫的少年直接把書往床邊一扔，準備躺下繼續睡覺，縱使他早就醒來一個多小時了。這讓一旁的女傭露出一抹尷尬的笑容，目光瞥向微微敞開的房門，因為……

「但我明明看到你醒著。」

「對不起，老爺吩咐過，如果Pakin先生來訪，無論何時都要帶他來見您。」

推開房門的大個子男人，銳利的目光微微瞇起，望向那個自稱「睡著了」，眼神卻十分清明的少年。

女傭於是帶著幾分歉意低聲向Graph解釋。她很清楚，如果惹得小主人不高興她們會有什麼下場，以前就已領教過了，雖然最近他的脾氣好了許多，幾乎和以前判若兩人。

Graph見狀，毫不留情面地嘆了口氣，然後只說了一句——

「妳去忙吧，我沒有生氣。如果要生氣，也只會對那些搞不清這是誰家的傢伙發火。」說完他就躺了下來，把被子拉過頭頂蓋住，表示他不想講話，也不想要有任何互動，只想要休息。就看看對方能對著這團被子等多久。

起初，Graph每次看到這個男人的臉，都會感到相當心痛，但經過了幾天，他也漸漸習慣了這個總愛出現在自己視線裡的身影。

只要內心還記得自己是因這個男人而受傷，Graph就不打算心軟。

就算一整年都跑來一起吃早餐，我還是會一直這樣逃避下去。

等女傭離開後，房間裡就只剩下躺在床上、用被子蒙住自己的屋主兒子，以及默默站在門邊的訪客。

「不打算起來聊聊嗎？」

「……」

「如果不起來，就看不到我帶誰來了哦。」

「……」

無所謂。

Graph依然一動不動地閉著雙眼，希望能藉著假睡來逃避與對方的接觸，無視對方究竟帶了誰來。現在就算是Kaew嬸，他

也打算繼續這樣裝下去。

「真的不想看看嗎？」

「……」

「這傢伙可是非常想念你呢。」

這傢伙……是嗎？

突然，緊閉雙目的少年立刻睜開眼，對於「這傢伙」的稱呼感到疑惑，因為Pakin哥應該不會用這個詞來稱呼Kaew嬸。那麼……。

「來吧，叫你的主人呀。」

「**汪！！汪汪！！！**」

唰。

「金派！」

就在這一刻，大狗響亮的吠叫聲在整個房間裡迴盪，Graph猛然掀開被子轉頭看去，像是不敢相信自己的雙眼。就在門口那裡，在那個壞心男人的腳邊，有一隻體型巨大的德國牧羊犬，正直勾勾地望著他。牠那黑色杏仁狀的眼睛充滿了喜悅，但沒有直接撲上來，因為頸圈被緊緊地抓著。

「汪汪汪汪！！！」

再度響起一陣響亮的吠叫聲，牠巨大的尾巴此時激烈地左右擺動，顯示出牠極度興奮的情緒。就在這時，Graph張開了雙臂。

「金派，過來！」

Graph話音剛落，Pakin順勢鬆開手，這隻大狗便從頸圈的束縛中掙脫開來。Pakin注視著牠巨大的身體一躍跳上柔軟的床，直接撲進Graph的懷裡。Graph則一臉思念地摟住了牠的脖子，伸出沒受傷的那隻手，狠狠地揉了揉牠的頭。

舔舔舔！

「嗚嗚嗚～汪汪汪汪！」

金派歡快地叫著。不僅如此，這隻十分高傲的狗甚至還大力舔著Graph的臉頰，一副非常高興的模樣。牠用頭和鼻子不停地頂著幾乎兩個月未見到面的主人，讓Graph帶著淚水笑出聲來。他想念這樣柔軟蓬鬆的毛，也想念這低沉有力、甚至讓人為之膽怯的吠聲。

好想牠，超級想念牠的。

「金派，我真的好想你，最想念你了。」

金派隨即吠了幾聲回應，牠不斷地靠過來，讓Graph感受到這隻原先身體強健勻稱的大狗，明顯消瘦了不少。當手輕輕碰到牠的腰側時，他甚至能感覺到硬硬的肋骨。

「你怎麼瘦成這樣？沒人餵你吃飯嗎？」

「牠是因為太過憂傷。」

回話的並不是金派，而是另一名主人。對方用認真的語氣這麼說道，Graph不禁抬起頭迎上對方的眼眸，接著發現那雙犀利的眼中，只倒映出自己的身影。

「牠不肯吃東西，不肯睡覺，一直趴在門口等著。在這之前，我也只顧著工作，根本不知道牠拒絕吃其他人餵的食物。等我發現時，牠已經瘦得幾乎只剩皮包骨……牠每天都在等著你，每天都守在同一個地方。」

Pakin走上前來。這一次，Graph難得沒有躲開，只是望著男人把手放在金派的頭上。金派正快樂地吠著，尾巴搖擺得更加猛烈，似乎對於這次久別的團聚感到無比開心。

「你的主人真夠狠心的，竟然讓你挨餓。」Graph轉頭看向自己心愛的毛孩子，語氣不悅地這麼說道。

說實話，比起對方對自己造成的傷害，他更氣對方不餵金派吃飯。

「另一位主人也很殘忍，一直不肯回去找你。」

！

Graph抿起嘴唇，想回嘴說「我又有什麼辦法」，但他知道自己如果表現出太多情緒，就只會稱了對方的意。於是，他把臉埋進金派深色的毛中，緊緊抱住這隻愛犬。

「那個家已經沒有我的容身之處了。」

「誰說沒有？那裡永遠是你能回去的家。」

Graph仍清楚記得，對方曾對他說過那裡是他的家⋯⋯一個他一直渴望的家。但如今⋯⋯他再也沒臉回去了。

那裡已經沒有他的棲身之地了。

Pakin見狀，最後決定將手輕輕放在少年圓圓的頭上。即便感覺到對方的身體僵硬，可至少沒有甩開他的手。他接著用充滿懇求的語氣說道：「不只是金派想讓你回去⋯⋯我也一樣。」

「⋯⋯」

「我希望你能再回來當我的執拗小鬼。」

現在才說這些話有什麼意義？

Graph心裡明白，對方正在哄他，正在求他回到身邊。但他的心卻死命地抗拒，認為這根本毫無意義。這個男人時好時壞，好的時候好到讓人害怕，壞的時候就壞得很徹底。只要Graph一放下戒心，就會被傷得體無完膚。

因此，多年來的經驗反覆提醒他⋯⋯不要相信。

「現在的我，已經不是從前那個執拗小鬼了。我明白了執拗並不能讓我得到所有想要的東西。是不是啊，金派？你也別再這麼固執了，誰叫你，你就回頭，誰給食物，你就多少吃一些。太

過倔強小心餓死你。」Graph用力揉了揉金派的頭，還順勢將頭從某人的手中拉了回來。

篤、篤、篤！

「Graph先生，您的早餐……哇啊！」

就在這一刻，早餐被送進了進來，但送餐的人卻僵在原地。因為有隻大狗突然跳了過來，在她身邊繞來繞去，像是在確認來人是不是來傷害牠的主人，嚇得家裡這名年輕的女傭用快要哭出來的表情看了過去。

Graph其實很想幫忙，但還來不及動手，另一人就已經搶先一步上前接過了托盤。

「去幫我拿一下車裡的東西，黑色的包包，裡面有這傢伙的狗糧，牠的早餐時間也到了。」Pakin下令道，彷彿是在自己的家一樣。

女傭聽了奮力點頭，幾乎是飛速跑了出去。隨後，下令的人轉頭看向床上的人。

「來吃早餐吧。」

「那哥幫我端上來啊。」Graph聽了倒也不堅持，乖乖地坐起身，注視著這個高大的男人把類似醫院那種能讓病患在床上用餐的桌子推了過來。

一旁的大狗則可憐兮兮地看了過來。

「等一下就有東西吃了，金派，再等一下喔。」Graph見狀，輕輕拍了拍狗頭。他不得不承認，光是有這隻狗在身邊，他原本以為會很陰鬱的早餐，竟然變得明亮了起來。

接著，Graph將注意力轉回自己的早餐，但……。

「我自己可以吃。」

這樣一個權力過人，並且總是站在最高位階的高大男人，正

拿著湯匙舀了一勺已經吹涼的稀飯,遞到他面前。說真的,這畫面非常違和。Graph看了也沒打算心軟,縱使對方下了這麼多心力餵他也一樣。

與其跑來這裡餵病人吃飯,不如回床上餵你的床伴吃早餐吧。

Graph很想直接說出來,但最後還是硬生生吞了回去。

「我看到你這幾天一直是自己吃飯,很不方便吧?」

Graph並沒有否認自己的不方便,他只堅定地說:「我自己可以吃。」

「如果你肯讓我餵你,我就每天都帶金派來看你。」

「耍詐!」少年聽了忍不住大叫,瞪著提出這項提議的男人,一臉難以置信。說真的,他根本無法拒絕這樣的提議。特別是當他一低頭,就看到那隻大狗正趴在他的床上。

「是,我就是耍詐,而且如果這能讓我靠近你,我願意再無恥一些。」

Graph本來想著不要生氣、不要動怒了,可為什麼嘴巴還是緊緊抿在一起?

乖小孩溫順的眼神漸漸亮了起來,開始有了怒意,表情看起來比平時更有情緒。Pakin見狀,露出了笑容。

「就這麼說定了?每天早上讓我過來給你餵飯,作為交換,你每天都能和金派一起玩。」

「嗚嗚嗚~」

Graph很想發火,恨不得把氣撒在這一搭一唱的人和狗身上。一個提出條件,另一個就發出聲音附和。牠大概很清楚,這個主人一定會對牠心軟。因為金派這傢伙正用鼻子頂他的手,接著還把臉埋進他的手心裡,讓他又氣又無奈。

之前我在那個家時，完全不來撒嬌，現在卻知道要來巴結我了！

「哥真是黑心又毒辣。還有你，別跟我撒嬌，你這個『金派毒辣超壞心』！」

這下，許久未被提起的狗的全名被喊了出來。這話逗得餵飯的男人輕笑出聲，同時在少年面前晃了晃手中的湯匙，接著又重複問了一遍──

「到底答不答應？」

「啊～～～」取代回答，少年只是張大嘴巴，像是在說──好啦！我還能怎麼辦！

這畫面讓Pakin忍不住笑了出來，凌厲的眼眸頓時溢滿柔情，沒了原先那副冷酷的模樣。他將飯餵進少年的口中，一邊用指尖替他擦了擦嘴邊，一邊在心中問自己：這孩子如此可愛，自己怎能錯過那麼久？

如果他能早點面對自己的心意，Graph也許就不會傷得這麼重了。

*沒關係，晚點察覺也沒關係，總比永遠不知道好。*這孩子那張氣呼呼的臉蛋，閃著怒光的眼睛，還有不高興的語氣，與其說是煩人，其實更應該說是迷人。這麼多年來，一直觸動自己的內心。

今後，他再也不需要欺騙自己，可以坦然地感受這孩子的可愛了。

「好吃嗎？」

「Kaew嬤煮的比較好吃。」

Pakin一開口這麼問，執拗的少年便搖了搖頭，那張俊俏又叛逆的臉上，看起來有幾分落寞，彷彿正思念著話題中的那個

人。

「Kaew嬤最近怎麼樣？」

Pakin知道少年與家裡的女管家感情深厚，搞不好比對他的感情還要深厚。畢竟，這位年長的女性是最早試著理解並發現到這孩子叛逆與目中無人的行為，全是因沒人陪伴而感到孤單。

「Kaew嬤很好，她也很想念你。」

Pakin見少年露出落寞的表情，只好這麼安慰道：「不然明天，我請她煮一份早餐送過來給你。」

「那Kaew嬤本人……？」

其實，當Pakin對上那雙孤寂到令人揪心的眼眸時，就想立刻把Kaew嬤帶過來，同時也想將這小子擁入懷中，但他知道，這小子肯定會反抗。突然，就在他將最後一口粥餵進少年嘴裡時，腦中冒出了一個點子。

「等你身體好些了，就去家裡探望她吧。」

即使有人會說他耍詐，利用Graph的感情來進行誘騙也無所謂。如果能讓Graph再次踏進那個家，受這點指責又如何？

而Graph似乎也明白了這點，因為他低聲喃喃：「哥就是個愛耍詐的人。」

沒錯，Pakin承認。他會用盡一切手段，就為了讓Graph回到他身邊。

「哥，不用，我可以自己洗澡！」

這些手段甚至擴及到了Graph最不想被干涉的事情……洗澡。

「那你平時是怎麼洗的？」

「有人幫忙。」

「誰？」

這關哥什麼事啊！

Graph很想直接朝對方大吼，但他就只是默不作聲。

此刻，他微微地顫抖，一方面是因為臥室裡的空調將寒意吹到了這裡，另一方面則是因為他只穿了一條四角內褲，坐在浴缸邊，手腳都被防水袋緊緊包裹著。他的雙眼閃著怒光，死死盯著眼前這個將袖子捲到手肘，一副要將人生吞活剝的男人。

誰能想到這個瘋子居然把所有事情都拿來跟他談判！

『如果想餵金派吃飯，那就讓我幫你洗澡。』

哥這什麼狗屁協議啊！

要是誰以為這個男人是在開玩笑，那就錯了……Pakin哥是認真的。

這個男人將裝著狗糧和狗碗的袋子丟到房間一角，雙手環胸，用嚴肅的口吻和他說話。Graph氣得想朝著對方的臉大吼：「牠也是哥的狗啊！」但這個男人相當毒辣，有一次還威脅要殺掉這隻狗。而且金派其實也都懂，所以才用可憐兮兮的眼神注視著他，實在有損「金派毒辣超壞心」的威名。這個愛狗勝過一切的少年只好……咬牙答應。

不過是洗個澡，有什麼好害臊的？反正早就不知道滾過多少次床單了！

「所以平常到底是誰幫你洗澡？」

「家裡的傭人。」

「女的還是男的？」Pakin眉頭皺得更深，語氣嚴厲，逼得少年板起臉，不願回答問題。

「不回答？那我脫你衣服了。」

「喂！」即便再怎麼冷靜，遇到這種威脅還是會被嚇到。而

且這個將他抱到此處的男人,還真的作勢上前要掀他衣服,他只好語氣不善道:「女的!」

「年輕的還是老的?」

「這是我的事。」

「好啊,那我要脫了。」

「可惡!老的,非常老!哥滿意了嗎!」Graph忍不住大喊,拚命往後縮,躲避這個步步朝他逼近的高大男人,像是真的要脫掉他的衣服。雖然二人早已發生過關係,但這不代表他就願意隨便裸露自己。

而這樣的回答,讓對方濃密的眉微微挑起,像是在說——我不信。

不信,那你幹嘛問我?

心裡很想這麼問,但少年最後還是解釋了一番。

「扶我進來的是剛剛那個送飯的人,但幫我洗澡的是廚房的大嬸。我媽說,防範好過事後再來解決,她不想讓人有機會說我裸體跟其他女人單獨待在一起。而且大嬸也沒有真的幫我洗,她就只是幫忙抬起我的手臂,還有幫我沖水而已。」

Graph撇嘴,別過臉,而這樣的回答,總算讓對方稍稍滿意了一些。

如果是男人幫忙洗的澡,Pakin考慮過要向這孩子他爸買下那個人,然後扔到某個偏遠的工廠去當苦力。至於如果是女人,他甚至想過花錢請她辭職算了。

光是想到有人看過這執拗小鬼的裸身,Pakin的心裡就湧起一股連自己都想像不到的妒意。

他曾誇這小子的身材漂亮勻稱,而他絕對不想讓別人也看到這一切。

「那Janjao呢⋯⋯？」

「哥是瘋了嗎？誰會讓Janjao幫我洗澡啊！那位小姐連我脫衣服都會閉上眼睛好嗎！」Graph當然會抗議，他不喜歡別人用這種找他好友麻煩的語氣。

Pakin聽到這話，便軟化了下來。

「那就來洗澡吧，把手舉起來。」

「我可以自己洗！」

「金派肚子餓了哦。」

「汪、汪、汪、汪！」

相信嗎？這個惡劣的男人，居然真的不給狗吃飯！

這使得趴著守在門前、不想靠近水的金派，再次吠了幾聲，黑溜溜的眼珠子隨後轉向裝著狗糧的袋子，彷彿在說——我已經很餓了。如果你不給他洗澡，我一定會餓死的。

看到這一幕，Graph咬緊牙關，然後只說了這麼一句話——

「那就快點！我冷！」

完全搞不懂，為什麼我會一次次地敗在這條狗身上！為什麼每次都會輸給Pakin哥！

Graph一邊這麼想，一邊舉起手臂和腿，搭在浴缸邊上。畢竟，即使防水袋品質再好，可萬一有水流進石膏裡，不僅會腐爛，而且非常臭。上次就失誤過一次，讓他不得不拆掉石膏，然後再裝上新的，結果還癢得要命。

Graph一開始不自覺地繃緊了全身，擔心對方會像以前那樣碰觸他。因為即使他內心再怎麼抗拒，但早已熟悉對方碰觸的身體或許會無法抗拒，所以當那雙大手在他全身上下搓揉，真的只是在幫他洗澡時，他不禁鬆了一口氣。

「會不會太冷？」

「不會,剛剛好。」

對方不時關懷地詢問他,還頻繁地測試水流的溫度,儘管早已設定好了適宜的溫度。直至清洗到了關鍵部位時⋯⋯。

「要我幫你洗嗎?」

「不用,哥只要沖水就好了。」Graph差點發火,他用單手擠滿整手的沐浴乳,轉頭瞥了一眼那個半身溼透的男人,然後含糊地說道:「哥轉過去一下。」

Graph原以為對方不會輕易妥協,畢竟早就見識過對方有多麼狡詐。但當Pakin真的乖乖轉過身時,Graph才如釋重負地鬆了一口氣。他將手伸入自己的四角褲,仔細搓揉,藉由沖下來的水將泡沫清洗乾淨。直到確認一切都沒問題了之後,他才輕輕碰了碰對方,說道——

「哥,幫我擠一點洗面乳。」

「我幫你洗,閉上眼睛。」

然而Pakin卻搖了搖頭,將蓮蓬頭遞給少年,要他自己拿著,接著動手把搓揉出來的泡沫慢慢塗抹在少年的臉上。Graph緊閉著眼睛,一開始並沒有什麼特別的感覺,接著才慢慢察覺到,對方的指尖似乎在他的眼皮下方停留,他只好降低水流的位置,睜開眼睛。

!

Graph看到那雙銳利的眼睛裡,透著深深的渴望。

Pakin用指尖輕觸著他臉上的傷痕,低聲問道:「還痛不痛?」

「不⋯⋯不痛了。」Graph不明白為什麼自己的聲音在顫抖,胸口裡的心臟也跟著在顫動,讓他覺得自己快要無法呼吸,因而忍不住別過臉去。

逃啊，Graph，快逃！

少年這樣告訴自己，可是身體卻僵住了。當那張深邃的俊臉靠了過來，帶著尼古丁氣味的溫熱呼吸噴灑在他的臉頰時，他便猜到會發生什麼事，但身體卻還是僵直地坐著，然後……心懷恐懼地緊閉雙眼。

Graph真的害怕，害怕這樣的接觸會讓自己心軟。

啾。

「對不起……別怕，我什麼都不會做的。」

可對方的唇瓣卻落在他的傷疤上，伴隨而來的是那低沉柔和的嗓音，溫柔地那麼說道。接著，這個不擇手段的男人退開來把水關掉，隨後轉身拿起毛巾替他擦拭。

Graph心裡清楚，Pakin哥為他所做的一切，都比不上剛才理解他還沒做好心理準備的分量。

得知Pakin哥在意他的感受時，讓他那顆原以為早就麻木的心震顫不已，不禁令他感到害怕。

我不想再受傷，不想再心軟。可是，如果哥繼續這樣對我好，我該怎麼辦？

Graph一想到這裡，不禁低下了頭，任由對方溫柔地為他擦乾頭髮、臉頰，以及那些殘留在身上的水珠。寬敞的浴室籠罩在靜謐之中，但不像以往那般令人窒息，而是一種熟悉且溫暖的靜默。

不好，不好了，Graph。

「以後你不用讓別人幫你洗澡了，我每天早上都會過來幫你洗。」

「蛤，不要！」

可就在這一刻，這份靜默瞬間被打破，接著響起了Pakin那

勢在必得的低沉嗓音。Graph隨即抬起頭對上Pakin的目光，小聲地提出抗議。接著Pakin說了這麼一句話——

「那麼，我會帶金派來這裡，但是不給牠飯吃。」

「哥你真是……！」

Graph氣得說不出話來，只能嚥下怒火，用力甩了甩頭，讓水珠濺到那個衣服被打溼的人身上。他這舉止逗得Pakin不禁笑出聲來。

「別玩了，那到底答不答應？」

「嗚嗚嗚嗚～」

看吧，這隻聰明的狗馬上配合了起來。不知道是不是他們準備得很周全，讓真正的狗主人不由得感到一陣不滿，很想問「金派，你要這樣子背叛我是嗎？」，但當他看見這隻瘦骨嶙峋的虛弱狗那副委靡的模樣……

「好啦！」

Pakin滿意地露出笑容，隨後把剛洗完澡的人重新抱回到床上，細心地幫他穿上衣服。Graph雖然沒有開口要求，可也無法拒絕，因為Pakin哥每次都會提出那些超級無賴的交換條件，整個房間一時充滿了他們爭論的吵鬧聲。

此時的Graph還沒來得及意識到，他正一點一點地找回原來的自己。

有這個男人陪在身邊，讓原本那個充滿生氣的Graph再次回來了，不再是對著所有人強顏歡笑，還謊稱自己沒事的少年。因為有Pakin在身邊，早已將整顆心交付出去、從未改變過的Graph便覺得……一切真的會沒事的。這一次，他大概只能怪自己的心了……不管有多痛，也從不曾記取教訓。

第五十七章
決定

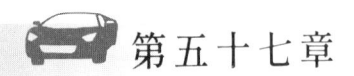

「Graph，這樣真的好嗎？」

「嗯，要是繼續放任下去，最後只會重蹈覆轍。」

「但我不希望Graph這麼做。」

客廳裡，Graph正坐在沙發上，將仍包著大片石膏的腳架在面前的玻璃桌上，大腿上擺著一臺筆記型電腦。他的眼睛掃過剛剛收到的電子郵件回覆，耳邊傳來在一旁盤坐的好友那柔弱的聲音。

Graph知道Janjao不希望他這麼做，但他已經別無選擇了。

「那位哥哥已經變好了……不是嗎？」

「不是說好不再幫他說話了嗎？」Graph轉頭調侃道。要知道，一個多月前Janjao還差點衝上去咬斷那個闖進來擾亂他的男人的脖子。結果現在，Janjao卻心軟了。

「但我就是心軟嘛，再說，那位哥哥都哄了你……將近兩個月了耶。」

Janjao輕聲說道。其實她並不想替那個男人說話，但是過去將近兩個月的時間裡，那個壞心的男人每天都來找Graph，悉心照料，帶Graph去醫院，用盡一切努力，為了讓她身旁的這個人回心轉意。

即使狡猾了一點，無賴了一些，利用「幫手」使出各種手段──男人知道Graph對金派沒轍，就每天都帶金派過來。

Janjao的回應讓Graph抬起頭，二人四目相交，接著Graph

以過於浮誇的雀躍模樣，朝著Janjao的臉打了個響指。

「看吧，連Janjao都心軟了，那我呢？還能撐多久？應該很快被攻陷吧，Janjao。如果我什麼都不做，我就會和他重修舊好，最後就會像以前一樣，只有我一個人受傷。」

「Graph變狠心了呢。」

聽到好友用堅決的語氣說自己已經決定了，馬尾少女只好低下頭，像是被打敗了一樣，隨後長長地嘆了一口氣。

而屋主的兒子則回以一抹淡淡的笑容。

「我只是很努力在硬撐而已。」

Graph並沒有說謊。因為此刻，他正努力讓自己狠下心來。

一切就如同Janjao所說，自從那個男人誓言要重新進入他的生活，便一天都沒有缺席過。如果早上沒來，晚上就會出現；若是哪天需要去醫院，那個男人就會抱著他上車，親自將他送到醫師手中，然後再送他回家；如果他說要出門，對方總能突然現身，就像有內鬼隨時在通風報信一樣。

Graph坦言，他從未被人如此重視過。然而，更讓他害怕的是……他開始一點一滴地習慣這一切，他害怕這種習慣會深深刻進他的心裡。

如果那一天真的到來，一切又會再次回到原來的循環之中……那樣的他，最終又會為了那個男人，付出自己的一切。

他早在出院的那天就決定了：夠了，他已經受夠了。而且……。

悲哀。

「他根本就不愛我，Janjao。」

「Graph已經確定了嗎？」

這句提問讓纖瘦的少年迎上了對方的眼睛。少年露出一抹微

笑，但卻隱隱帶著一絲悲傷。

「因為他從來沒有說過啊。我已經不抱希望了，Janjao，也不會再自作多情。如果我還繼續留在這裡，我就會一直等下去，然後永遠無法割捨⋯⋯等到我真的放下了，就會盡快回來向妳求婚的。」

聽到最後這句注定不會成真的玩笑話，月亮女孩大翻白眼。

他們之前，或許已經超越了友誼，但還稱不上戀人⋯⋯而是一種更深沉的情感。

Janjao心裡想著，如果好友將她當作某個人的替代品，她覺得自己可以接受。因為能與這個害怕孤單的好友一起度過一生，聽起來一點都不可怕，反而比將來因愛上某個未知的人而心碎要更好。

好友的經歷讓她明白，愛情並非只有美好的一面，同時還伴隨著令人不想觸碰的痛苦。

「就算這樣，我還是不想讓Graph走。」

「好了啦，妳就別再鬧脾氣了嘛。」

「我才沒有鬧脾氣咧。」

嘴上說自己沒鬧脾氣的馬尾女孩，眼眶卻已經開始泛淚，她咬著嘴唇，眼睛還閃著晶亮的光芒。帥氣的少年見狀，張開了雙臂。

「來，我借妳抱一下。」

「這樣的話，我不就像一個隨隨便便、每天都跑來找男生的女生了？」

「所以不抱嘍？」

Graph對著好友挑了挑眉，使得這位「隨隨便便的女生」微微鼓起腮幫子，但最後還是靠過去，用力抱住了自己的好友。女

孩甚至被輕輕搖了搖,像被當成小女孩一樣的哄著。

「當然要抱啊,我要用力抱抱Graph。這輩子還能有幾次機會可以抱到帥哥呢?」

被抱在懷裡的女孩努力讓聲音聽起來很愉快。少年見狀,笑了出來,隨後像是在安慰般的輕撫好友柔軟的頭髮。

「別哭了。如果今天哭了,那天就不准再哭了喔。」

「這哪能控制啊?那天我一定準備好一大桶眼淚,然後放聲大哭。」女孩輕聲地低喃,閉上了眼睛,將臉埋進好友溫暖的懷裡……不知是從什麼時候開始,Janjao感覺這片胸膛竟然變得如此厚實可靠。明明以前都是Graph脆弱地抱住她,哭得讓人心疼。

才短短的幾個月,就讓Graph成長了,不僅是思想,還包含了他周圍的氣場。

這兩個摯友或許會一直這樣擁抱著彼此,如果不是因為今天比較晚來的人正站在門口,面色陰沉地盯著他們。

「你們這是在幹嘛?」

Pakin承認,眼前這兩個年輕男女抱成一團的畫面讓他感到非常不悅,恨不得立刻上前把他們分開。但他清楚自己還沒有資格干涉,現在的Graph想和誰抱在一起,他也只能當個旁觀者。所以他只是嘆了口氣,邁步上前,希望這兩個人能顧忌一下他的存在,稍微分開一些。

然而……。

「我討厭你!」

什麼鬼!

聽到這話,Pakin的腳步一頓。那個最近對他顯得友善許多的女孩突然大聲吼了起來,一把從另一個人的懷裡掙脫,轉身直

接面對他。即使女孩的雙手緊抓住沙發邊緣，彷彿將它當成擋子彈的屏障。但她那雙閃著凶光的圓眼卻直直瞪著他，像是很想吃他的肉、喝他的血。

「哥性格頑劣，是個大壞蛋，都是因為你！」

「妳該知道吧？如果我們是在街上遇到，我大概早就下令把妳給『解決』了。」Pakin壓抑著怒氣，用嚴厲的聲音說道。

「少來嚇唬我，我才不怕你！」結果嘴上說著不怕的人，還是忍不住縮到了沙發後面，只敢用挑釁的眼神瞪著對方。

這一來一往的眼神交鋒，更像是相互怨懟。

「我沒動妳，是因為看在那小子的面子上。如果是其他人敢來糾纏我的人，統統都會被我處理掉。」

！

目睹了今天這場壓軸對決的Graph，不由得一愣。因為他雙耳清清楚楚地聽見了那句話——「我的人」。

「誰是你的人了？別自作多情！我才不會把Graph讓給你咧！」Janjao當然也聽到了那幾個字，她因此提高了音量，張開了雙臂，用盡全力護著另一個人。

這一幕讓穿著西裝的男人一步步逼近，恐嚇這個看起來就像隻小老鼠一樣的嬌小女孩。而這份壓迫感，終於使得這個一向天不怕地不怕的女孩臉色逐漸發白。

「剛剛講的那些話，妳確定嗎？」

「確……確定。」

「哼。」

啊啊～太可怕了啦！

女孩快要被嚇到退縮了。其實，早先她之所以能鼓起勇氣，全因對好友的擔憂，而且Pakin哥看起來好像也不是很在意她。

然而現在，當女孩對上那雙充滿警告意味的凶狠眼神時，心臟便開始急促跳動。

不是的。這不是被對方的帥氣給迷的……純粹是因為怕死。

「如果哥今天來是為了恐嚇我的朋友，那請你馬上出去。」

！

這個權勢漫天的男人，原本就快要再次壓制住對方了，若不是因為少年抬起頭，對上他的眼睛。而少年僅僅用一句話，就讓這位大人物重重地嘆了口氣，主動將視線從那個嬌小女孩身上挪開，像是在說……自己願意妥協。

「對呀、對呀。快走、快走。哪裡來的就回哪裡去。」

Pakin從來不是那種會隨便欺負女人的人，但遇到這個小女孩，他真是忍不住破例。

「那麼，你們剛剛到底在搞什麼？」Pakin於是問起了另一件事，凌厲的目光隨即轉向筆記型電腦，因而沒注意到少年稍微僵硬了一瞬。不過還沒等他看清螢幕上的內容……。

啪！

「難道沒人教過您這位『尊貴的黑幫老大』，偷看別人電腦很沒禮貌嗎？」

這位清秀的女孩快速地伸手闔上了電腦螢幕，讓這位「尊貴的黑幫老大」翻了個白眼，強壓下心中想直接把女孩抓起來恐嚇的衝動。若能把她嚇到從此不敢再來煩他更好。

「難道沒人教過妳，不應該這樣跟長輩說話嗎？」

「教過啊，不過我哥說過，我們只需要尊敬那些真正值得尊敬的人。」

最好別讓這小鬼跟Win混在一塊，不然老子應該會雙倍頭痛。

那個小子雖然沒說話，但每次會在他走出家門時，露出得意洋洋的笑容。甚至偶爾還會隨口說出──

　　『誰叫那孩子等著你去哄的時候，你就是不去，活該！』

　　Pakin正盤算著，是要把自己的弟弟丟回家，還是乾脆送回韓國，或許這樣才能讓他不再插手自己的生活。但這想法恐怕行不通，因為只要他還有一個跟在身邊的親信叫做「Panachai」，Pawit就會一直在他身邊打轉。

　　「那妳今天跑來幹嘛，很閒嗎？」

　　「很閒啊，補習班課程結束了，我會一直閒到開學呢！」

　　「既然哥這麼問我朋友，那我也想問問哥，你每天來這裡幹嘛？工作都不用做了嗎？還是說哥只靠一份工作，就可以賺到整年的收入？」Graph突然打岔道，盯著這個每天都跑來的男人，感覺明顯是在諷刺。

　　Pakin聽完勾起唇角，輕輕笑了幾聲，接著點了點頭。

　　「一份工作就夠我過一輩子，還可以養得起一個執拗的小鬼呢。」

　　！

　　頓時，整個房間陷入一片短暫的寂靜。甚至連Janjao這個多餘的存在，都想著能原地消失就好了。於是她縮著身子，坐回原處，死盯著花瓶裡的花，一副好像它們有什麼奇怪之處。

　　反之，屋主的兒子正注視著靜靜站在一旁的訪客，隨後露出了一抹微笑。

　　「我不需要，哥還是把錢拿去養別人吧⋯⋯Janjao，今晚要留下來一起吃晚餐嗎？」

　　「啊？嗯嗯，我本來就打算來蹭飯了，嘿嘿！」

　　Graph對著好友發問，女孩乾笑了幾聲回應，一邊用力點了

點頭，一邊還有些害怕地偷瞄了一眼站著不出聲的另一個人。

然而，男人話中的那個「執拗小鬼」的臉上卻看不出半分懼意。相反的……Graph還真的就是那個意思。

那副模樣讓高大的男人暗自嘆了口氣，望著那個始終不肯回頭與他對視的孩子側臉，像是真的不知道接下來該怎麼辦了。

他認為自己已經盡了力，可這個曾經事事都依他的孩子，竟然比想像中還要狠心。有時看起來像是快要對他敞開心房了，但隔天卻又將自己的心封閉起來，如此反反覆覆，讓他不禁擔憂了起來。不過，他不打算放棄，就像他之前講的，畢竟才兩個月的時間，根本比不上他過去十年所犯下的錯誤。

十年嗎？如果這孩子願意給他機會哄，他就繼續哄十年，看誰會先心軟。

這個要什麼就能得到什麼的男人在心中這麼想。當然，他所擁有的一切並不是憑空想像而來，他會動手執行，然後付出努力，直到達成目標。

這一次也不例外。

＊＊＊

「耶～終於可以拆掉石膏了。」

「妳是不是搞錯了？要拆石膏的是那個人，不是妳。」

「我替朋友感到開心錯了嗎？」

「是沒錯，我只是好奇，這跟妳有什麼關係？妳幹嘛要跟來？」

「哥也一樣啊，幹嘛要跟來！」

「哼，至少我還能幫得上忙。」

「哎呀！！」

受傷的少年早已對這不同世代的兩個人的戰爭感到習以為常。他實在不明白，這個僅憑一個眼神就能讓旁人膽戰心驚的男人，為什麼會浪費時間，跟這麼個小不點爭個沒完？平常要是不高興，這位大哥早就走得遠遠的，丟下他自己想辦法回去，但結果竟變成這樣，最近這人卯起來哄他。

夠了，Graph，要是想太多，你又要心軟了，你是想讓自己一次又一次地受傷嗎？

至於這場爭執的起因，無非是因為⋯⋯今天少年終於可以擺脫那沉重的石膏，重獲自由了。

這三個月以來，他忍受著這個堅硬石膏所帶來的煎熬，既不能抓癢，也不能碰到水，而且還隱隱約約地感覺到搔癢。如今，終於都結束了，醫師才剛拆掉了他腿上最後一塊石膏。上個禮拜他手臂上的石膏已經先拆掉了，而對此，Graph只能說，他忍不了那股氣味。

沒碰到水就已經臭得受不了了，要是碰到水，那畫面簡直不敢想像。

「能走得動嗎？」

「可以，就只是有點不習慣。」

「那你過來。」

啪。

即使他的腳再怎麼臭，那個曾經只追求漂亮、精緻事物的男人，如今卻毫不嫌棄地將少年抱入懷中。那張剛毅的面容流露出了關切，讓這兩個月以來早已習慣被人抱著的Graph，僅僅抬起手環抱住對方的脖子，然後輕聲問道——

「哥這樣把我的腿抱起來，不覺得臭嗎？」

雖然口口聲聲說著要放手、已經夠了，Graph卻仍然無法控制自己想要將好的一面展現在這個男人面前。這是一個危險的信號，警告著他，自己就快要潰敗了……內心渴求的聲音，太過響亮。

　　他的內心正在告訴他，想要回到原來的地方。

　　「你知道嗎？就算你全身上下都是腐爛的傷，我還是會像這樣抱著你。」

　　這個冷酷的男人隨即用認真的語氣這麼說道，使得Graph內心渴求的聲音越發響亮。

　　「哥也太老套了。」

　　「隨便你怎麼說，我就只是想說出心中的話而已。」Pakin那麼答道，接著低頭看向別開臉的少年，發現他那白皙的臉頰悄悄染上了紅暈。這正是他喜歡看到的反應。

　　雖然Graph到現在還是不肯心軟，不過至少開始會臉紅了，這給了他繼續哄下去的動力。

　　「那哥在心裡想就好，我沒興趣知道。」說完，Graph臭屁的臉又再次跩了起來。

　　其實在以前，這模樣是挺令人厭煩的，但現在，這樣的表情卻讓Pakin想得快瘋了。他不得不壓抑住想要把鼻子用力湊到那嫩白臉頰上的衝動，想要在上面咬出紅色的印記，想讓Graph大叫著抗議他的行為，想到快要忍不住了。

　　可是這一切，就只能在心中想想。

　　「那現在要直接回去了嗎？」

　　「嗯，我想回去洗澡。」Graph用力點頭，現在完全沒有心情出去晃。別人拆掉石膏之後都會去慶祝一番，但那個人絕對不會是Graph。他才不會拖著這雙臭薰薰的腳出門。

「那Graph可以在這裡等我一下嗎？我想去買瓶水。」聽到好友說要直接回家，正望向醫院附設咖啡店的Janjao便開口這麼說道。

Graph聞言點了點頭。

「Graph想買點什麼嗎？Pakin哥呢？有需要幫你帶什麼嗎？」

「不了，不餓。」Graph搖搖頭，心想Pakin哥大概也不會吃吧。若非高檔料理，這位大爺絕不可能會吃進嘴裡。但是……。

「那就幫我買杯咖啡吧。」

「要什麼咖啡？我對咖啡的品項不清楚。」

「買濃縮咖啡……這是咖啡錢。」開車的司機掏出一張千元大鈔遞了過去。

女孩雖然很想反駁，店家可能沒有零錢可以找，但又懶得跟他爭辯，畢竟她今天已經挑釁對方好幾回了，生怕對方會因為拿她沒轍，就把氣出在家裡的其他人身上。

「那我去去就回。Pakin哥可以先帶Graph上車，我等一下會去停車場找你們。」

小不點爽朗地說完後，跑向鎖定好的咖啡店，任由那個高大的男人抱著她朋友回到停放好的車上。

「其實我覺得我已經可以自己走了。」

「還是得小心，骨頭才剛癒合。」

Pakin一邊回答，一邊將纖瘦的少年放到副駕駛座上，隨即回到駕駛座上，發動了引擎。Graph原以為他只是要開啟空調等著，沒想到……。

轟隆～～～～～

「啊，Pakin哥！那Janjao呢！」Graph驚叫出聲，眼看著這輛大車開往大馬路上，但卻少了一位乘客。他連忙回頭望向醫院的方向，接著眼睛燃起火光，只因身旁那個人輕描淡寫地這麼說道——

「耳根清淨多了。」

「哥馬上調頭回去！」

「不要。」

「我叫你馬上調頭！！！」Graph氣得幾乎要噴出火了，怒氣沖沖地瞪著那張深邃的側臉，再次強調：「繞回去接我的朋友！」

嘎——

突然，車子猛地轉向停靠在路邊。Graph瞬間瞪大了眼，之前因賽車事故而留下的陰影讓他渾身僵硬，手撐在車子前方的儀表板蓋上。

駕駛這時轉過頭來，帶著怒火厲聲問道——

「那個孩子對你就這麼重要嗎！」

「……」

Graph沒有回答，目光依舊直視著前方的擋風玻璃，但雙手卻微微顫抖著。不是因為害怕對方，而是……。

「拜託你……別再這樣停車了。別這樣急轉，我……。」

！

憤怒又嫉妒的男人愣住了。他看著說不出更多話來的少年那張沒了血色的臉，愧疚感頓時湧上心頭，怒氣瞬間散去。隨即他語氣慌張地說道：「Graph，我很抱歉，轉過來看我。」

少年機械般的轉過頭來，Pakin見狀，伸手緊緊抓住他的雙肩。

「看著我的眼睛,冷靜下來,慢慢地呼吸。你現在跟我在一起,不在那輛車上。像這樣慢慢地深呼吸。好孩子,慢慢地,沒錯,就是這樣。」

Graph不知道為什麼自己會乖乖遵從對方的指示,但他正緩慢又深沉地吐出氣。他凝視著那雙凌厲的眼眸,彷彿在告訴他:待在這個男人身邊,你就是安全的。

這份安定感讓他很想撲上前,但他只能伸手緊緊抓住對方的衣角。

「哥,我⋯⋯我沒事了。」

「確定嗎?你的臉色還是很蒼白。」

駕駛撫摸著他的臉,溫柔地替他擦去冷汗。男人緩慢又小心翼翼地碰觸,讓放鬆下來的少年靠了過來,點了點頭,接著深深吸了幾口氣。

「哥,調頭回去吧。」

「我可以調頭回去,但讓我先問你一件事。」

聽到這句話,Graph再次抬起頭,注視著語氣比之前更加認真的男人。

「對你來說,Janjao到底算什麼?」

Graph想撒謊,想當面告訴對方,Janjao是他的新戀情。然而,他卻無法撒謊。他就是無法對這個男人說謊,所以只能低聲回答:「朋友⋯⋯最重要的朋友。」

其實他不想回答這個問題,因為他知道下一個問題會接踵而來。

「那我呢⋯⋯對你來說,我是什麼?」

儘管Graph內心想要撒謊,想痛快地當著對方的面說「哥對我來說什麼都不是」,但他無法說出口。最後,就只能緊抓著對

方的衣襟，然後低下頭，避開對方的目光。他現在什麼話都不想說，因為一旦開口，大量的情緒一定會奔流而出。

哥是我的心，是那顆即使我否認到死，也無法逃避的心。

Graph適才流露出的眼神，讓Pakin慢慢地將這副纖瘦的身軀擁入懷中，然後溫柔地伸手環住少年的腰，將少年的臉壓在自己的胸膛上。

「你不用現在回答我，我可以等。我會等到你準備好回答的那一天。在此之前，我會讓你相信，從今以後，我不會再傷害你了⋯⋯無論需要多久的時間，我都願意等。」

他低沉的嗓音在Graph耳邊呢喃，讓Graph倏地渾身顫抖⋯⋯。

啾。

Graph身體顫抖，只因那落在鬢角的溫熱嘴唇。對方親得很用力，深深吸了一口氣，就像要將他整個人刻進肺腑。這之後Pakin哥才放開他，用指尖輕輕撫過他蒼白的臉頰。

「**Graph，你對我來說，是非常重要的人。**」

此刻，Graph感到憤怒。他氣自己的心，為什麼還會因這樣的話而悸動不已。

「回去接Janjao吧。」他最後迴避了對方的眼神，繞回到原先的話題上。

Pakin嘆了一口氣。

「我已經給她叫計程車的錢了。」

「你每次只要覺得誰煩人，都這樣對待他們嗎？以前你覺得我厭煩，現在你覺得我朋友厭煩。那下一次呢⋯⋯什麼時候又會把我趕下車？」Graph不想翻舊帳，但他不得不重提那些痛苦的記憶，為了讓自己堅強起來。

這些話讓Pakin愣住，意識到自己過去犯下的錯誤。

「那時候我很抱歉，我不會再那麼做了。無論是趕你下車，還是把你逐出我的生活，我都不會再這麼做了。相信我，我不會再讓你傷心了⋯⋯絕對不會，Graph。」車主這麼說道，希望能讓少年更有信心，但卻不知道，有些事情一旦埋進心底，就很難再抹去了。

「哥知道嗎？哥是全世界最無情的人。」

「但這個無情的人，卻把你當成全世界最重要的人。」

Pakin毫不猶豫地回答道，邊說邊尋找可以調頭回去醫院的地方。而此時，另一個孩子應該正在焦急地四處找車。

然而，這句話卻讓Graph做出了決定。

「哥曾經說過，我隨時可以回到那個家，是嗎？」

高大的男人猛地轉過頭，難以置信地看著少年。尤其當這個執拗的少年再次問道：「我⋯⋯還能再去那個家，對嗎？」

果然，這句話讓這個無情的男人一陣激動，滿心喜悅地答道：「只要你想，隨時都可以回去。」

Pakin感到很開心，因為這是個好徵兆，意味著他執拗的孩子可能開始原諒他了。但對Graph而言，這只是他額外做出的決定⋯⋯那個家，承載了許多美好的回憶，住著許多善良的人。在他離開之前，他覺得有必要先去向那裡的每一個人道別。

最後一次了，這將是我最後一次去那裡。

這個想法讓他心頭一緊。

第五十八章

最後一個晚上

「汪汪汪汪，汪！！！」

「好啦、好啦，知道了，我知道了啦，金派。我知道你很開心，但你的體型可不是小型犬啊！」

「嗚嗚～汪，汪汪汪！」

Graph剛從車上下來，金派這隻力氣很大的大型犬便猛撲過來，差點讓他喘不過氣。這隻超拗的金派接著跳了起來，並且爬到了他的胸口處，逼得他連連退了好幾步，向後靠在車門上。而這隻狗狗則興高采烈地不停舔他的手和臉，發出響亮的吠聲，完全不像以前那隻很懂禮貌的大狗。Graph只好伸出雙手抱住牠的身體。

「Graph先生，金派應該是太高興了。牠每天都坐在門口等待Graph先生呢！」

「Kaew嬸！」

俊俏的少年立刻抬起頭，看向正在擦淚的女管家。不過，他無法從大狗的腳下脫身，因為金派仍試圖引起他的注意，他隨即輕輕拍了拍牠的頭。

「夠了啦，呃，我知道你很想我，夠了！」

「汪汪汪汪。」

不聽，這隻大型犬依舊不肯聽從指令，牠完全展現出見到這個家的主人是多麼的高興。雖然牠能去另一個家拜訪主人，但那和主人回到這裡找牠，感覺完全不同。金派不禁希望主人能每天

都回來，每天一起玩耍，像從前那樣一起睡在同一個房間裡。

金派非常想念牠的主人，所以牠告訴自己：如果主人能回來，牠會聽從所有的指令，再也不會像以前一樣任性了。因此，當那個聲音一喊道——

「坐下！！！」

啪嗒！

金派這隻巨大的警犬後腳著地坐了下來，抬頭看著主人，像是在說——這樣做是不是會有獎勵呢？

Graph不禁瞪大了眼睛。

「哇啊，你竟然聽我的話了！」

「之前不是我任性啊，主人。只是主人以前老是對我大吼大叫，讓我懶得遵照指示罷了。」

如果金派會說話，大概會當面這樣說吧？不過此刻金派只是吐著舌頭喘氣，任由主人那雙白皙的手用力揉搓牠的頭，牠因此高興得閉上了眼睛。

當金派終於安靜下來，Graph這才轉向站在一旁等待、兩眼通紅的女管家。

「Kaew嬸。」Graph走到她的面前，看著這位帶著眼淚露出笑容的年長婦女。

Kaew嬸隨後伸出手，輕輕摸了摸他的臉頰。

「魂啊魂歸來[註]，Graph先生，厄運終於都過去了。Kaew嬸真高興看到您再次回到這裡。」

啪。

（註）泰國的一種收驚習俗，喊出這句話來安撫受到驚嚇的人，盼能招回飄離本體的魂。

「我也很想念Kaew嬸。」

Graph不是那種擅長與長輩相處的人，因為大多數人都說他沒禮貌，只有這名老婦人，從他第一次踏入這個家門起，就對他充滿關愛、事事悉心照顧。在其他屋主不回家的時候，她會陪伴著他，每天叫他起床上學。雖然Graph嘴上會抱怨，但是他對這名老婦人的尊敬更甚於自己的親生母親。所以，這個從來不懂對別人撒嬌的孩子，隨即上前緊緊抱住了對方。

這個擁抱就連Kaew嬸自己都感到意外，但她仍然伸出雙手抱住少年的後背，然後像是在安慰般的輕輕撫摸。

「知道Kaew嬸有多擔心您嗎？」

「我知道，我知道Kaew嬸很擔心我。」Graph聞言，相信對方是真的擔心他，所以他抱得更緊，感受少數幾個愛他的人所帶來的溫暖。而這份溫暖也讓他的眼眶逐漸盈滿淚水。

好難過……難過得要命。這將是第一次，也是最後一次能夠擁抱Kaew嬸了。

這個念頭讓他快要哭出來了。然而，看著他的所有人，都只以為少年是因為太高興了。

其實Graph做了一個決定，目前只有Janjao和他的生母知情，就連這位Kaew嬸也不曉得。

「Graph。」

「Win哥，你什麼時候回來的？」

少年鬆開了懷抱，轉身看向男模。對方的頭髮修短了一些，與他完美的臉部輪廓相得益彰。

「回來兩、三天了，我原本也想過去找你。剛好你來了，是打算搬回來了嗎？」

！

Graph頓時一僵，燦爛的笑容逐漸消失。Pawit見狀，微微挑起眉，轉而望向一語不發的表哥，接著Pawit的嘴角浮現出玩味的笑意。

「這孩子應該沒這麼難哄吧？不過，我們這位厲害的大哥，似乎沒這方面的才能。」

Pawit已經從家裡的人那邊得知，表哥終於想通了。為了等這個男人開竅，他不知道發了幾十次的火。而Pakin後來才開始去哄那個執拗的孩子。結果Pawit怎麼也沒想到，他離開泰國這麼久，回來後表哥竟然還沒哄好這孩子，他不禁懷疑是這個孩子太難搞，還是那個大人沒本事。

「哼，想說什麼就說吧。」

Pakin僅回了這麼一句話，目光則注視著那道纖細的身影。他看著Graph與那個人擁抱、與這個人寒暄，甚至肯讓那隻狗舔自己的臉，可是對他就⋯⋯從早上見面接送到現在，連一句話都不跟他講。

但至少，Graph肯來這裡了。Pakin希望，這孩子能盡快同意搬回來。

「石膏已經拆了耶，看起來好多了。」

「是啊，輕鬆多了。之前那樣子戴著石膏，超痛苦的。」

這兩個人感情親得像兄弟般，互相關懷起彼此的近況，邊聊邊往屋裡走。

一旁跟著的Kaew嬸則充滿幹勁地問道：「Graph先生，有什麼特別想吃的食物嗎？Kaew嬸一定盡全力做出來。」

「什麼都可以，Kaew嬸做的每道菜都很好吃。我真的很想念Kaew嬸的手藝⋯⋯。」Graph沉默了一下，接著露出燦爛的笑容繼續說道：「之後，應該會想念很久吧。」

「別這麼說嘛，Graph先生。您可以每天都來這裡吃飯。要是生Pakin先生的氣也沒關係，但一定要來這裡，好嗎？」

屋主聞言愣了一下，目光盯著那個膽敢當著他的面說出這番話的女管家的背影，不過最後還是選擇作罷。因為他看到少年聽後笑得開懷，似乎很得意看到屋主如今連半個盟友都不剩。

這時，所有人都上前圍著才剛康復的少年，大家熱切地迎接他往屋內走去，沒有人再理會這個家的主人。

最後，Pakin只好轉頭看向依然坐在原地的金派。

「看來，就只剩下你和我了──」

「喂，金派，你還要坐多久啊？過來！！」

Pakin話還沒說完，屋裡的人就大聲喊了起來。那隻怕他怕到縮成一團的大狗立刻吠了一聲回應，連頭都沒回一下，搖著尾巴跟隨自己的主人跑進了屋裡。留下真正的屋主呆立在原地，然後長長地嘆了一口氣。

到最後，他好像真的連一個同盟都沒有了。

「唉，算了，只要他能笑出來就夠了。」

Pakin緩緩搖了搖頭，彎身鑽進車裡，打算親自把車開去停好。因為從眼前的情況來看，無論是司機、園丁、傭人，甚至廚師，所有人都像是完全站在那個總說自己沒人愛的小鬼那邊。實際上，那孩子已經讓整棟屋子裡的每個人都愛著他。

但不只是這些人，連這棟房子的主人自己，也同樣深陷其中。

我愛你。

這個事實，讓Pakin告訴自己：他會竭盡全力，直到重新贏回這個執拗的少年。

＊＊＊

　　「Graph先生，需要幫忙嗎？」

　　「沒事，我可以自己來⋯⋯喂，金派，馬上給我停下來！！！」

　　在向家中所有人保證他已經痊癒之後，Graph還吃了一頓飽飽的午餐，原本Kaew嬸不想讓他輕易離開餐桌，不過Graph覺得自己需要稍微動一動來消化食物。那麼，還有什麼事能比得上幫狗洗澡更耗費體力的呢？

　　這可是一隻體重超過四十公斤的大狗啊！

　　金派不太喜歡洗澡，於是抓牠洗澡成了一件相當困難的事情。

　　別人幫牠洗，牠就露出牙齒警告「有本事你就來啊」。但對象換成牠最愛的主人，牠便乖乖地待著讓主人沖水，不過牠隨後轉向另一邊⋯⋯就直接跑掉了。

　　牠跑去自己早上挖出的泥坑上打滾，大狗溼漉漉的身體於是搞得全是泥巴，成了一團泥球。Graph忍不住大叫起來，指著牠的臉破口大罵，已經不在乎這是不是自己的愛犬了。

　　「你再不過來，我現在就要回家了！」

　　「金派，過來。」

　　任性的孩子說出了這番威脅的話之後，站在一旁雙手環胸注視的男人就急了。Pakin立刻皺起了眉頭，語氣嚴厲地叫喚金派。這隻平時一見他就嚇得縮頭的大狗立即回過頭，發出一聲嗚咽，沮喪地跑回去繼續洗澡。這畫面讓Graph忍不住撇嘴。

　　「哼，我也是你的主人啊，怎麼就不聽我的話？」

　　「因為你不凶牠。」

「我凶了!」

其實他根本不想和這個屋主多說話,尤其之前還發生過對方把他朋友扔在醫院不管的事。好在Janjao沒有生氣,但坦白說,他自己氣得要命。如果可以的話,他真的不想跟對方講話,可他就是忍不住想要反駁。

「怎麼凶的?我看你就只會對牠大吼大叫,一點也不凶啊。」

啊?吼牠和凶牠哪裡不一樣了!

少年明顯就是這樣想的,讓看著少年的人忍不住低笑出聲。Pakin很不想直說,其實不只狗不怕他,任何人見了都不怕他。這小子只會大呼小叫,卻不懂耍狠。但Pakin不想說出來讓這小子更生氣,所以話鋒一轉,問起了另一個問題。

「要幫忙洗嗎?」

「不用,我的狗,我自己能幫牠洗。」少年語氣強硬地堅持道,隨即繼續將犬用洗毛精往金派身上抹,搓洗牠的全身。然而再怎麼看,他都不像是在幫狗洗澡,簡直把自己當成了沐浴球,洗毛精的泡沫都沾上了他的頭髮,衣服也都溼透了。

然而,這還沒完。

唰啦、唰啦、唰啦。

「喂〜你這隻臭狗!」

果然,說自己會凶狗的人也就只會破口大罵。金派猛力抖了抖牠的毛,將泡沫甩得到處都是,還濺到了Graph的眼睛裡。Graph因此鬆了手,仰著頭,不停眨眼睛。

啪。

「有沒有怎樣!」

Pakin見狀,迅速衝上前,伸手捏住了少年的下巴,讓他抬

起頭,檢查那隻因刺痛而開始泛紅的眼睛。

「我沒事……放手。」Graph懊惱自己的聲音竟然那麼微弱,心跳因下巴上的溫熱碰觸而紊亂不已。更令他吃驚的是,眼前的男人竟然脫下了自己的T恤,細心地用衣角幫他擦拭眼睛。

「哪裡沒事了,別動……就這樣,好孩子。」

我討厭哥說這句話!

少年這時全身僵硬,因為對方的臉與他相當接近,再加上對方以低沉溫柔的嗓音喊他「好孩子」,這讓他回想起最後一次被稱作好孩子的記憶……那一天,他臥病在床,然後有人告訴他,要當個好孩子,乖乖等著。

這段記憶讓他的眼淚滑落,沖去了洗毛精的泡沫。對方見了,一臉嚴肅地專心幫他擦拭。

「還會刺痛嗎?」

「不……不痛了。」

Graph低聲回答,注視著那張近在咫尺的迷人側臉,隨即別開了視線。而這一切,Pakin也都察覺到了。

Pakin被擔憂所佔據,差點忍不住將Graph擁入懷裡。

Graph那張好看的臉龐溼漉漉地掛著水珠,髮絲垂落,貼著臉頰。Pakin看著眼前少年的模樣,再也無法克制自己,原先來回擦去泡沫的指尖,逐漸滑向那張臉頰,帶著渴望與濃烈的思念輕撫。Pakin那張英俊的臉慢慢低了下去,目標是那抹令人想再度品嚐的潤澤雙唇,但是……。

「哥……不要……。」

啾。

一聽到Graph以顫抖的聲音這麼低喃,目標就變成了兩隻眼睛的眼皮,因為他再也不會強迫對方了。如果Graph說「不」,

他便會停下來。Pakin做的這一切，使得Graph緊抿著雙唇，感覺自己因那落在眼皮上的吻而渾身顫抖。

「不痛了，好孩子。」

Graph厭惡自己竟如此渴望對方鬆開的溫暖懷抱。這時，高大的男人轉身拿起噴水槍水管，吹了聲口哨叫喚大狗。金派聞聲，飛奔過來趴在地上，好讓Pakin替牠把身上的泡沫沖洗乾淨。

看著這一切，少年將手按在左胸口上。

我的決定是正確的，對吧？

這麼做是對的。若他繼續留在這裡，他永遠也無法死心。但如果遠離這個地方，到了一個新的環境，總有一天他或許能夠忘記……那個至今都未曾說過愛他的狠心人，甚至從未明白告訴他，究竟是以什麼身分要將他哄回來。

如果只是個床伴，那我不要了。

如果真的愛他，就不會在他最需要的時候，讓他孤零零地一個人。

當這個執拗的少年為這男人受傷而住院的那段日子裡，他人又在哪？如今，這個男人會回來找他，大概又是被某人強迫的吧，就和以前一樣。

事情僅僅是這樣而已，Graph。

「到底是誰在幫誰洗澡啊？怎麼人和狗都溼成這樣。」

「我就沒有幫金派洗過澡嘛！」

最後，那個信誓旦旦說要親自幫狗洗澡的少年，反而把自己弄得髒兮兮的，不僅渾身泥濘、溼淋淋的，而且還沾滿了泡沫，模樣相當狼狽。急得Kaew嬸連忙跑去拿毛巾，然後堅持要少年

趕快去洗澡。不僅如此，她甚至還把少年帶回他以前住過的房間——不是客房，而是……屋主的臥房。

屋主和少年的身體同樣溼透了，女管家便請他們兩個人一起去洗澡。

Graph其實很想問：「這棟房子不是有十幾間浴室嗎？為什麼非要趕著我們在同一間浴室裡洗澡？」但他懶得多講，免得又被人說自己太過矯情。畢竟，他以前和這個男人發生過關係，大家早就知道了，還有好幾次因此臥病在床，甚至多次請醫師上門診治。不過只是一起洗個澡而已……。

「再多練習幾次，以後就可以幫牠洗得更順手了。」

「……」

如果還有這種機會的話。

Graph瞬間安靜了下來，努力將所有情緒藏在內心的最深處，然後脫下了T恤。打算像對方上次幫他洗澡時那樣，脫到只剩下一條四角褲。然而，當他再次轉過身……。

「哥！你幹嘛脫光！」

那具全身赤裸、健壯結實的身軀，赫然出現在他面前，驚得Graph忍不住加重了語氣。

Pakin抬起手撥了撥頭髮，面無表情地回答道——

「洗澡的時候誰會穿衣服啊？」

「我穿！」

「那只是因為當時需要別人幫你洗。平常看你不也都全脫嗎？」

「平常」這兩個字，讓Graph不由自主地回想起過去幾次一起洗澡的畫面，但他依然堅持穿著那件四角褲。而當他看到對方正要走進淋浴間時，他就迅速走向浴缸，打算速戰速決，快點洗

完出去。但⋯⋯。

「我也一起洗。」

「哥去你的淋浴間洗啊！」

「蓮蓬頭壞了。」

我信你才有鬼。

已經一屁股坐進浴缸裡的少年抬起頭，手中緊握著從水龍頭上方拿下來的蓮蓬頭，注視著走過來坐在浴缸邊、眼神透著不悅的男人。既然這個執拗的少年都坐在這裡了，房間的主人又怎會甘心獨自回去洗澡呢？

「我不會對你怎麼樣的。轉過來，我幫你洗頭。」

「我可以自己洗。」

「那你就繼續跟我爭論下去吧。」

如果現在有穿衣服，Graph還能繼續坐在這裡跟對方爭執下去，但眼下他只穿了一條四角褲，而對方全身光溜溜的，他只好無可奈何地嘆了口氣。Graph轉過身，背對著對方，坐著環抱住自己的膝蓋。

「哥愛怎麼樣就怎麼樣吧，反正你一向不聽我的。」

對方聽了先是一愣，隨後將大手放在少年的頭上。

「誰說我不聽了？我只是想對你好。」

「你是中邪了嗎？」

「嗯，而且這輩子人大概都不會好了。」

Pakin嘴角微微上揚，一邊聽著那略帶鬧彆扭的聲音，一邊打開水龍頭，讓溫熱的水灑在少年渾圓的頭上，任水流淋溼這個少年因長期待在室內而越發白皙的肌膚。接著，他小心翼翼地抹上洗髮精，輕柔地按摩，讓泡沫覆蓋整個頭皮。

Pakin從未替任何人做過這種事，他也只會替這個孩子做。

「閉上眼睛，小心泡沫跑進眼睛裡。」

「嗯。」Graph輕聲應道。他正極力阻止自己的心臟跳動得太大聲，深怕被對方聽見。然而，當那雙平常只會握著方向盤與槍枝的大手，此刻卻溫柔地撫觸他，Graph再也無法克制自己。他只覺得自己的心一點一點地軟化了，同時生出一股想要回頭緊緊擁抱對方的衝動。

「哥，你知道嗎？像你這種人做出這樣的事，完全不像你的風格。」

「那我這種人是怎樣的風格？」男人回問道。

少年這時微微地笑了笑。

「凶狠、毒辣、自私、唯利是圖、貪婪，從不考慮別人的感受，總把自己看得很偉大，訂的規則只為自己謀利，超壞、極惡，誰死誰活都不在意，而且絕對不可能幫一個十七歲的小鬼洗頭。」

換作以前，要是聽到有人敢這麼批評他，Pakin或許會大發雷霆，但現在，他竟然只是輕輕一笑。

看到這孩子願意和他交談，Pakin就算被罵也甘之如飴。

「對呀。」

「不反駁一下嗎？」

「為什麼要反駁？你說的都是事實，不過有一點例外。」

「哪一點？」Graph篤定自己說的全是實話，於是仰起頭，微微睜開眼睛一看，接著便看到那原本凶悍的面容，此刻卻像是換了個人似的流露出無限柔情。

Pakin這時伸手輕輕擦去Graph額頭上的洗髮精泡沫。

「其他人怎麼死我都不在乎，但是我絕不會讓你死。」Pakin已經把水關掉了，他將手搭在Graph的肩上，把坐在浴缸

裡的Graph拉向自己,然後彎下身,將對方牢牢抱住。

感受到Graph的僵硬,他接著以低沉的嗓音在Graph耳邊低語——

「不要再做那種事了,Graph,別再讓我的心臟像那樣差點停止跳動。」

別再像那樣拿自己的命去冒險了。

這句話讓Graph緊緊抿著嘴,然後低下了頭。

「哥為什麼要在意?那個時候你根本就不在乎我。」

「誰說我不在乎?」

啪!

Graph猛地揮開對方摟住自己肩膀的手,接著眼眶泛淚地轉過頭。

「那哥到底去哪裡了!在我最需要你的時候,你在哪?哥一次也沒⋯⋯一次也沒來看過我⋯⋯一次也沒有⋯⋯。」他不想在這個人的面前掉淚,可是眼淚卻控制不住地滑落。他的雙肩微微顫抖,只能用手背胡亂抹去臉上的淚水,模樣令人心疼。

Pakin看到這一幕,整個人怔住了。

「對不起。」

Pakin很想告訴Graph真相——自己每天都待在那裡,整晚都守著他。但現在說這些又有什麼用呢?說了,只會像是在替自己找藉口。如果解釋說自己想過要放手,是因為擔心Graph會再次遇上危險,不過後來終於想通了——這聽起來實在太可悲了,誰都會覺得這只是他編出來的藉口。所以⋯⋯Pakin只能選擇道歉。

「是我⋯⋯太自私了。」

聽了這話,Graph真的不知道該罵什麼,於是帶著哽咽,聲

音顫抖地說道:「不管哥對我再怎麼好,我都不會原諒你⋯⋯永遠都不可能。」

這句話並不是說給Pakin聽的,而是Graph說給自己聽的。

Pakin聽了之後,伸出手,將那幾乎沒有力氣反抗的纖瘦身軀拉進了自己的懷裡。

「那時候,你一定很害怕吧?」

「⋯⋯」

「我再也不會讓你一個人承受那樣的恐懼了。對不起。」除了道歉,Pakin沒說出任何替自己辯解的話。他緊緊地抱住這副纖瘦的身軀,感受到淚水落在自己寬闊的胸膛上,猶如被強酸腐蝕心臟一樣。

現在才想通,都是他的錯。如果能回到過去,他一定會寸步不離地守在病床邊,握住這孩子的手,成為他醒來時第一眼看到的人。但是他沒辦法回到過去,所以只能告訴自己:從今以後,他會一直待在Graph的身邊,絕不會再讓這個人離開自己了。

溫暖的擁抱讓少年不自覺地靠了過去,放聲大哭,像是宣洩那段時間積壓在心底的所有情緒。

如果當時有這樣的擁抱,Graph絕對不會做出此時已經決定好的事。

太遲了,Pakin哥,一切都太遲了。

* * *

夜幕已經低垂,晚餐早在好幾個小時之前就結束了,然而俊俏的少年卻還沒回家。這是因為一下有人叫他,一下有人找他,來來回回折騰了一陣,結果還是被迫留下來過夜。即使他再怎麼

推辭，最後還是妥協了。

這並不是看在幫他洗澡的某人的分上，而是看在Kaew嬸和Win哥的面子上⋯⋯尤其是後者。

至少可以住在客房。

「還是其實⋯⋯是我自己也想留下來過⋯⋯最後一晚。」

Graph還沒睡著，他只是睜著眼睛，盯著房間的天花板。他已經很久沒有回來住這個房間了，自從搬到Pakin哥的房間，他幾乎沒再踏進這間客房。這個房間令他感到相當陌生，無論是床的大小、牆壁的顏色，還是床單的圖案。這裡反倒比較像是飯店的客房，而不是那間熟悉的臥房。

但若是要他回去那個房間睡，想都別想！

光是*抱著他哭*，就已經夠丟臉了！

「睡覺吧，Graph，睡吧，明天一大早就要出門了。」這個執拗的少年告訴自己，可就在他閉上眼睛的那一瞬間⋯⋯。

喀嚓。

吱呀──

欸！

Graph立刻睜開眼，聽到房門被推開的聲音，他皺起了眉頭，差點就想伸手打開床頭燈，卻因熟悉的洗髮精和香皂味飄進了鼻子而遲疑。他決定等著看對方打算做什麼，沒想到⋯⋯。

「哥的床不在這個房間裡。」

「我夢遊，走錯了房間。」

天啊，Pakin哥從什麼時候開始變得這麼厚臉皮了！

Graph立刻轉頭看著這個直接爬上床的男人，眼神既嚴厲又凶狠，表示自己很不高興。然而，他似乎忘了，這個男人有多麼我行我素，不僅躺到他旁邊，還若無其事地伸手摟住他的腰。更

過分的是——

「我來找我的抱枕，我已經失眠好幾個月了。」

「去夜店找你的抱枕吧。」

Graph毫不客氣地回嗆。那個靠上來抱住他的男人卻完全無視他的推拒，低聲笑了出來。

「我就只有一個抱枕。」

「哼，信你才有鬼。」

「不信也沒關係，我自己心裡知道就好。」

對方不光說說而已，那像鐵鉗一樣的手臂將他牢牢箍緊。Graph本想用力踢開這個人，但一想到自己的腳如果又踢到什麼硬物，恐怕會再次骨折。所以只好露出獠牙，語氣憤恨地說道——

「我已經不再是哥的抱枕了！」

「嗯，你想當什麼都可以。我要睡了。」

這個權力過人的男人厚臉皮地這麼接話，隨即將臉埋進Graph散發著洗髮精香氣的髮間，閉上眼睛，示意自己真的要睡覺了。

Graph咬住了自己的嘴唇，接著大聲喝斥道：「Pakin哥！」

「……」

「哥！」

「……」

「哥真的要睡了？」

「……」

「唉～」

我認輸了。

最後，Graph只得無奈地嘆了一口氣。他很清楚自己這十年

來始終贏不了這個男人,而且「最後一個晚上」這句話也深深刻在自己的心中,他不由自主地抓住了對方的手,握得更緊了些,然後閉上了眼睛。而他的身體不受控制地靠了過去,尋找那份熟悉的溫暖,這使得Pakin嘴角浮現出一抹淺淡的笑容。

然後,這間原本令人感到陌生的房間,竟不可思議地變得熟悉起來,只因為某個人陪在自己身邊。而那個失眠的人,也輕易地沉沉睡去。

事實上,讓人感到陌生的並不是房間。只要有另一個人陪在身邊⋯⋯心裡就會感受到溫暖。

第五十九章
最後一次逃離

　　黎明時分，朝陽尚未躍出地平線，僅僅只有微弱的晨光勉強照亮四周。一個身影正小心翼翼地推開臥室的門，動作輕得幾乎無聲。然而，這細微聲響對於狗的耳朵來說，依舊相當清晰。金派動了動耳朵，隨後，覆蓋著厚毛的碩大身軀立刻從專屬牠的房間起身，用前腳抓開了門，接著搖著尾巴迅速跑向另一個房間。

　　「唔嗚～」

　　「噓，小聲點，金派。」

　　「嗚～」

　　這隻大型犬直奔剛從房裡走出來的人，圍著他繞圈。對方於是抬手按在唇邊，輕聲低語。大狗隨即出聲回應，接著坐了下來，抬頭望向主人，彷彿期待主人能陪牠一起去花園裡散步。

　　看到金派那副模樣，Graph將手放在牠的頭上，跪下身來與牠的視線平齊，直視那雙散發忠誠光芒的杏仁眼。

　　「金派，聽我說，我可能會有很長一段時間不在這裡，你一定要當個好孩子，知道嗎？」

　　金派不解地歪著頭，牠不明白主人為什麼說會有很長一段時間不在，明明此刻就在牠面前啊。

　　這使得Graph的手抖得愈來愈厲害。

　　「我不在的時候，你一定要每天乖乖吃飯。如果Pakin哥沒辦法餵你，你也要接受別人餵的飯喔。因為我可能很久都無法回來餵你了，不知道要……幾年。」Graph開始感覺到鼻腔發酸，

幾乎無法呼吸。他的手依舊撫摸著這個第一個真正屬於自己的「生命」，而牠也真心愛著自己。

金派是他這輩子夢寐以求的狗，是他一再懇求父母，卻始終沒人答應讓他飼養的狗，直到Pakin哥將牠帶進他的生命裡。雖然他與這隻狗相伴的時間只有短短幾個月，但那份羈絆卻像是在一起相處了好幾年。金派曾經在他父親面前保護他，在他哭泣的時候陪伴他，甚至幫他舔去眼淚。

牠是他的朋友……很棒的朋友，但他卻要把牠留在這裡。

金派留在這裡比待在其他地方更好。

「你不可以再破壞東西了，知道嗎？不可以跑進Pakin哥的車庫，因為我不在，沒人能再替你承擔責任了。別讓自己成為靶子，你要當個好孩子喔……當個好孩子……留在這裡……要聽所有人的話……你一定要非常健康，然後等我回來喔。」Graph泫然欲泣，緊緊抱住了這隻大狗，感受牠正在看著自己。

牠正在疑惑主人為什麼又哭了，接著就像之前一樣——替主人舔去眼淚。

「主人別哭，金派會保護你的。」

如果金派能說話，牠或許會這麼告訴少年。但牠不會說話，所以只能替主人舔去眼淚，把鼻子蹭過去安慰他。

「我不知道什麼時候會回來，但如果有一天我回來了……我一定會來把你接回去一起住……不知道……是什麼時候……但一定會等我喔……我愛你，金派。」Graph再一次抱緊了牠，將臉埋進牠柔軟、帶著洗毛精香氣的毛皮中，然後才鬆開雙手。

然而，金派卻將頭搭在他的大腿上，彷彿是在說——不讓你走。

「我要快點走了，不然會趕不上飛機。」

「嗚嗚～」金派發出哀鳴聲呼喚少年。

Graph輕輕推開了牠的頭，然後站起身，看向跟著他一起站起來、似乎想要撲上來的大狗。Graph只好以低聲但卻嚴厲的語氣說道──

「坐下！」

這隻受過良好訓練的狗於是迅速坐下，動也不動。Graph因此露出了一抹笑容，將手輕輕放在牠的頭上，像是給予獎勵。

「真是個好孩子。」

說完，這個已經做出決定的人心一狠，連忙快步走下樓梯。他手裡緊握著手機，裡面有他母親傳來的訊息。

「媽媽已經在門口等了。」

「Graph先生。」

Graph本以為自己不會遇到任何人，但他忘了，有一個人就是起得這麼早。他深吸了一口氣，連忙抹去眼淚，然後才轉身看向女管家。

「要回去了嗎？」

「嗯，我媽來接我了，Kaew嬤。」

Kaew嬤莫名感覺到一股失落，不過一聽到少年的回答，她便報以微笑。

「隨時回來玩啊，下次Kaew嬤一定做好吃的點心等你。我最近在學做西式甜點，比起泰式甜點，Graph先生應該更喜歡對吧？」

Graph說不出話來，一切像是被堵在喉嚨裡面，甚至連笑都笑不出來。他沒辦法說出自己接下來打算做什麼。

Graph唯一能做的，就是走向Kaew嬤，然後緊緊擁抱住這位老婦人。Kaew嬤不禁意外地皺起眉頭。

「Kaew嬸，要好好照顧自己喔。」

「Graph先生為什麼突然說……？」

「我該走了，不想讓我媽等太久。」

Graph急忙打斷話題。他鬆開了手，勉強露出一個怎麼看都很哀傷的笑容。接著他轉身快步走出了房子，直接奔向一輛大車，他的母親坐在裡面等待，車上還載了好幾個行李箱。

別回頭啊，Graph，如果回頭，你會受不了的。

砰。

「你太晚了，小心趕不上飛機。」

「對不起。」

「你跟這個家裡的人道別了吧？怎麼沒人出來送你？」母親訝異地問道。她並不意外兒子提出要在這個家住一晚的要求，雖然今天是他出發的日子。她以為兒子或許是想向這裡的每一個人道別，但奇怪的是，竟沒半個人出來送行。

Graph於是平靜地說道：「時間太早了，媽，其實我昨晚已經跟每個人都道過別了。」

「如果你這麼說……那就走吧。」母親轉向司機吩咐道。

而Graph則是低下頭，盯著自己的腿，連一眼都不敢去看那座承載了無數回憶的大豪宅……這幾個月所教會他的事情，遠比他過去這十七年來還要多。

然而，即便沒回頭，淚水卻還是緩緩地滴落在腿上。

母親於是安慰他道：「怎麼哭了呢？只是去留學，什麼時候想回來，就搭飛機回來，不過才幾個鐘頭而已。」

Graph沒有回答問題，因為他……並沒有打算回來。

已經夠了。這十年來一直追逐著某個人，他將親手斬斷這一切。

＊＊＊

「汪！汪！！汪！！！」

「怎樣啦！」

床上的人被愛犬一連串的吠聲嚇醒，不由得感到疑惑，這傢伙為什麼吠得這麼激動？金派知道他睡覺的時候不喜歡被吵醒。Pakin這時睜開了眼睛，接著眉頭一擰，因為他發現那個昨晚還睡在身邊的人不見了，他立刻走向房門。

門前只有一隻狗坐在那裡，牠的臉朝著樓下的方向，甚至還大聲狂吠。Pakin見狀只好語氣嚴厲地喝斥。

「金派，你在吠什麼？」

「汪！汪！！汪！！」

金派轉過來注視著Pakin的臉，接著又馬上轉回去看向大門的方向，繼續大聲吠叫，不肯停下來。狗主人愈看愈不對勁。

「能讓牠安靜點嗎？牠已經叫了快半小時了。」剛從另一個房間走出來的Pawit邊說邊打著哈欠，隨後又問起另一個孩子：「Graph呢？」

「醒來就沒看到他了。」Pakin答道，接著低頭看向繼續吠個不停的大狗。然而不知是什麼原因，讓他心頭一跳。

「Graph！！！」Pakin大聲呼喊著少年的名字，邁開長腿從二樓往樓下跑去，然後開始逐一奔向每個房間，想知道那孩子又調皮地跑去哪裡玩耍了。因為時間還很早，那孩子理應不會這麼早醒來。

而他的喊聲，也驚動了女管家。Kaew嬸匆忙跑出來查看情況。

「Pakin先生，怎麼了？為什麼喊得這麼大聲？」

「妳有看到看到Graph嗎？」

「哦～他大概半小時前就走了，家裡的車來接走他了。」老人家一臉憂心地回答問題，隨後抬頭望向樓上道：「自從Graph先生離開後，金派就一直在吠，怎麼安撫都不肯安靜，然後一直坐在房門前面不肯起來。」

Pakin聽了，濃眉皺在一塊，五官深邃的臉上流露出非常沉重的神色，有種直覺告訴他事情不對勁。

如果Graph只是急著回去，應該會跟家裡的人交代一聲，不應該這麼匆忙，就像是在……逃跑！

咻。

這個念頭讓高大的男人迅速轉身朝二樓跑去，直接跑回臥房翻找自己的手機，拿到後立刻焦急地撥給他的心腹，低沉的聲音不停地喃喃著：「快接電話，快接啊！」

「喂，Pakin先生。」

「Chai！馬上找出我派去保護Graph的那個保鑣的電話，快！」Pakin語氣嚴厲地命令道，完全不顧自己的手下才剛醒過來。因為Graph先前裝有定位應用程式的那支手機，在那場事故中跟著壞掉了，所以他現在無法掌握Graph的行蹤。

這時，電話另一端的人已經完全清醒，他使用另一支手機聯繫安插在少年身邊的保鑣。結果得到的回報，讓Panachai自己也不禁睜大了眼睛。

「他說Graph先生正前往機場。」

「可惡！！！」

Pakin不認為那小子是去替誰送行，而是正在逃離他！

「一定要找到人，立刻確認他搭的是哪個航班！我現在就去

機場!」

Pakin下達指令的聲音幾近咆哮,接著衝進更衣室,隨手抓起衣服套在身上,迅速換掉褲子,並翻找出自己的護照,那之後又重新拿起手機貼在耳邊。

「查到了嗎!」

「我需要點時間⋯⋯」

「沒有時間了!!!」這次可以說Pakin徹底失控,他對著電話咆哮,隨即轉向還沒搞清楚發生什麼事的表弟,沉聲說道:「Win,如果聯繫到Graph,立刻打給我,想辦法聯繫到他!」

Pakin語氣凌厲地交代道,接著什麼都不管地飛快衝下樓梯,三步併作兩步,直奔一旁的車庫,找出那輛馬力最強的車,去追回那個正試圖逃離他的人。

不要走,Graph,哪裡都別去。

此刻,他非常慌張,害怕會讓自己的一顆心從手中溜走。

「別這樣丟下我!!!」

* * *

「別哭了,Janjao。」

「可是Graph⋯⋯Graph也不知道要去多久。不是說好了要考同一所大學嗎?」

「對不起啦。」

「嗚嗚,不要說對不起,別⋯⋯。」

素萬那普國際機場是旅客前來拜訪泰國時,需要通過的重要檢查站,也是通往各國的出境大門。這一次,這裡成了一名少年道別的地方。他決定飛越天空,前往英國留學。一旁有一位正站

著抽泣的女孩，圍著她的是不希望妹妹一大早獨自出門的兩位哥哥。

「讓我妹哭成這樣，真想把你抓來教訓一頓，讓你長點記性。」

「再怎麼護著妹妹，也該有個度吧，San哥。」Graph轉向了朋友的二哥。

這位二哥已經不再對Graph懷有敵意了，但看到自己的妹妹為對方哭泣，還是忍不住語氣不善地警告他。強顏歡笑的Graph見狀，伸手摟住了好友的脖子，把對方拉近自己身邊。

「喂，鬆手！」

「別這樣啦，San，Graph都要出國留學了，只是抱一下，你就睜一隻眼閉一隻眼吧。我是覺得，另一個人可怕多了。」Tawan——這位大哥帶著笑容說道，讓一旁的二哥不禁皺起了眉頭。

「誰啊？Tawan哥。」

「去到那邊後，要好好照顧自己喔，Graph。我聽Janjao說過，你身體不太好，在英國遇到下雪或下雨時，記得要保暖。」這位大哥沒有回答弟弟的問題，而是轉向Graph，露出了一名兄長對晚輩釋出關懷的溫暖笑容。

Graph雙手合十行了禮。

「謝謝哥。謝謝你特地來送我。」

「Graph……要走了嗎？」

Janjao帶著顫抖的聲音問道。她並不希望好友出國留學，但對方卻說，這是逃離某個人的最佳方式。

留在這裡就只會讓他心軟，然後再度陷入同樣的痛苦。如果想斷得乾淨……Graph便只能逃到地球的另一端去。

在過去的一個多月裡，Graph悄悄地準備文件，不讓任何人知道。他自己遞交了申請到國外高中的文件，幸運的是，他曾經多次參加夏令營的經驗讓他熟悉流程。他後續拿到了十年效期的簽證，所有文件備齊。接著當Graph收到入學通知的電子郵件後，就只需要等待傷勢痊癒。

「嗯，時間差不多了，我可不想聽到最後登機廣播。」Graph說完，便將好友拉進懷裡，緊緊擁抱，輕輕地搖晃著身體。

「謝謝妳一直以來所做的一切，Janjao。等哪一天我準備好了，我就會回來的。」

「Graph，真的不會改變心意……是嗎？」

「哈哈哈哈！都走到這裡了。幸運的是，剛好我媽在那邊有事，所以有人陪我一起飛過去。」Graph收攏了抱著好友的擁抱，然後緩緩放開手。

接著他退了兩步，雙手合十向兩位哥哥行禮，並說道：「真的非常感謝。」

他視線轉回來對上好友通紅的眼睛，最後再次重複了一遍：「謝謝。」

謝謝在這一年多裡，妳對我的一切支持與幫助。如果沒有妳，我真的不知道該怎麼度過那些難熬的日子。

隨後，Graph如同往常那般轉身，不再回頭望向身後，因為他害怕會被好友看到他哭。但當他一轉身走向等待著他的母親時，晶瑩的淚珠便滑了下來。他只能輕輕地用手背來回抹了幾把，可腳步依然朝著護照檢查處走去，準備離開泰國的土地，並且不知何時才會再度歸來。

再見了，Pakin哥。

「查到了，Graph先生的航班是直飛英國的班機，七點四十分起飛。」

「立刻幫我買票！」

「都處理好了，剛剛我已經讓我們的人利用關係，用Pakin先生的名字完成報到了。」

Pakin恨不得將油門踩到底，但早晨的交通嚴重阻塞，他凌厲的目光不斷掃向儀表板上的時間，同時聽著手下匯報一切已經替他準備就緒。現在就只剩下他自己，看看能否趕到機場。然而，即使他多想動用權力阻止班機起飛，可只剩半小時的時間，根本不足以讓他和高層協商任何事情。

因此，唯一能趕上的方法，就是由他親自將Graph從飛機上抱下來。不過……。

叭——

Pakin猛地按下喇叭，發出震耳欲聾的聲響。剩下的時間只有半個小時，路程也不算短，這不是能輕鬆應對的情況。大部分航班在起飛前十分鐘就會關閉登機門，他就只有十分鐘可以駕車趕到機場，另外再花十分鐘去找到Graph所搭乘的航班！

「別這麼做，Graph，別這麼做！」

Pakin差點就撞上左手邊的車輛，可就算撞上路邊護欄，他也一定要趕到。此時，他忍不住問自己究竟是哪裡做錯了，是還不夠盡力嗎？才會讓Graph想要再次逃離他？是不是還有什麼是他沒有做到的？接著，一個答案突然浮現在他的腦海中——

他一次也沒有對Graph說過「我愛你」。

「該死！！！」

當他想通的那一刻，雙手就試圖撥打電話給另一個人，但電

話裡卻傳來了進入語音信箱的機械聲，於是他將手機丟到旁邊的座椅上，專注於眼前的道路。一進入高速公路，長腿便猛踩油門，讓這輛高性能的車子飆到極限，完全無視任何法律限制！

然而，不論Pakin有多著急，或是有多努力趕路，他仍然花了將近二十分鐘才抵達。一下車，他便見到手下正拿著登機證站在那裡等著，於是他急忙衝上前一把抓過登機證，低頭看了一眼手錶，上頭顯示，已經進入登機門關閉的時間。

「最後登機廣播已經過了，Pakin先生。」

來不及，要趕不上了！

這是第一個閃進Pakin腦海的念頭，他的目光隨即亮了起來，像是不服輸。他立刻拔腿衝進了建築物內，朝著Graph所搭乘的航班櫃檯奔去，然後上前去找一位正準備離開櫃檯的地勤人員。

「請幫我聯繫飛往英國、七點四十分起飛的那班航班機長。」

「什麼？」對方驚詫地問道。

Pakin以急切的語氣再次說道：「可以嗎？幫我聯繫一下機長。」

Pakin這樣的男人正在拜託別人，但他沒有時間聯繫任何一位高層來協助，因此這成了唯一的辦法——一個普通的男人為了找到所愛之人，只能請求買一些時間。

地勤人員搖了搖頭。

「我的戀人在這班飛機上，我剛剛才趕到。我必須上去告訴他，我有多麼愛他。我需要時間，拜託了，幫我聯繫一下。」唯一有權決定航班能否延誤起飛的人是機長，因此他必須要做到。

然而，就在一名年長的地勤人員急忙上前來查看，準備表示

無法協助時，Pakin所做的事情卻是⋯⋯。

咚。

這個手握至高權勢的男人，竟直接跪了下來，抬起頭，用乞求的語氣說道──

「我求求你，我真的有事情一定要告訴我愛的人。他現在對我有誤解，無論如何，我都得親口告訴他。我只需要十分鐘，請幫我聯繫他，讓他等等我，拜託了，幫幫我。」

Pakin帶著懇求的語氣說著，目光直視對方的眼睛，使得對方愣了一下。

「就這一次喔。」地勤人員隨後拿起電話幫忙聯絡，然後將電話遞給他。

Pakin只能低聲喃喃道：「謝謝，真的非常感謝！」

他不惜一切代價，只為了告訴那個孩子，自己有多愛他。

Graph在頭等艙的座位坐了下來，然後望向窗外，眼神裡滿是不確定。他在心中詢問自己，這樣逃離，是正確的對吧？即使他問過自己千百回，結果得到的卻是同樣的答案──如果想要停止這一切，他就必須離得夠遠。

母親見狀，轉頭望向兒子。

「Graph知道的，對吧？媽媽從來沒有強迫你一定要到國外讀書。當初送你去參加夏令營，只是想讓你有更多的選擇。」

「⋯⋯」少年沒有回答，他只是對上母親的視線，彷彿想讀懂對方想表達什麼。

可是Graph自己卻渾然不知，此刻他的眼神有多悲傷，讓人看了忍不住心疼。

「Graph，如果你想留在這裡，媽媽不會逼你的。」

「已經⋯⋯來不及了，媽媽。飛機就快要起飛了。」

少年露出一抹淺淺的笑容，然後再次轉頭望向窗外。母親見狀也只能無奈地嘆息，因為她從來沒有安慰過孩子，現在想安慰也已經太遲了。

Graph這時拿出了手機，他正在糾結著，因為他還沒有向某個人道別。

你應該告訴他，這一切都結束了。

Graph明白，這只是自己為了最後想再聽一次某人的聲音而找的藉口。他因此決定開啟手機，準備撥打電話找那個人。然而⋯⋯。

嗡——嗡——

手機剛一開啟，便劇烈地震動起來。螢幕上的來電顯示，讓他沉默了一下。

「Win哥。」

「Graph，你為什麼要這麼做！」

這就表示，那個家裡的大家都知道這件事了吧？

「我做了什麼，Win哥？我什麼都沒做啊。」

「Graph，Graph你聽哥說。我不曉得Graph知不知道這件事，但請好好聽我說。在你住院的那段期間，每晚守著你的人不是Janjao，握著你的手哭泣的人，是那個叫Pakin的男人！」

「哥別騙我了。」

少年顯然不相信，以為這大概只是想要阻止他逃離的謊言罷了。這讓Pawit的語氣變得嚴肅起來。

「Graph，你一定要相信我。Pakin哥是真的很愛你。在探視時間結束後，他每天晚上都會去找你，一邊握著你的手，一邊為了你流淚，懇求你醒來。你知道你是怎麼活下來的嗎？是他在

車子快要爆炸的時候,把你拉出來的。他不惜冒著生命危險,就像你為他奮不顧身一樣。Graph,拜託你,可以先聽Pakin哥把事情說清楚嗎?」

Graph很想否認自己聽到的這一切,想告訴自己——那是絕對不可能的。怎麼可能是那個人,每晚握著他的手、流著淚懇求他醒來?

那些淚水,不是Janjao的,而是Pakin哥的嗎?

那些讓他從死亡邊緣甦醒的淚水,那些一遍遍低聲告訴他「別丟下我」的聲音,那份緊握住他的手的溫暖,真的都是那個人帶給他的嗎?

「他或許沒有出現在你的面前,但他一直在遠處看著你。他跟每一位為你治療的醫師談話,花了大把金錢只為了保住你的命,並要求所有人保密。相信哥,那個男人很愛你,別這樣丟下他。Graph,你的愛已經得到了回應,別丟下他,別這樣錯過我不曾得到過的機會。」

Graph已經不知道對方在說什麼了,他只是回想起那段艱難的日子⋯⋯原來,那一切都不是夢。

包含把他從車禍殘骸中救出來的人、握著他的手的人、悄聲命令他「不准死」的人、那個他以為拋下他,但其實始終陪在他身邊的人,原來真的都是Pakin哥。可是⋯⋯。

「已經來不及了,Win哥,飛機就快起飛了。謝謝你告訴我這些。」Graph講完最後一句話,隨即掛斷了電話。他望向窗外,卻在舷窗的倒影中,看見自己淚流滿面的模樣。Graph抬手擦去眼淚。

他已經來不及下飛機了。

「Graph,還好嗎,孩子?」

「我……。」

耳畔傳來引擎轟鳴與機艙關門的聲音,說明了飛機正在脫離空橋,準備滑行起飛。Graph緩緩搖頭,知道自己已經來不及下飛機了,所以只好低聲喃喃道——

「媽……我不想走了,不想離開他了。」

最後,心底的話還是宣洩了出來,而讓Graph不敢相信的是,他竟然聽到了自己心心念念的聲音——

「誰允許你離開我的生命了!」

「Pakin哥!!!」

Graph猛然回頭向後,看到一個全身被汗水浸溼的男人。對方喘著粗氣,目光十分凌厲地注視著這裡,他不禁全身僵硬。

啪。

那人衝了過來,一把將他的身體拉進懷裡,同時用低沉而霸道的聲音在他耳邊悄聲道——

「就算是天神或是惡魔,都別想把你從我身邊帶走!」

Pakin緊緊地抱住Graph。

他終於趕上了,遵循自己的內心趕上了。

第六十章

感受到愛

　　一架正要從航站樓滑行出去的飛機，頭等艙內，有一個男人正緊緊抱著一名少年。他因拚命跑向登機口而渾身都是汗水，那張英俊的臉一邊埋進少年的深色髮絲間，一邊用懇求的語氣說道——

　　「不要離開我，Graph，別這麼做……。」

　　Graph聽了瞪大了雙眼。

　　「我……。」

　　Graph說不出話來。剛剛從Win哥口中聽到的真相，再加上此刻Pakin哥的舉動，讓他呆住了，腦袋一片空白，彷彿陷入極度的迷茫之中。

　　隨後，那個「比任何人都自私的男人」稍稍退開一些，直視著少年的眼睛。

　　「我是不是還沒有對你說過『我愛你』？」

　　Graph只能淚流滿面地搖著頭，他看進對方那雙銳利的眼眸中，裡面僅映照出他的身影。眼前的人正在說出內心話，彷彿此刻不說就再也沒機會說出來了。

　　「在我做了這一切之後，你可能不會相信我說的話，但我愛你。當我看到你在那輛車上的瞬間，我的心臟就好像停止了跳動。我願意付出一切，為了讓你平安地回來。你知道嗎？當你說出自己不想成為我生命中的掃把星時，我是什麼感受……我恨不得去殺了那個曾經當著你的面大吼說『你是我生命裡的掃把星』

的男人。不是的，Graph，你不是。你不是煩人的孩子，不是任性的小鬼，不是我想扔到視線之外的麻煩，而是唯一一個闖進來偷走我心的人……。」

這是Graph第一次看到這個男人的眼中含著淚光。這個男人的手始終不肯放開他，彷彿害怕一旦鬆手，這輩子都無法再碰觸到他。

「我不知道，Graph，不知道這一切是從什麼時候開始的。或許是從我們多年前第一次見面的那一刻，還是從你搬進我家的那一天。但你的闖入，對我變得愈來愈重要，直到我意識到，自己再也無法失去你的那一瞬間。如果那輛車真的爆炸了，我永遠都不會原諒自己，永遠無法饒恕讓你獨自躺在那個房間裡的自己……那些只要努力就可以賺到的大量財富，如果沒有你的陪伴，便毫無價值。」

啪嗒。

清澈的淚珠從這個執著於權勢的男人眼中滑落，滴在少年的臉頰上。男人那顫抖的手，緩緩伸過來握住少年白皙的手，像是極其珍視一般。

「回我們家吧，跟我一起回去，回去找金派，找Kaew嬸，找Win，像以前一樣跟我一起住，好嗎？」

「哥，我、我不知道……我……。」Graph說不出話來，他只能一邊流著淚，一邊搖頭。他已經分不清哪件事是真的，哪件事是騙他的，只知道眼前這個人正在為他流淚，正在懇求他。

「我不知道自己該怎麼做，Graph。我這輩子從沒愛過任何人，一個也沒有。直到我愛上你，我甚至不知道該用什麼方法來保住這段愛情。或許就像你一樣，你是個怕孤單的孩子，同樣不知道該如何向別人撒嬌。我犯下了很多過錯，但我想請求一個機

會，就只要再給我一次機會，我以後絕對不會再犯錯了。」

咚。

接著，Pakin突然跪了下來，這讓Graph的身體抖得更厲害。他不敢相信，這樣的一個人，竟然會為了他而下跪。

「**我愛你，請再給我一次機會⋯⋯好嗎？**」

Graph的身體止不住地顫抖，望著願意為他放下一切的男人，就在頭等艙中好幾雙眼睛的注視下，毫不畏懼旁人可能會對此指指點點，說Pakin先生沒本事，居然連一個孩子都搞不定。不⋯⋯這不是那位權勢漫天的Pakin先生，而是一個乞求愛情的普通男人罷了。

而這個普通的男人，讓Graph啜泣了起來。

「哥⋯⋯是去醫院守著我的人⋯⋯對嗎？」

「是，我去了。」

「哥是那個⋯⋯叫我⋯⋯別死的人⋯⋯對嗎？」

「是。」

「哥有求我不要丟下哥⋯⋯對嗎？」

「是，我求了。」

「把我叫回來的人是哥。哥知道嗎？每一句話我都聽到了，記得哥說過的每件事。結果在醫院裡沒看到哥，知道我有多難過嗎？我以為那只是因為我一直很想見到哥所以才做的蠢夢，以為是用來欺騙自己的幻覺⋯⋯別再這樣了⋯⋯別再⋯⋯那樣子⋯⋯讓我哭了⋯⋯。」Graph一邊激動地啜泣，一邊注視著面前這個男人。

你不是說過夠了嗎？Graph。你不是說過不會讓自己一再受傷了嗎？

纖瘦的少年在心中對自己說道。他看著這個自己愛了一輩子

的男人,但對方已經不再是以前那個Pakin哥了。

如果是那時的Pakin哥,絕不可能用這樣的眼神看他。但這個男人,為什麼又一次讓他為了避免再度受傷而築起的高牆崩塌了呢?

一切都瓦解了——那些曾經堅定的決心,那些想要逃到地球另一端的念頭,全都在這個男人衝上飛機的那一刻消失殆盡。

夠了,真的夠了⋯⋯。

啪嗒。

少年撲上前,緊緊抱住那具高大的身軀,然後放聲大哭。

「別再⋯⋯丟下⋯⋯我了⋯⋯別再離開我⋯⋯嗚⋯⋯不要了⋯⋯別再放我⋯⋯自己一個人⋯⋯不可以⋯⋯。」

已經夠了。那些偽裝出來的堅強,說自己要逃離這個男人的謊言,再也無法維持了。

Graph不再欺騙自己,說他可以停止對這個多年前走進他病房裡的男人的感情。Pakin哥是唯一一個讓孤單煙消雲散的人,唯一一個推開門走向他的人,唯一一個讓當時那個小男孩想繼續活下去的人⋯⋯他無法停止對Pakin哥的愛。

「Pakin哥⋯⋯嗚⋯⋯我⋯⋯我愛你⋯⋯從小就⋯⋯一直愛著你⋯⋯只愛你⋯⋯一個人。」

這番告白,讓聽著的男人緊緊抱住了少年的身體,他低聲回應對方,就和幾個月前一樣的話語——

「我知道,好孩子,我也愛你。」

但這次增加了一句話——我愛你。

「一起回去吧。」

「嗚,回去⋯⋯回去⋯⋯讓我回去吧⋯⋯讓我回去⋯⋯我不想去⋯⋯英國⋯⋯了,不想去⋯⋯了⋯⋯。」Graph帶著哽咽說

道,雙手依舊緊緊抱著高大的男人,彷彿害怕再一次失去這個擁抱。

這時,Pakin也在心中發誓,他絕不會再讓這個孩子離開自己的視線了。

他已經重新擁有了這份愛,因此他絕對不會再失去它。

父親說得沒錯,如果他一直害怕、一直不去行動,他就連那一分鐘都沒有。現在,Pakin終於明白,僅僅一分鐘的時間,懷中有這個孩子與沒有這個孩子,是如此的不同。

當他緊緊抱住Graph時,這一分鐘,比他過去所經歷過的人生都更有意義。

「我會帶你回家的,Graph。」

「嗯⋯⋯嗯嗯!」

啪。

就在此時,Pakin循著肩膀上的輕觸轉頭望去,隨即對上一位中年女性的雙眼,對方朝他露出一抹笑容,然後以柔和的語氣說道——

「阿姨准許你帶這個小麻煩回家,但是現在,你們兩個都該坐在位置上,然後繫上安全帶,懂了嗎?」

Pakin掃視了一下頭等艙周遭,雖然這裡只有幾名乘客,但所有人的目光都集中在他身上。他只好站起來,少年卻仍然緊抱著他,不肯鬆手。他將先前衝進機艙時差點扔掉的登機證遞給空服員確認,隨後才對所有人鞠躬致意。

「很抱歉,因為我的緣故讓飛機延誤起飛,也非常感謝大家願意等待。」

或許是因為親眼目睹了這一切,眾人回應他的只有善意的微笑與諒解。隨後,所有的目光都投向那個把臉埋進寬闊胸膛、緊

緊抱著高大男人的少年，眼神中滿是關愛。

這時，少年的母親站起身來。

「Pakin，你和這孩子坐一起吧，阿姨換個位置。」

「可是我……。」

「就這樣吧。比起阿姨，Pakin對這孩子來說更重要。謝謝你這十年來對這孩子的照顧……阿姨把他託付給你了。」說完，這位知名政治人物的妻子便轉身與空服員交談，調整到用Pakin名字購買的座位上，將自己的位置讓給了Pakin。

飛機衝向天際，朝著英國首都飛去的整個過程中，這兩個人緊握的手始終沒有鬆開。連機長都走出駕駛艙，想見見這位先前說過「我願意付出一切，只求再等我十分鐘」的男人。

這個男人不時轉頭，凝望著因疲憊而沉睡的少年，眼底……滿是深情。

＊＊＊

「丟不丟臉啊？哥知道丟臉怎麼寫嗎？」

「這個問題你問了很多遍了，我的答案還是……不丟臉。」

「可是我覺得很丟臉啊！去的時候還好，因為被淚水遮住了，但回程的時候就看得很清楚……每個人都盯著我看，好像我是什麼怪咖一樣，時不時跑來問我要不要這個、要不要那個，還一直對著我笑。」

「他們是關愛你。」

在這輛飛馳於曼谷街頭的跑車裡，這隻「前座娃娃」一直用手搗著臉，然後不斷重複同樣的話題。從希斯洛機場登機到飛回泰國，這個低著頭、一直用下巴抵著胸口的少年不跟任何人說

話，就因為他記得這趟回程航班的空服員和去程的是同一批人！

那天Pakin不得不跟著一起飛去英國，到了目的地，才發現Panupong已經先等在那邊了，並在接下來的三天裡不斷調侃兒子在倫敦的日子過得多麼有滋有味。

這激得Pakin恨不得立刻回泰國，但礙於被父親反問：『你今天能贏回那小子，都是誰的功勞？』他只好不情不願地留下，而且還花了一些時間到Graph才剛收到入學通知的學校，辦妥退學手續。

最後，他們在昨天搭機返回泰國，先是發現機上迎接乘客的空服員頗為眼熟，後來機長也出來迎接時，他們確認了這些機組人員跟去程的是同一批。

不知道是哪個大人物嚼的舌根，說這位在最後一刻跪下懇求的男人是何等重要的人物，在泰國的名人圈子裡沒人不認識他。機上的服務因此往上再升了一級，空服員一下子過來詢問有沒有需要什麼服務，一下子又端上點心招待，甚至還帶著意味深長的眼神，讓Graph幾乎想鑽進座椅底下躲起來。

少年激動地強調：去程時，自己正沉浸在感動的氛圍當中，但回程時心情已恢復平靜，所以自己全程沉浸在……極度的羞愧之中。

我這樣緊緊抱著Pakin哥，簡直就像一隻剛出生的猴子寶寶啊！

他是真的抱得很緊，甚至一路上都將臉埋在對方的肩膀上，從泰國飛到英國，全程如此。

他仍記得那些空服員的眼神，他們列隊說著「祝你們永浴愛河」，而不是說「感謝您搭乘本班機」，這讓他害羞得臉紅，低著頭被高大的男人牽著走。相反的，某位大哥卻完全不在乎。

「別這樣嘛，不要生氣了。」Pakin伸手輕輕拍了拍少年渾圓的頭頂。

少年抿起嘴巴。

「我才沒有生氣。」

「心口不一。」

「先說給你自己聽吧。」

「現在的我可是心口如一。」

Pakin毫不在意地回答，完全不在乎別人說他自私或是厚臉皮。既然他已經得到無價的東西了，誰要說什麼都隨他們去，但要是有人敢說Graph的不是，他同樣可以隨時拿槍抵在對方的頭上。

這些話讓Graph撇嘴，轉頭望向原先以為好幾年無法再見到的窗外景色，結果卻變成他只離開了三天。他把雙手扶在玻璃窗上，輕聲喃喃道──

「我們正要回家了，對吧，哥？」

「對，我們的家。」

不是他成長的那棟房子，而是他曾度過幾個月幸福時光的那個家……想起那個家，Graph隨即轉過頭望向Pakin哥的臉。

「會有人生我的氣嗎？」

他拋下所有人，不肯好好地道別，包括Kaew嬸、Win哥，尤其是後者，他甚至直接掛了對方的電話。

Pakin見狀，伸手輕輕放在Graph的頭上，安慰地揉了揉，五官深邃的臉隨後朝他露出一抹笑容。

「相信我，沒人會對你生氣的。不然，你試著像跟我撒嬌那樣，也跟他們撒嬌看看？」

這些孩子氣的撒嬌伎倆，雖然比不上那些高手的手段，但卻

可愛得讓Pakin不肯放人離開臥房，直到天亮。每個夜裡，他緊緊擁抱著少年，用肢體語言來訴說愛意，並用言語悄聲告訴少年，自己的愛有多深。而這個愛撒嬌的少年則緊黏在他的胸膛上。

誰說Graph不會撒嬌？現在或許要反駁一下了。

因為早在倫敦的第一個晚上，他就已經在Graph的懷中淪陷了。

「我才沒有跟哥撒嬌咧。」然而，Graph依舊這麼反駁。

少年毫無自覺自己那雙眨動的圓眼以及渴求某樣東西時的眼神，是多麼的好看。再加上他主動靠過來的溫暖身軀，讓Pakin意識到自己愛得幾乎喪失理智。

以前那麼多年怎麼都沒發現？但也幸好沒發現，不然自己恐怕早就肆意妄為地對一個七歲的孩子出手了。

「相信我，沒人會對你生氣的。他們只會因為你回來而感到高興。」

接著，Pakin似乎是想起了什麼，於是這麼說道——

「你的朋友應該也會很開心。」

「哥也有跟Janjao聊過嗎？」Graph問道，一副不敢相信自己耳朵聽到了什麼的模樣，因為先前Pakin哥看起來好像覺得他朋友煩得要命。

這話讓Pakin笑了起來。

「看來我還沒跟你提過吧？」

「嗯，哥有很多事情都還沒說給我聽。」

OK，Graph或許已經知道了有關Pakin哥在醫院守著自己的事情，以及因擔心他會再次發生危險，而想把他從身邊推開的愚蠢念頭，加上Pong叔叔爆料Pakin哥在他醒來之前躲進其他

病房的那些事。但有關Janjao的事，他是真的完全不知道，因為就連他自己也沒時間聯繫好友。

「別生氣嘛，我這不是正在說嗎？」

「我已經說過了，我沒在生氣。所以到底是什麼事？」Graph立刻偏頭閃避對方的大手，試圖以嚴厲的語氣詢問。

Pakin聽了笑出聲來，接著緩緩地說明事由。

「就是我去追你的那一天，我在登機櫃檯附近遇見了Janjao。是她告訴我你從哪個登機口離開的，還在機場裡大喊，說我如果沒有把你帶回來，她會恨我一輩子⋯⋯不過她要恨就恨吧，反正那孩子對我來說本來就沒什麼重要性。」

握有大把權力的男人不是很在意地說著，引得Graph轉過頭，目光嚴厲地看向他。

「別叫我朋友『那孩子』。還有，如果哥不重視我的朋友，那我們也沒必要再談下去了⋯⋯Janjao是我最要好、最重要的朋友。哥要牢牢記住這一點。」Graph甚至還以非常凶狠的語氣說道。

正駕駛著豪車、快要抵達住家的男人，放慢了速度，然後把車停在路邊。

啪。

Pakin一隻大手撐在Graph的椅背上，並以他那雙深邃的眼睛緊盯著Graph。

「確定要這樣是吧？」

「呃⋯⋯對！」

雖然知道對方是愛著自己的，但這並不意味Graph就完全不害怕。特別是當Pakin哥以那毫無波瀾的眼神注視著他時，那些過往的記憶便再次湧現。

Pakin哥該不會又要把我趕下車吧？

眼見另一隻大手也伸了過來，彷彿要打開這輛時髦跑車的門，Graph頓時緊閉雙眼，腦中冒出了這樣的念頭，恐懼感瞬間湧上來啃噬他的心臟。

啪嗒。

不料Pakin哥竟然是用兩隻手臂緊緊抱住了他，隨之而來的是——

啵……啵……啵！！！

Pakin把自己高挺的鼻尖狠狠地壓在Graph的臉頰上，接連好幾次，實在是這小子可愛到讓他想逗弄一番。結果他用力到Graph感覺臉頰疼痛了起來，惹得Graph忍不住大聲抗議。

「放開我，啊啊啊！放開我啦，噢，好痛！」故意壓得那麼用力當然會痛啊！

即使Graph大聲叫嚷，Pakin還是緊緊抱住他，以鼻尖在他的臉頰上來回蹭動了一分多鐘，然後才心軟地說道——

「我真的拿你沒轍……好吧，我會重視那個孩子的。但你不准再和Janjao抱來抱去了。以前看到就覺得很不爽了，現在看到更是煩躁得想殺人。該克制一下那些摟摟抱抱的行為了。」他對於這兩個太過親密的孩子是真的沒轍了。

聽到這話的Graph不由得抬起頭迎上對方的目光。

「哥是在吃醋嗎？」

換作以前，Pakin哥大概會當面嘲笑他。但現在……。

「對！」男人就只回覆這一個字。

Graph聽了不禁瞪大了眼睛，不可置信地重複確認道：「哥會吃我的醋？不可能！」

這小子看來已經忘了，他才剛向他告白過。

「就是會。而且還是吃很大的醋。」

「怎麼可能！像Pakin哥這種人竟然也會吃醋？」

Pakin聽了真的很想教訓一下這小子，讓對方知道自己會吃醋，而且還非常會吃醋，因此投以鋒利又凶狠的眼神。不過這小子現在好像一點都不怕他，一直把臉湊過來質問他，他只好將視線移回前方，接著換檔，重新專注在開車上，不願再回應那些聽了讓人頭疼的問題。

「哥是什麼時候開始吃醋的？哪時候的事啊？為什麼我一點都不知道？」

「連我自己都不知道這就是吃醋，你又怎麼可能會知道？」當時他甚至不知道這其實是一種占有欲。就像他先前講過的，自己從未愛過誰，直到他愛上了這個自己曾經嫌棄到想扔掉的小鬼，才會一度以為那只是普通的煩躁情緒。誰知道那其實就是已經很危險的警訊了呢？

Graph因此露出了一抹燦爛的笑容，把飛機上所有丟人的事統統忘了。他只顧著追問：「什麼時候？在哪個時候？」然後隨著酷炫的超級跑車穿過開啟的柵欄門，駛進Pakin先生的領地，Graph的聲音逐漸安靜了下來。

在這塊領地上，迎接他們的是一整排站在門前的人和一隻狗。

這一刻，少年怯懦了。

「沒有人會生你的氣，下車吧。」

駕駛見狀，繞到另一側幫忙打開車門，俯身注視著那個像是快要哭出來的少年的眼睛。他點點頭，給予對方信心。

Graph這才慢慢地從車裡走了下來，抬起頭看向所有人，然後輕聲說道──

「我……回來了。」

「汪汪汪！哈～哈～哈～」

Graph的話音剛落，大狗便猛衝過去，撲向那個讓牠等了整整三天的主人。這三天來，牠一直望著門口，不時發出響亮的吠叫聲，像是在等待主人回家。

牠衝向主人，吐著舌頭。Graph緊緊抱住牠，輕拍牠的頭，心中感受到溫暖。

「有當個好孩子嗎？金派，我回來了。」

「汪！」

至少，有一隻狗是真心感到高興的。

「歡迎回家，Graph先生。」

「您是真的回來了，對吧？」

「要不要我直接把Graph先生的行李提到樓上？」

「要不要準備開飯？Graph先生這趟回來，應該累了吧。」

「要不要先洗個澡？」

「還是先吃點東西墊墊肚子吧，我這就去廚房拿些烤椰香糕(註)過來。」

Graph還沒有抬起頭，已經有一堆人先用溫暖的聲音和他說話。他因而抬起頭，看著好幾個人正忙著迎接他。

那個曾經協助填土的園丁正幫忙把行李從車上提下來。

那些曾因Graph執拗要下廚結果毀了廚房，導致差點被問罪的女傭，正為了擺設餐桌的事情而爭論不休。

Kaew嬸一陣暈頭轉向，正準備跑進廚房。

（註）烤椰香糕（Khanom Jak）：是一道泰國甜點，主要成分為糯米粉、棕櫚糖、椰絲，外層以棕櫚葉包裹再火烤。

大家都因他回到這個家而感到高興，接著……。

「歡迎你回家。」

Pawit露出一抹笑容，甚至還張開了雙臂。Graph撲進他唯一的哥哥懷裡。

「Win哥，我回來了。對不起，我直接掛了你的電話，真的很抱歉。」Graph慌忙地說道，像是非常怕這位哥哥生氣。他閉上眼睛，把臉埋進對方撩人的肩膀，兩手回應般的緊緊抱住對方。

Pawit則把手放在他的頭上，寵溺地揉了揉。

「我可以原諒你，但有個條件。」

「什麼條件，哥？是什麼條件？」

Graph聲音顫抖地詢問，Pawit隨即輕輕敲了敲他的頭。

「別再這樣逃走了，我的心臟都快要停了。」Pawit如釋重負地說道，隨後一邊緊緊抱住這個自己非常疼愛的弟弟，還一邊來回搖晃對方。

Graph聽了快速點頭，接著用顫抖的聲音說道：「不會再走了，哪裡都不去了。哥，請讓我留在這裡吧。」

少年退開來迎上男模的視線。聽到這話的Pawit，朝他身後的某個人抬了抬下巴。

「那邊，你要拜託的人在那邊。我也是寄人籬下。不過，從眼神來看……屋主恐怕不會讓你搬走了。」Pawit打趣地說道。一看到Pakin望著Graph的眼神，就知道很多事情都改變了……他表哥已經不再是以前那個冷酷無情的男人了，而是一個深愛著他懷中這個倔強少年的男人。

「說得好。」Pakin從容地點了點頭，將插在褲子口袋裡的兩隻手抽出，然後站到了才剛回到這個家的人身後，把手放在少

年的肩膀上，展現出主人的姿態。接著，他對著所有來迎接的人宣布——

「從今以後，Graph會住在這裡……一直住到永遠。」

這段宣示，讓眾人露出了笑容。

Pakin熟識的親戚接著問道：「是以什麼身分也要講一下吧。」

Pakin注視著表弟的眼睛，語氣堅定地說——

「我老婆啊。」

「啊！哥竟然直接這麼說！」

Graph大叫一聲，轉頭看向說話的人，然而對方卻絲毫沒有開玩笑的神情。

「就是要這樣說，為什麼要隱瞞？家裡的人早就知道了。」

「哥可以說……我是你的孩子，或者其他都行，你說的是『老婆』耶！Pakin哥，我可是男的耶！」

Graph依舊不甘示弱地反駁，但對方聽了僅微微挑眉，露出一點不耐煩的表情，彷彿在說——這有什麼區別？

這時一旁的Pawit忍不住偷笑，隨即示意其他人進屋，還不忘拉住大狗的項圈。金派卻低聲嗚咽，表達自己想和主人待在一起，但顯然得等這兩個主人先商量好了再說。

「男人也可以當老婆，你不是已經證明過好多次了嗎？」

「喂，哥怎麼可以拿這種事來講！」

「你是個孩子，年紀比較小，怎麼能對我說『喂』呢？」

「我偏要說，哥能拿我怎麼樣！」Graph挑釁地嚷嚷道，毫不畏懼地抬頭迎上對方的目光，想要在這場爭論中拿下一次勝利。畢竟即使Pakin哥會聽他的話，但並不代表每件事都會照他的意思去做。以前那個霸道專橫的男人依然還在，只是現在多了

一份愛。因此，他一定要爭到贏。

「不怎麼樣⋯⋯。」

Pakin嘴角勾起一抹極度邪氣的笑容，接著⋯⋯。

「唔！唔——！！！」

Graph從喉嚨裡發出驚叫聲，因為對方溫熱的唇重重地壓在了他的嘴唇上，猛烈地碾壓，就像是在說「還要再頂嘴嗎？」，使得始終被牽制住的Graph只能發出含糊的聲音，想喊叫也做不到，想大吵大鬧卻被牢牢籠住。Graph只好瞪大雙眼，對上那道找麻煩的眼神。

Pakin這才退開來悄聲道——

「我早就警告過你，要小心自己的嘴。」

沒錯，要小心別被對方的嘴封口。

這個舉動比嘴上說什麼「老婆」還更過分，因為這是在⋯⋯家門口。

「哥⋯⋯哥⋯⋯靠！」吃了敗仗的人只能飆出髒話，作勢要逃回屋裡，但卻被屋主緊緊抱住。

這個男人接著又湊到耳邊輕聲說了一句——

「愛你。」

這一句話讓Graph漸漸安靜下來，最後只說了一句——

「哥真是壞透了。」

「而你則是愛死了。」

最後，Kritithi先生又一次輸掉了與Pakin先生的爭論。不過這一次的敗仗，卻讓他露出了燦爛的笑容，甘願地靠在那個多年來總是對他使壞的男人的溫暖懷抱。但是從今以後，這個男人會清楚地告訴他⋯⋯自己的愛到底有多深。

這份愛，他今後也將從這個人以及這個家中感受到⋯⋯從現

在這一刻起。

最終章

「Graph～～～一起去吃蛋糕吧!」

「今天嗎?不是說要趕著回家?」

「不趕了,去吧、去吧、去吧、去吧、去吧,一起去吧!」

下課鈴聲上一分鐘才剛響起,綁著高馬尾、一臉清秀的女孩便衝過來挨到一位帥氣男孩的桌旁。這個男孩今年又暴增了一大堆粉絲,因為他從過去的冷傲,變得更加溫和,讓不少學妹想報名當他的女朋友,卻又因礙於他已有一位「正牌女友」而無法採取行動。

此刻,這位「正牌女友」正用閃閃發亮的眼神邀他放學後一起去吃甜點。

「就是那家傳說中老闆很帥的蛋糕店?」

「對對對,就是那家。老闆不僅帥,甜點也做得超好吃的。聽說他以前是在飯店工作,後來自己出來開店,美味絕佳。」Janjao比出兩隻大拇指,再次認證品質,讓對方聽了也開始感興趣。

這家店的美味,Graph不僅從這位好友口中得知,他還聽說連Kak也是這家店的忠實粉絲,讓他不禁想去試試看,不過……。

「今天要補習。」

「啊,好可惜喔。」跑來靠在桌邊的女孩瞬間委靡,不過沒多久又恢復了燦爛的笑容。

「沒關係，改天再去也可以。只要Graph跟我考上同一所大學，到時候再偷走Graph，另外找一天去。」Janjao歡快地說道。

她注視著這個以前天天被叫去訓導室的超叛逆同學，如今卻成了管理學弟妹體育競賽的學生代表。此外，他的課業表現也蒸蒸日上，可以說是相當不錯。這使得老師們都感到訝異，不過才放了一個假期，究竟發生了什麼事？

甚至有謠言說，Graph因事故導致腦部遭到了撞擊，但本人沒有回應。總之，在這所學校裡知道真相的就只有兩個人——Graph和Janjao。

真相是，Graph只是重新回來認真的過活，因為他不再需要藉由自暴自棄的方式來表達對家庭的不滿與情場上的失意了。

「這些話千萬不能讓那個人聽到，我懶得再聽他抱怨了。」

「哈哈哈！現在變成愛吃醋的男人了嗎？」

「非常愛吃醋！」Graph毫不猶豫地回答，畢竟那人到現在仍用警惕的眼神看著他的好友。

就在這時⋯⋯。

「讓開、讓開、讓開！這可惡的班對，我們要進行值日生的工作了，真礙事！」

班上同學仍把他們兩人想成是熱戀的關係，Graph和Janjao也沒急著想解開誤會。對外這麼說，其實也好。

Janjao可以借此擺脫追求者，Graph也能以此拒絕掉來找他的人。雙方都能受益，兩人於是這麼將錯就錯地來到了第三年。

Graph現在已經升上高三了，距離大學入學考試的日子愈來愈近。如果他想跟好友考進同一所需要拿到高分才能錄取的大學，那就得努力。最後他只好向某人提出要上補習班的請求，因

為如果再這麼放著不管，他絕對會考不上。

他當然是得到了允許，但……。

「那我先走啦，改天再去，今天Pakin哥應該快要來接我了。」

「嗯，去吧。真好，還有家教老師直接上門授課呢。」

沒錯，Pakin並沒有讓Graph去任何補習班上課，而是直接把老師請來家裡教他。

「要是有什麼甜蜜的事，記得跟我分享喔。」

Janjao隨即帶著笑臉這麼說道，Graph聽了忍不住笑出聲來。

「妳還沒聽夠啊？」

「不夠啊，熱戀期才是最精采的時候呢！」

不只這樣，Janjao還配上了花朵盛開的動作，逗得Graph放聲大笑。他揮手告別，然後抓起書包，大步走向校門口。某人這時候已經在那邊等著他了，而他不需要特別尋找，因為那輛超級跑車實在太過顯眼。

坐在車裡等待的人，一看到Graph就下了車。

「不用這麼急，醫師說你的腿還是要小心骨頭的問題，別再從樓上跳下來了。」

「我跳的是樓梯，又不是從樓上跳下來。」Graph當然要反駁，然後快速鑽進車裡，把冷氣口轉向自己的頭，並瞟了一眼回到座位上的駕駛，接著問道：「是不是Janjao跟哥說的？」

「說了一點點……幸好這陣子Kaew嬸做了些甜點。」

哦，所以是這附近的某人拿甜點誘惑了他的好友，讓她說出他在學校都做了什麼事。Janjao那個人是不會受到金錢的誘惑，但甜點就不一定了。

「我只是跳了幾個臺階,沒什麼大不了的,醫師說我可以運動了。」Graph朝著自己的膝蓋拍了好幾下,想讓對方放心,隨後轉頭迎上對方的目光。

「哥才是咧,其實不用每次都親自來接我,讓別人來接也可以。今晚不是有比賽嗎?」

「是啊……但要先送你回去睡覺,然後再去。」

「我可以一起去嗎?」少年滿懷希望地問道,雖然心裡已經知道答案。

「不行。」

「小氣鬼。」他只好輕聲嘟囔,把手倚在車門上,眼睛看向窗外,表現出自己的不高興。他明白某人一定不會順著他的意,畢竟就只有這件事不管他怎麼拜託都不肯妥協,可能是因為去年的事情吧?

看到這孩子生悶氣的模樣,Pakin略微頓了一下,然後伸手放到他的頭上。

「不是不想讓你去,但希望你能體諒我。」

如果是以前,Graph早就大吼大叫了,但此刻Graph卻轉頭對上男人的視線,看到對方的眼神有多麼擔憂,如今不再執拗的他輕輕地點了兩下頭。

「嗯,我懂,我不會任性的。」

好孩子這樣回答後,獲得的獎勵是被疼愛地輕柔摸頭。

隨後,Pakin駕著豪車駛上馬路,飛奔回家。家教老師正在家裡等著,而身旁的少年則聊著今天發生了哪些事情,一路上,他的聲音成了舒緩的背景音樂。

誰會相信,一個高三學生的日常故事,從Graph嘴裡說出來會這麼好聽。

哪天要是沒聽到這孩子講自己事情的聲音，他大概會失眠，雖然有些內容聽了讓他感到不太高興。

「我朋友還認為我和Janjao是情侶呢，超好笑的。別人問什麼，Janjao就點點頭，然後只要回答『嗯嗯』，她說是她哥教的，如果有什麼不想回答的事情，就點點頭，繼續『嗯嗯』下去，隨便別人自己去誤會。」Graph忍著笑說道，讓聽的人微微蹙眉。

「下次就直接告訴他們，來接你的人是誰。」

「那樣就出大事了吧。」Graph立刻否決。他朋友確實問過，開豪車來接他的人是誰，而他的回答是……。

「我都跟他們說是我爸。」

這句話果然讓Pakin不高興了。

不知道這小子是不是故意的，不是叫他爸就是叫他叔叔，雖然沒提到年齡，但卻把他喊成老人了。然而實際上，他們年紀只差了十歲，甚至他還不到三十歲耶！

「你跟你爸也會一起睡覺嗎？」

「嘿，別生氣啦哥，我就懶得回答啊。好啦、好啦，下次我說是叔叔可以了吧。」

即便如此，聽的人還是覺得不爽。Graph見狀，忍不住笑了出來。

「對，做出這種表情就更像了，魚尾紋跑出來了喔，Pakin哥。」

這種時候就會想懲罰這孩子。

「總之小心你的嘴巴。」

啪。

Graph聽了，立刻抬手摀住自己的嘴，瞪大眼睛，一副像是

在說──有本事就改親我的眼睛啊！

這個一向令人畏懼，但卻覺得自己拿執拗小鬼沒轍的男人見狀，只能翻了翻白眼，嘆了口氣，然後踩下油門，加速趕回家。少年覺得玩笑有點開過頭了，開始輕輕地碰觸他。

「在生我的氣嗎，哥？」

「我為什麼要生氣？」

好吧，生氣了。

少年乾笑著，知道每次對方用這種生硬的語氣說話時，他就該停止玩笑了。他接著朝對方靠近了一點，輕輕拉住對方的衣角，柔聲說道──

「Graph道歉。」

Graph其實不太喜歡用自己的綽號來自稱，但如果這麼自稱，就能讓某個老人露出笑容。這次也不例外，所以他還附贈了⋯⋯。

啾。

「不生氣了吧？」

這個「不懂怎麼撒嬌」的孩子把臉湊過去，用力地在對方臉頰上親了一口，彷彿使出渾身解數用上這幾個月來所學到的技巧，然後退了開來。因為他知道，這附近的某人就是喜歡他撒嬌。

儘管Pakin仍一臉不善，但那雙原本總是閃著火光以至於令人害怕的眼睛卻已經柔和下來了。因此家裡的傭人要是犯了什麼錯，就會跑來求Graph幫忙，因為似乎只有「Graphic先生」能應付得了Pakin先生的怒火。就連Pawit也都這麼說了──我跟Graph沒法比。

「如果今晚在我出門工作前有讓我吃飽，我就不生氣了。」

吃飽，有時候是指⋯⋯把Graph吃得一乾二淨。

「如果提早下課的話。」

Graph沒有明確答應，但光是如此就讓Pakin笑了出來。

「開玩笑的，專心去上課吧。」

Graph聽完，差點就要笑出來了，如果不是⋯⋯。

「明天放假再說。」

Graph立即撇嘴，因為這意味著他逃不掉了。所以等這輛豪車一停好，他飛快地跨下車，還不忘回頭對著Pakin吐舌頭，然後大喊——

「做夢去吧，爸。」

「Kritithi！！！」

在那之後Graph馬上跑進了家裡，早一步回到家的男模看到這一幕笑到不行。

「看樣子是氣瘋了吧。」

「啊，Win哥回來啦？」

Graph轉頭看向那位曾經告訴他，如果想看到Pakin哥的另一面，就試試對著Pakin哥叫「爸」，或是在生氣的時候反嗆對方「老色鬼」也行⋯⋯這個在背後搧風點火的人，就是Win哥。

「就過來跟『老人家』聊一下，下個禮拜我要出差到外省，Kin就叫我來談事情。」

「哦，是工作的事啊。對了，我看到哥登上的那本雜誌封面，Janjao拿給我看的，超撩人的！」

聽到這話，Pawit笑了出來。

「是那本在韓國出的封面對吧⋯⋯那位攝影師就喜歡那種主題，每次拍出來的效果，都讓我感覺自己都不像個男人了。」

「嘿，我覺得很好看，真的超級好看。」Graph停下腳步，

一副想接著繼續聊的樣子，如果不是因為家裡的下人跟過來說，家教老師已經等了好一陣子。

不過在他準備跑去被用來當成上課教室的客廳之前，Pawit叫住了他，而且還帶著微笑。

「現在每天都過得幸福嗎？」

「幸福得不得了，Win哥。」

少年的這個答案讓Pawit露出了一個大大的笑容。

「那就好……快去吧。」

少年已經跑進客廳了，而Pawit仍站在原地，因為他好像看見自己的影子與那個孩子重疊了。

「幸好Graph選擇了這條路。」

他們都是在童年時期就萌生出愛意，同樣愛上了冷酷無情的人。但是Graph卻選對了方向，最後感受到自己這一生所渴望的幸福。而他……真心替這個弟弟感到高興。

「你們在聊什麼？聲音大到門口都聽得見。」

「在聊老人家的事啊。」一聽見身後傳來低沉的嗓音，男模隨即轉頭對上表哥的眼睛，打趣地調侃了一句，讓聽的人不禁翻了個白眼。

「可以別再來慫恿我家的孩子嗎？」

「那哥過得幸福嗎？」

「呵呵，看我的臉應該就知道了吧？」Pakin明確地回答，接著語氣堅定地說道：「我會讓那孩子幸福到，感覺愛上我是他這輩子最正確的事情。」

這就是Pakin的目標，他要把自己的愛獻給那個孩子，讓那孩子不後悔愛上像他這樣的一個人，甚至甘願為他這樣的人傷心、甘願為他這樣的人受苦。

從今以後，Pakin將會讓這個叫做Graph的孩子感受到無比的幸福。

這個答案讓Pawit也跟著露出笑容。

「包括在上課時間監視小孩嗎？老師都快被你嚇死了。」

「我只是坐在那裡工作，他就教他的書啊。」屋主這麼說道，但不管怎麼看，那個說自己在工作的人……明顯就是在監視小孩。

話一說完，Pakin便邁步跟著進了客廳。

「哥進來幹嘛啦！」

果不其然，隨即傳來了抱怨聲，讓Pawit一陣爆笑。原本他還會繼續那樣子大笑，若不是因為某人帶著一大疊文件走進了屋子……那個人讓Pawit的臉上瞬間沒了笑容。

「Win先生。」

Panachai就那麼站在那裡，Pawit僅僅回頭對上他的目光，然後輕輕地說了這麼一句——

「接下來就麻煩你了。」

接下來的這一個月，Pawit先生將會有一名專屬的臨時保鑣。

執拗的少年在經歷了所有的困境之後，如今已然感受到愛，他的笑聲不時迴盪在整個屋子裡。而另一名男子也即將與原本那個冷酷的男人開啟一段全新的愛情旅程。

Kritithi的愛情已經抵達了幸福的終點。

而Pawit的愛情……才正要開始……。

《Try Me 執拗迷愛》完

特別篇
就只是兄弟

「Win哥你覺不覺得，金派看起來愈來愈像一隻流浪狗了？」

「正想說呢，牠到底幹了什麼？」

「喂，金派！別再亂鑽土了！你這隻髒狗！」

現在正是中午時間，Kritithi先生才剛吃完午飯，突然目光瞥見一隻大狗在花園裡跑來跑去。一開始他沒多想，看著這隻狗一如既往的像這樣滾來滾去，想說讓牠消耗一下精力。可當他再次轉頭看去時……不禁懷疑那隻全身沾滿泥巴的狗，真的跟自己養的是同一隻嗎！

Graph起身去打開陽臺的門，扯著嗓子朝大狗叫罵。而那隻狗僅僅把頭轉過來看他一眼，搖了搖尾巴，接著無視他，轉回去繼續自顧自地玩了起來。Graph不禁疑惑，這隻狗不是已經會聽從他的指令了嗎？怎麼才一下子又變任性了！

自從Graph回到這個家之後，金派的確變得更聽他的話了，講什麼牠都會聽。但牠良好的表現只維持幾個月。也不知道金派是不是已經習以為常了，因為現在Graph叫牠……不回頭；命令牠……不聽從；罵牠……尾巴搖得愈起勁。甚至金派還討好地跑去找另一個主人。

你到底是誰的狗啊！

「剛剛牠跳進泳池裡了，Graph先生。傭人們有一起幫忙把牠撈上來，但是還沒來得及擦身體，牠就又跑去滾泥巴，所以才

會變成這個樣子。我話先說在前頭,如果牠還沒洗乾淨,就不准進屋,牠身上的泥巴很難清理。」Kaew嬸一邊語氣和緩地說道,一邊注視著這隻不顧家裡會被弄得多髒,堅持不肯睡在屋外的家庭成員。

唯一一個金派會窩在上面睡覺的地點,就是在主臥室裡的專屬狗床。

所以,今天非得抓牠去洗澡不可。

「有人可以幫我嗎?」Graph倒不是嫌棄幫自己的狗洗澡,但過去好幾次經驗告訴他,必須有人幫忙抓住金派的項圈。因為一旦他轉頭看向其他地方,這隻力大無窮的大狗就會衝出去,然後在後院裡四處亂跑,急得他只好請人幫忙把牠抓回來。

唰。

Graph提出的問題不禁讓他開始懷疑,金派一定很惹人厭,因為聽到這個問題的所有人……整齊劃一地往後退了一步。他只好長長嘆了口氣,轉向最後一個幫手。

「如果我幫忙,能得到什麼好處?」Pawit正在吃著飯後水果,接著又補充了一大把維生素營養品,然後轉過頭來微微挑眉,詢問是否有什麼令人感興趣的提案。

Graph忍不住撇嘴。

「Win哥就幫我一下嘛,我每天光是跟Pakin哥討價還價就已經夠累了。」身材纖細的少年直白地說道。如今他已經不再任性了,因為耍任性也無濟於事,跟上那個壞心男人的思維還比較重要。

Pawit聽了之後放聲大笑,一邊揉著臉頰、一邊思考,然後才站起身。

「好吧,我就幫你吧。」

「那交換的條件是⋯⋯？」

當Graph看到對方臉上出現了一抹邪惡的笑容,不禁感到全身發寒。

這表兄弟倆的笑容該怎麼說呢?表哥就已經夠令人不寒而慄了,而這位表弟的恐怖之處也不在話下。就像之前提到的——如果不想死,就別輕忽Pakin哥的權勢;如果不想被眼神活剮,就別忤逆這個叫做Pawit的男人!

他們的可怕程度簡直不相上下。

「哥應該先告訴我,條件到底是什麼。」

「不會超出你的能力範圍的,你以前也做過很多次了。」

一聽到被自己視如兄長般敬愛的男人這麼說,少年只好屈服地慢慢垂下頭。

應該沒什麼大不了的吧?Win哥這麼好心⋯⋯。

確定嗎?

＊＊＊

冰冷的水從水管末端噴出來,飛濺出水花,與陽光產生折射,浮現出一道小小的彩虹,非常的可愛。這本應是會令人露出笑容的畫面,若不是因為⋯⋯。

「別動,金派!」

「吼,熱死了!」

這對如親兄弟般的摯友正一起與一隻玩得相當開心的大狗搏鬥,因為這隻大狗使勁地拉扯牽繩。身材纖瘦、不像表哥一樣有結實肌肉的男模語氣嚴厲地大喊,試圖把狗拽回來。金派因此換了個方式搗蛋,開始繞著他們跑圈圈,所以他們遲遲沒辦法幫牠

洗澡。

再加上現在的天氣正炎熱，讓習慣待在冷氣房的少年汗如雨下。Graph不停用手背擦拭額頭的汗水，可汗水依然流進了他的眼睛裡，他甚至還得使勁抓著狗。這真的是一項非常吃重的工作。

「吼！受不了了！」

啪！

最後，Graph把水管往地上一甩，脫下溼透的T恤丟到一邊。他的眼神閃著怒火，決定由自己去抓住金派，而使用噴水槍這項任務就交由另一個人了。

「哥，全部都要沖到喔，我來抓著牠。」Graph這時候已經不在乎會不會被弄溼了。他一把撲上前抓住金派，固定住牠的脖子，不讓牠亂動，讓Pawit用噴水槍沖洗牠的全身，自己則幫忙揉搓金派那濃密的毛，好讓牠的全身被水打溼。

Pawit這時開口問道：「為什麼不帶牠去寵物美容店洗呢？」

「上次牠咬了對方，整個咬下去耶，哥。Pakin哥塞了不少錢給人家，對方才沒追究。」Graph無奈地表示，接著才又繼續說下去。

「剛帶回來的時候牠沒這麼凶，還能送去店裡洗。後來店裡專門幫牠洗澡的人離職了，新來的人沒辦法搞定牠，店家就不敢再接這項工作了了。所以現在才得辛苦地自己幫牠洗澡。而且牠的毛這麼厚，我每天幫牠梳兩次還是會打結。」他一想到就生氣，金派只要在家就會變得像個白痴一樣。

剛來的時候，牠還是隻莊嚴又帥到不行的狗，現在卻變得很適合抓去和木木比比誰更像白痴……前提是牠不去咬別人。

這就是為什麼沒人敢幫金派洗澡的原因。如果Pakin哥在，就另當別論。那人只要一吼，這隻伏在地上的臭狗就會露出一副楚楚可憐的模樣，乖乖地讓人洗澡。

啪！

「你這隻臭狗！」

「嗚嗚嗚～」

「別叫，就算你叫到死，我也不會同情你的！」Graph狠狠拍了一下牠的頭，使牠發出了可憐兮兮的哀鳴。但其實這隻狗一點都不像牠眼中所流露出來的那麼悲慘可憐，牠可是聰明得很，只要知道誰可以凶，就會毫不猶豫地露出獠牙。

「那就把牠送到寺廟放生好了。」

「喂，Win哥！」

「嗚嗚嗚～！」

一聽到如此冷酷的話，狗主人立刻回過頭，而那隻狗也發出了抗議的叫聲。說要把狗放生的人，望著這一人一狗的眼神，然後無奈地嘆了口氣。

「看吧，這就是為什麼牠會變成個性很糟糕的狗。還不是你太縱容牠，所以才會養成習慣，嘴上罵牠，可實際上什麼都順著牠。應該把他送去寺廟待一個禮拜，到時候看看這隻問題很多、吃飯很難伺候的狗，能不能活過一個禮拜。」

咚。

這隻超級任性的金派立刻趴到地上，而且還用兩隻前腳蓋住自己的臉，彷彿是在說──我怕了，別這樣對我，我一定會餓死的。

接著⋯⋯牠就乖乖地讓他們幫牠洗澡了，好像真的很怕被遺棄。

「就這麼簡單。」Pawit一邊說道，一邊用噴水槍輕輕敲了一下牠的頭。

　　他們開始合力把洗毛精塗抹在牠的全身，搓揉了一陣子之後，再用水沖洗，讓全身滿是泥巴的狗再次變得乾乾淨淨，煥然一新。不過工作還沒完，幫牠洗澡只是個開始，因為⋯⋯。

　　啪嗒啪嗒——

　　金派甩了甩身上厚重的毛，頓時水花四濺，讓幫牠洗澡的人只得抬手擋臉，慌忙把毛巾扔過去蓋住牠的身體，奮力擦乾。

　　「大哥麻煩把柵欄裝在那邊，不然牠又要跑進去了。」Graph對著園丁大喊。

　　現在有了輕鬆拆卸、組裝的柵欄，專門用來擋住這隻大狗進入特定區域。由於打從一開始就沒有採用把狗關在籠子裡的飼養方式，若是硬把牠放進籠子裡，牠肯定會狂吠狂嚎，極度干擾聽覺神經。因此解決方式就是把牠圍起來，不讓牠再跑去弄髒自己。

　　「好了，要去哪就去哪，等完全乾了再過來梳毛喔。」Graph終於把毛巾從金派身上扯下，輕輕拍了拍牠的屁股。這隻被折騰了將近半個小時的大狗隨即跑回到陽光下甩毛，曬乾自己，直到毛髮重新變得乾燥與光澤。

　　狗是乾淨了，但合力幫狗洗澡的兩個人，卻搞得渾身溼淋淋的。

　　「好熱。」Graph低頭看著自己的模樣，現在只穿著一條短褲，全身都沾滿了狗毛。然後又轉頭望向正低頭看著自己的Win哥，接著⋯⋯。

　　嘩——

　　Pawit也熱得受不了，於是按下了水槍開關，把蓮蓬頭轉向

自己，將水直接往頭上淋去，讓沁人心脾的冰涼水流淋遍全身。

這一幕讓Graph瞪大了眼睛。

Pawit穿著白色背心，讓冰涼的水流下來打溼了全身，那誘人的畫面讓人不禁面紅耳赤。特別是Pawit因渾身溼透，衣服緊貼著身體，以至於能隱約看見某個好看到不像個男人的凸起部位；再加上他揉弄頭部、把頭髮往後撥的模樣，更是讓Graph忍不住感到害臊。

Win哥實在太好看、太有魅力了，誰見了都會悄悄怦然心動。

無論是Pakin哥還是Win哥，兩個人的魅力不相上下，都會讓人忍不住回頭，就連園丁大哥都看得目瞪口呆了。

「呵呵，看你的表情。過來這裡，既然都溼了，這樣感覺滿舒服的。」渾身閃耀著水光的Pawit笑著說道，將噴水槍遞到Graph面前。

Graph不禁乾笑了幾聲。

「哥……我看到你的胸部了。」

這並不是Graph第一次看到，他以前也看過對方在家中穿著背心，但不曾見過像這樣乳頭因溼透的衣服而挺立的模樣。再加上它的色澤看起來比一般泰國人要淺，也可以說是粉紅色，就像他之前和Janjao提到的那樣。此外，或許是因為冰冷的水，似乎讓它變得緊繃，所以挺立了起來。

「想摸嗎？」

「瘋了嗎！」

Graph當然會驚呼。他連連搖頭說不想，儘管心裡……確實有想過。

對方曾經告訴他，自己有過各種不同的經驗。這讓正值對一

切充滿好奇的少年心生探索的念頭。

「啊，想摸就摸。」

「Pakin哥會殺了我的。」

「他又不知道。」

「哥，別讓我出軌啊！怪不得Scene哥這麼迷戀哥，每次看到他的臉就知道，他想把哥按到床上想得要死。」Graph快速搖頭，像是對自己戀人的好友感到不滿，因為那個傢伙很明顯表現出對Win哥有哪方面的需求。

Pawit聞言笑了出來。

「老實說，我也想跟Graph試試。」

Pawit把臉湊了過去，Graph瞪大了眼睛。

「開玩笑的吧？」

「不是。想試試看嗎？我不會告訴你的Pakin哥的。你沒試過當一號吧？要不要試試對我進攻？」說話的人把臉湊得更近一些，因為他的眼角清楚注意到金派正向門口跑去，這意味著某個人正在回來的路上，而他也很想知道⋯⋯對方會露出什麼樣的表情。

「Win⋯⋯Win哥，不要開玩笑啦。」Graph向後退了好幾步，瘋狂搖頭，覺得自己像是聽見了惡魔的召喚一般。

但提問的人卻靠了上來，眼神發亮，把手伸過來碰觸少年的臉頰，輕柔的撫摸，讓人從小腹傳來陣陣酥麻感。

砰！

「哥，我不玩了！」Graph驚慌失措地將對方推開，讓毫無防備的Pawit一屁股跌坐在地上。

「Win哥，我很抱歉，我真的很抱歉。」

「我開玩笑的，竟然這麼認真。哎喲，好痛。」Pawit抬起

頭大笑,但又頓了一下,一邊伸手輕撫著臀部,一邊威脅道:「要是害我不能工作,你打算怎麼負責呢?」

「我幫忙,我幫忙!讓Graph來幫忙!」害怕對方會生氣,Graph隨即用自己的小名稱呼自己,接著遲疑地走上前,伸出手想要將對方從地上拉起來,卻絲毫沒察覺到摔痛的人正帶著多麼戲謔的笑容,因為……。

啪。

「哇啊!!!」Graph大叫一聲,因為他的手被用力拉住,纖瘦的身軀因而倒向那個看似沒力氣的人。結果他跟著摔倒了,不僅如此,身體還剛好壓在對方的身上,導致某些部位……碰在了一起。

「哥……哥……!」

Graph顫抖輕喊,因為他的胸部正與Win哥的胸部貼在一起,再加上這部位已被某個男人刺激到變得很敏感,他的聲音因而顫抖得更厲害。Graph試圖想要爬起來,但Win哥卻緊緊地抱住他。

「你還欠我一個人情,記得嗎?」

「記得,這跟現在有什麼關係?」

「幫我逗弄一下別人。」

「蛤……唔!」

Graph甚至還沒來得及反應會發生什麼事,溫暖的嘴唇突然就貼上他的嘴,這緊貼且柔軟的觸感,與另一個人截然不同。

這種感覺……讓他回想起自己從第一次被親時就已經很陶醉了。

第一次被Win哥教的時候是什麼感覺,現在也還是那種感覺。

Win哥的吻總是勾得讓人心癢癢，像在飄浮一樣，輕柔、軟嫩、美味到讓人忍不住用舌尖與對方交纏。就當作只是開玩笑的吻，反正都讓Win哥洗過私密處了。就因為這樣，所以他沒有注意到……厄運正悄然降臨。

　　厄運以一位身材高大男人的形式出現，那人正雙手環胸站著，目睹眼前所發生的畫面，眼中像有烈焰燃燒，不過……他卻沒有打斷面前兩人的動作。

　　Pakin站在原地，繼續看著倒在地上、身體緊貼的這兩個人打算什麼時候停下來。與此同時，在他斜後方的親信立刻低下頭。

　　這場吻或許會持續得更久，若不是因為Graph推開了Pawit的肩膀，而且還搖了搖頭。

　　「哥，夠了吧，我們可是兄弟耶。」

　　Pawit聽著在自己身上的少年那疲憊的低語聲，回道：「嗯，我也覺得夠了，因為Graph是我的弟弟，但……。」

　　他停頓了一下，Graph微微挑眉看著他，接著他繼續呢喃道──

　　「往左看。」

　　「嗯……？」

　　唰！

　　「Pakin哥！」

　　當Graph照著這位哥哥的指示轉頭看向左邊時，猛然從Pawit的身上跳了起來，瞪大眼睛注視著那個露出冷笑的男人。男人沒說什麼，一語不發，僅僅微微挑眉，像是在問──結束了嗎？

　　Graph慌張地整理了一下自己的儀容，這才發現一件更恐怖

的事——

我沒穿上衣啊！

「你們玩得很開心嘛。」

「不是哥想的那樣，真的不是啊，哥！」Graph語無倫次地解釋著，而對方只是笑了笑，那笑聲不管怎麼聽，都恐怖得如同死神降臨。

Graph有預感自己這輩子就要交代在這裡了。

「我只是幫金派洗澡，然後Win哥幫忙，結果剛剛不小心摔倒了，所以嘴巴才會撞在一起。」

對方像是在聽他解釋似的點了點頭，卻轉身問身邊的親信：「你曾經在摔倒的時候，嘴巴撞上去，舌頭還跟著纏在一起的嗎？」

「從來沒有。」Panachai回答的語氣也冷靜得讓人害怕。

這位主子聽罷點了兩下頭，隨即轉回來對上這個執拗少年的目光，然後……。

「哼。」Pakin冷哼一聲，轉身走回屋內，沒有再多說一個字。

Graph見狀，連忙追了上去。

「哥，這真的沒有什麼啊，只是親了一下而已。」

「……」

走在前面的人依舊沉默，只是往樓上走去，任憑那白淨的少年跟前跟後，一直為自己辯解。

「我和Win哥真的只是兄弟啊，哥，就只是嘴巴碰在一起而已，而且Win哥也只是在鬧著玩。」

「嗯，原來你們是這樣當兄弟的啊。」

「真的是兄弟。」Graph依舊堅定地表明，還伸手抓住對方

的手臂，但沒能成功阻止對方繼續前行。他這時沒來得及意識到，他們已經走到了臥室門前。

一抵達臥室，高大的男人便轉過身直視著少年的臉，接著開口。

「**那我就得教教你，不要再用這種方式和別人當兄弟了。**」

啪嗒。

「啊！！！」

Graph不禁大叫起來，因為他被對方一把抓起，扛在肩上，像是扛米袋一樣。他既不敢掙扎，想罵又礙於自己有錯在先，只能發出哀號，就這麼被扛進了臥室。直到這哀號聲平息下來，也來到了晚餐時間。

這一次，Pakin決定教他牢記……不要再跟任何人「當兄弟」了！

同一時間，Pawit爬了起來，拿起噴水槍沖洗沾滿泥土的身體，全然不理會旁邊那個靜靜站著的男人。直到身體清理乾淨後，他才走進屋內，做出一副準備經過對方的樣子，但……。

啪嗒。

「別再這麼做了。」

一件西裝外套披在了Pawit的肩上，伴隨著那低沉的聲音。Panachai用平靜的語氣對他說道。

「我想做什麼是我的事。」

「這樣子捉弄Pakin先生一點都不有趣。」

「這是在吃醋嗎？」

Pawit轉頭直視對方的眼睛，對方聽了之後立刻低下了頭。

「我和您沒有什麼關係，自然沒有那種權利。」

聽到這話，Pawit沉默了片刻，隨後扯下西裝外套，扔回對方的胸口。

「如果沒有權利，那就閉嘴。」

隨後，那愛捉弄人的人走進了屋內。他這麼捉弄自己的哥哥，似乎反倒因為哥哥身邊的人而讓自己受了傷，這是他萬萬沒想到的。

沒有什麼關係……是啊，我們確實沒有什麼關係。

特別篇〈就只是兄弟〉完

特別篇

前面還是後面

「啊呃⋯⋯呵啊，哥⋯⋯不要⋯⋯不要那樣。」

「不喜歡嗎？」

「感覺⋯⋯很奇怪⋯⋯。」

「我看你不是很想上Win嗎？所以我來告訴你，那是什麼感覺。」

啪啪。

「唔～～～不⋯⋯不要⋯⋯！」

此刻，Graph的雙手被綁在床頭，而身材高大的男人則盤腿坐在一旁，他那英俊的臉龐低下來注視著Graph，明顯透露出不滿的神情。此時，那雙大手正以快要令人窒息的節奏移動著某樣工具，直到那吸吮聲與撞擊大腿的聲音在寬敞的臥室內迴響不止。

那樣工具是⋯⋯自慰杯。

這個形狀粗長的工具，是專為那些無法發洩、需要紓解但是沒有對象的男性所設計，此刻它正緊緊吸住Graph的敏感部位。至於帶來這個工具的人，一手有節奏地移動它，他很清楚知道該怎麼做，才能讓這個從未用過身體前面部位撞擊別人的少年感覺舒服。

Graph正不斷地擺動頭部，因為他感覺很怪異，非常的怪異。柔軟又富有彈性的裝置正吸著他的老二，緩慢地進進出出，讓他的雙腿緊繃，腳趾蜷縮，眼角泛起淚光。他試圖告訴Pakin

哥把它拿開,因為他很不習慣。

他或許已經習慣了後方受到侵犯的感覺,而這種被壓迫感緊緊包裹住身體的感覺,是真的很不習慣,所以他想要挪動身體向後躲開。

感覺刺激嗎⋯⋯刺激。但一想到要進入某個未知的洞裡,Graph就使勁地搖頭。

「我看你好像很想上Win,然後很幸運的是,Scene那混蛋剛好跑來煩我。」

Pakin用平靜的語調說道,彷彿沒有生氣,但那雙閃著凶光以至於令人心生恐懼的眼睛卻不是那麼一回事。他回想起上午剛見過面的那個損友,那傢伙硬塞了一些東西給他,還笑臉盈盈地告訴他——

『說不定你家孩子也會想要嘛,你才不會胡亂吃醋。』

一開始他也不怎麼感興趣,才剛在Panachai駕駛的車裡打開來看,便忍不住爆粗口,準備打電話回去臭罵那傢伙。結果Siraphop那渾蛋早已事先料到,關掉手機逃避⋯⋯那傢伙買了情趣玩具給他,結果拿了他最不想要的道具過來。

誰會想訓練自己的戀人習慣用前面做愛啊?明明都已經用後面跟他做了。可既然這小子跟他的親戚玩成那樣,看來得教他知道哪一種比較棒,還有絕對別想要對別人用這個部位。

噗滋、噗滋。

「不⋯⋯不要⋯⋯不要啊⋯⋯呃。」大手把自慰杯拉到最高點,然後一口氣往下塞到底,Graph只能喊著「不要、不要」,眼淚似乎就要奪眶而出,嘴上急著說話,希望能讓對方冷靜下來。

「我⋯⋯我就只是⋯⋯跟Win⋯⋯哥親好玩的。」

「做過幾次了？」

「沒有⋯⋯。」

「回答！」

「好幾次⋯⋯呃⋯⋯好幾次⋯⋯了。」

在對方這般折磨之下，Graph語氣顫抖地回答，坦白自己跟另一個人吻過好幾次。雖然他本人並沒有什麼特別想法，但卻使得Pakin眼中燃起火光。Pakin知道自己的弟弟或許不會對Graph進攻，但卻會促進這小子去扮演另一種角色。

「不准再那麼做了，知道了嗎！」

「嗯嗯，知道了⋯⋯我⋯⋯知道了⋯⋯但是要拿出來⋯⋯。」Graph噙著眼淚說道，他試圖掙扎逃離，可是那裡無法移動，而且對方也不幫他做，只是伸手過來撫摸他的胸部。

啪嗒。

「嗬⋯⋯呃⋯⋯啊⋯⋯啊哈⋯⋯。」

「哪一種比較舒服？」

Pakin以指尖輕輕撥弄少年立起的乳頭，讓聽的人猛然一震，發出顫抖的呻吟聲，比被碰觸下體還要更刺激。少年微微睜開眼瞥了一眼，沒有回答問題。而那高大的男人也不打算再多等，他就是要處罰到這小子牢牢記取教訓。

吸溜。

滾燙的舌頭往下伸，Pakin舔拭Graph那堅挺的部位，再用舌尖用力刮搔。Graph於是挺胸靠向對方，兩隻被綁住的手緊緊交握，感覺到一陣酥麻延伸至小腹，喘息聲變得更加響亮。Pakin毫不猶豫地將舔拭改成吸吮，誘得Graph因這份情慾而輕聲抽氣。

「哥⋯⋯呃⋯⋯好⋯⋯好⋯⋯舒服。」Graph聲音顫抖地說

道。

　　他低下頭望去，抬眼注視自己的Pakin哥隨即用力地吸吮他的乳頭。Graph的身體不住抽搐，Pakin交錯舔拭粉嫩乳粒的周圍，然後……。

　　「啊～別……別咬……哥……不要……痛！」

　　Graph放聲叫了出來，因為Pakin哥尖銳的牙齒在他腫脹的乳頭上刮過，然而接下來不只是刮過，Pakin哥還輕輕地啃咬。Graph的臀部顫抖不已，雙腿在床上滑動，奮力搖頭說著不要這樣。咬人的Pakin哥這時退開來，改用另一隻手去揉捏他的乳頭，視線接著往下朝他的下半身看去，同時把自慰杯往外拉到最上面。

　　「不過你的下面還可以呢。」

　　「我……錯了……我不會……再跟……Win……哥玩了……對不起。」Graph聲音乾啞地求饒，接著又一次抽搐，因為自慰杯一口氣吞掉了他的整根老二，令他感到非常壓抑。不僅如此……。

　　啪。

　　「執拗小鬼的口頭承諾不能相信，一定要懲罰到讓你記取教訓。」Pakin一邊語氣冷冷地說道，一邊將Graph白皙的臀部抬起，隨即看到了猛力收縮的窄小肉穴。他就這麼放著自慰杯吸住少年脆弱的部位，接著……。

　　吸溜。

　　「嚇！呃……刺激……哥……好刺激……唔……。」

　　Pakin將舌尖探向那小小的圈圈，讓Graph忍不住掙扎，臀部不斷顫抖，從床上被抬起的兩條腿於是張得更開，還騰空踢來踢去。Pakin炙熱的舌尖開始緩緩進出，挑逗著習慣使用這個部

位的人，逼得Graph幾乎喘不過氣來。

Pakin哥每次幫我舔，我都會被弄到快要死掉。

Pakin不只是舔外圍而已，還把舌頭推送到裡面，穿過窄小的洞口，接觸內部柔軟的肉壁，來回勾動。Graph幾乎要受不了了，劇烈喘息，胸膛不斷上下起伏，淺色的肉穴收縮得越發強烈，接收一點一點鑽進來的異物。

「這樣⋯⋯不夠⋯⋯唔⋯⋯。」Graph隨即開始低喃，承認對方的舌頭讓他出現激烈的反應，但還沒有深入到裡面那個他喜歡的位置。

舔人的人於是勾起嘴角，將手指插入溫熱的小穴中，緩慢的碰觸讓少年先習慣，然後才把舌頭抽了出來，慢慢地把中指整根塞入。

咕啾⋯⋯咕啾⋯⋯。

清楚敏感點的男人有節奏地抽出手指後再重新插入，少年於是緊閉著眼睛，輕輕啜泣，可卻沒有喊停。相反的，少年把腿張得更開，任由男人往裡面再塞入第二根手指，接著是第三根。

Pakin很清楚這一開始會有些疼痛，但接著會感覺愈來愈舒服。

疼痛感已經開始消散了，因為指尖撞擊在裡面的敏感點上，Graph張開了嘴巴，發不出叫聲，透明的液體則從嘴角流出。他感覺眼前閃爍著五彩繽紛的光芒，就好像快要高潮了。

在那之後，Pakin修長的手指來回摩擦。他身下的少年不停扭動身軀，聲音沙啞地喃喃道——

「夠⋯⋯夠了⋯⋯不要手指⋯⋯了⋯⋯哥哥的那裡⋯⋯要哥哥的那裡。」

Graph抬起滿是淚水的眼眸，渴望尋求能帶來更多歡愉的事

物。男人則伸出另一隻手拭去他的淚水，隨後毫不留情地將褲子扯下，露出已經完全勃起的碩大部位，接著一個上前，跨坐在少年的嘴巴上方。

「幫我含一下。」

噗啾。

Graph沒有拒絕對方的要求，立刻低下頭吸吮肉棒，舌尖四處舔弄，吸收這份無比熟悉的味道，然後再慢慢將肉棒送進嘴裡。他感覺到全身一陣酥麻，以及唇間被填滿的熱度。等到身體逐漸適應，Graph的頭開始緩緩地前後擺動，感覺到身上之人因滿足而緊繃的反應。

「很棒，好孩子，就這樣……你很清楚我喜歡怎樣。」

Pakin以低沉的聲音說道，低頭看著那張正在取悅他的俊美臉龐。他緩緩地前後擺動臀部，小心翼翼地避免塞得太深，要是頂到咽喉，對方會沒辦法及時換氣。就這麼緩慢推送，直到覺得足夠了才抽出來，輕輕擦去少年唇邊的水漬。

「哥……。」

「知道了，我現在就給你。」男人低喃道，彎身吻去少年的眼淚，接著把熾熱的部位抵在窄小的肉穴上磨擦。

這股熱度讓Graph也跟著收緊小穴承受，接著……。

噗滋。

「嚇！哈啊……哈……哈啊……啊啊……哥……舒服……好舒服……。」Graph猛地一震，小腹收緊。如火炬般的熾熱肉棒這時一點、一點插進他的身體裡面，直到整根沒入，Graph忍不住發出了呻吟聲，舒服到難以用言語來形容。

這股熟悉的熱度讓他的身體也跟著全力迎合。

「喜歡嗎？」

身上之人這麼問道，執拗的少年隨即用力點了點頭。

「喜歡……喜歡……動一下……動……嗝。」少年聽了便誠實地回答，感覺自己愈來愈按捺不住，因為對方遲遲不肯動。

而這句可愛的回答使得Pakin這才……開始行動。

啪。

「啊～！還要……哥……還要……。」

滾燙的肉棒向外拉到極限，緊接著慢慢地整根沒入，逼得Graph撲上前焦急地低語，直到那個壞心的人終於肯照著他的請求再次擺動身體，不過依舊緩慢得讓人難以忍受。這使得承受的人發出顫抖的呻吟聲，把自己的嘴唇咬得通紅。

啪、啪。

Pakin這時把手伸向被閒置的自慰杯，以相同的速度擺動，然後彎下英俊的臉去吮抵Graph硬挺的乳頭。這前後、上下同時襲來的挑逗，搞得Graph快要窒息。

高大的男人隨後悄聲道：「前面還是後面？」

「什……什麼……？」正沉浸在歡愉當中的人不禁困惑地問道。

啪、啪。

「呃！唔……。」

見少年不回答，男人便用力地抽送，讓純真的少年叫到語無倫次。隨後他低沉的嗓音再次強調——

「就是這個啊，喜歡哪種……這個……還是……這個？」Pakin重複做了一遍，為了說明自己問的是哪件事。

少年微微睜開因淚水而變得模糊的眼眸，然後聲音顫抖地呢喃道：「哥。」

「嗯？」

「哥……哥哥的……要哥哥的……我喜歡哥哥……愛哥哥……只要是哥哥，想做……什麼都……可以。」

！

Pakin聽了，頓時一愣，胸口裡的那塊肉跟著悸動，因為他的戀人正訴說著自己的選擇……就是他啊！

不管Pakin想做什麼，Graph都會全然接受。

「對不起，是我吃醋吃得太過火了。」接著，這個吃醋的男人在少年耳邊低喃，並且在他帶著汗水的額角印下一吻，隨即解開了纏繞在他手腕上的繩索。

啪。

「哥……動一下……這樣……很難受……拜託……拜託……。」當手一獲得自由，Graph就撲上去抱住男人的脖子。

Pakin聽到這席話，立即給予Graph一個吻作為獎勵。Graph張開嘴，接受這令人陶醉無比的觸感，他任由對方掃過自己的雙唇、整個口腔，接納對方把溼潤的軟舌探過來侵犯自己的舌尖。Graph感覺自己像是來不及換氣，然而下半身的推送所帶來的情慾卻同時襲捲而來。

啾。

在那之後，Pakin把用來當成選項的自慰杯放到床邊，將Graph的小屁股提起來，緊接著……。

啪、啪、啪、啪。

「啊……舒服……好舒服……哥……啊、嗯……。」

「Graph……你這個執拗的小子……以後不准再那麼做了……知道了嗎！」肉棒抽插的節奏這時變得越發猛烈，直到Pakin的背部布滿了汗水，突然肉棒猛力插入溫熱的肉穴之中。

Graph用力地點點頭，顫抖著聲音答道：「啊……啊……我

是哥……一個人的。」

這句話不管聽幾次，都會讓這個權勢漫天的男人為之悸動，他不禁伸出雙手，緊緊收攏這具白皙的身軀，臀部的擺動也劇烈到快令人窒息。他接著語氣堅定道——

「我愛你，Graph，我愛你。」

這份愛，讓他對Graph的占有欲比任何人都強烈，只是看到Graph和Pawit接吻，內心就焦躁得快要瘋掉。雖然他很清楚，這兩個人之間並沒有超越兄弟情誼的關係。Graph愛的是他，而Pawit愛的是他的親信，他們兩人只是有著深厚的羈絆。但當他一看到他們接吻，甚至還用舌頭……不，其實就算沒有用舌頭，他也差點就要抓狂了。

「唔！！！」

一想到這裡，Pakin滾燙的嘴唇便覆上少年那紅腫的唇瓣，彷彿在宣告這是屬於誰的。與此同時，身體擺動的迅猛節奏也變得更加熱烈、強勁、快速，讓身下那具纖細的身軀激動地抽搐，彷彿在某個瞬間就會釋放出來。

此時，肉體撞擊的聲音越發響亮，與那甜美之吻所發出的喘息聲交織在一起，兩人全身布滿汗水，而終點就在觸手可及之處。

「啊哈……呼……呵啊……呃！！！」

Graph已經先射了，而快速收縮的肉穴也使得Pakin繃緊身體。他咬緊牙槽，不想承認，但許久之前曾被他羞辱不諳床事的Graph，此刻穴口不斷地收縮，使得他僅僅將肉棒靜置在裡面，就這麼釋放出來了……混濁的黏液射進了溫熱的肉穴，將它填滿之後，Pakin才慢慢地把肉棒抽了出來。

啪。

「噢～！」

大個子發出一聲驚叫，因為那個抱住他脖子的人狠狠地在他肩上揍了一拳。對方用力掙脫，即使雙腿還在顫抖。少年瞪向他的眼神閃著火光，雖然疲憊乏力地喘著氣，但卻氣得破口大罵。

「哥神經病啊！神經病！怎麼能這麼做！我都說了，Win哥對我來說，就只是兄……兄弟！聽到了沒有！！！」

說話的人累到連呼吸都不順了。Pakin見狀，伸手將那個試圖掙扎、但還沒有反抗力氣的少年抓過來，緊緊抱住。

「對不起……我吃醋吃過頭了。」

「無理取鬧！」對方做這種事情讓Graph非常生氣，坦白說他一點也不喜歡，但當他被這個男人緊緊抱著，再加上那附在耳邊的呢喃低語，他的心就立刻軟了下來。

「我真的很抱歉，對，我是無理取鬧。但別再像那樣和Win接吻了。」

「那哥呢？我又怎麼知道哥會不會做這種事！」少年目光明亮地說道，他用手背擦掉因情慾所流出的眼淚，只剩下憤怒的眼神。

「自從我答應過你之後……我就再也沒有碰過任何人了。」

「……」

聽到這話的人沉默了，但他的眼神仍帶著懷疑，這讓Pakin再次鄭重地保證：「我發誓。」

「哥……真的不會那麼做吧？」

「真的，我只愛你一個人，只有你一個人。」

有了這句承諾，憤怒的人逐漸冷靜下來，身體慢慢地放鬆，靠向男人溫暖的胸膛，注視著那雙認真的凌厲眼眸，然後閉上了眼睛。

「不要這樣，哥，我真的很害怕。每次哥生氣，我都會很害怕。」

「對不起。」對誰都不肯道歉的男人，卻對這個少年說了不知道多少次這句話。

直到Graph主動抓住對方的手，抱住自己的腰，接著依偎在對方懷裡。雖然他自己堅持說這不是撒嬌，但在旁人看來……這根本超級愛撒嬌啊！

「以後要聽一下我的話好嗎，哥？別再說什麼『Pakin就是規則』了，我的心臟受不了。」

「我盡力。」

「不能保證嗎？」

聽到這話的Pakin嘆了口氣。他很想保證，但他不想食言。而執拗的少年似乎也能理解。

「盡力就很好了。」Graph笑著說道，然後翻了個身，爬到Pakin哥的胸膛上，把兩隻手撐在他寬闊的胸口上，俊俏的臉慢慢地往下探。

「我也喜歡哥吃醋啦。只是能不能像一般人一樣吃醋？像這種黑幫老大的吃醋方式，一個高中生是會承受不住的，哥。」

得了便宜還賣乖的這番話，讓男人忍不住捏住他的鼻子搖了搖。

「當黑幫老大的老婆，就要承受得了啊。」

「再給我五年的時間，到時候讓你看看我會變得比現在還要大膽。」

少年玩笑似的說著，這話讓聽的人緊緊抱住他，用力親了一下，然後承諾道：「我的一生都可以給你。」

「那能不能對我下手輕一點？全都瘀青了！」Graph說完，

決定主動湊上去輕輕地親吻那好看的嘴唇,眼神還帶著撒嬌的意味。

這模樣看得Pakin微微瞇起了眼睛。

這個樣子……看來是想要求點什麼。

「想要求什麼?」

明白Pakin哥看穿了他的想法,Graph這時露出了燦爛的笑容。

「要交換條件嘛,哥。你懲罰了我,那我也要獎勵。」

「說吧。」

「先答應。」

「先說是什麼。」

「先答應。」

「Graph。」

「Pakin哥!」

其實,Pakin本來可以不答應的,但看到這執拗的少年露出一副好像很委屈的表情看著他,最後只好答應。

「好吧。」

就這樣,他最想看到的笑容隨即綻放,映入他的眼簾。然而,少年接下來所說出的話,卻讓他的笑容瞬間消失。

「從今以後,哥有責任幫金派洗澡……就這樣!」

當然,身為一個工作繁忙的人,沒有這麼多閒暇時間,但當他看到少年那滿意的表情,就只好……。

「如果不是你,我才不會答應呢。」

「如果不是哥,我也不會『故意報復』的。」

少年直白地接口,讓高大的男人……翻了個身。

「那我要收洗狗的費用。」

「多少我都付得起。」

而這種挑釁的話,讓Pakin決定好好教育一下這小子,讓他明白⋯⋯清償黑幫老大的債,比想像中還要嚴酷。

特別篇〈前面還是後面〉完

特別篇

執拗小孩風

「Pakin哥,心軟一下啦。」

「不行。」

「吼,哥,才一下下而已。」

「不行就是不行。」

「Pakin哥。」

「就算你叫到喉嚨沙啞也不行。」

此時,家裡所有的人都忍不住轉頭看向大門敞開的辦公室,接著就看到正用雙手撐著辦公桌站著的少年,而坐在桌後的那個人則堅決的說……不可能。

「就兩天而已,哥,就兩天。」

「你有沒有看過新聞,說小孩被海浪捲走,因為跟朋友跑去玩?」

「哥,我可是從山上摔下來都沒死的人,而且我這次是去瀑布!」

「別拿這種事情來跟我談條件。」

「Pakin哥!」

事情的起因無他,就是眼前這個大聲喊叫的少年,想請求和同學一起去瀑布玩的許可。這是學校舉辦全班一起出遊的活動,為期兩天一夜。如果是在以前,Graph或許沒什麼興趣,甚至能蹺則蹺,但現在他和同學們的感情愈來愈好,加上這是高中的最後一年,他也希望能充分體驗。不過,這位「監護人」不肯答

應。

這樣的請求已進行到了第二天，而家中的所有人正偷偷地下注，看這場比賽誰能勝出，是那個愛操心的冷酷男人，還是那個擅於纏人的執拗少年。不過看起來，分數似乎比較偏向少年那邊。

「那我就去找我爸簽同意書好了！」

「你爸已經把監護權轉給我了。」

「哥你非要這樣是吧！」

「對。」

Pakin點了點頭，看著眼前一心想去旅行的Graph。不過他就是擔心這孩子的安全，這次還是去瀑布。上次去海邊都能從山上摔下來了，這次難道不怕從懸崖摔進山谷嗎？

面容英俊的男人於是緩緩地搖了搖頭，激得少年差點抬手拍桌子。

「好吧，如果哥非要這樣，那我也不會認輸！」

Graph對著男人的臉大吼，隨後大步流星地走出辦公室，想讓情緒冷靜下來。當然，他絕不認輸，他只是需要想個辦法來對付這個鐵石心腸的人罷了。

快想想啊，Graph，想想該怎麼做！

方法一：

「Pakin哥，累嗎、累嗎？我做了飯，讓哥第一個嚐嚐看！」

用手藝討好他。

Graph滿意地看著自己精心改良後的炒打拋肉，無論是色澤還是賣相，看起來都相當美味可口，就像是從食譜中端出來似

的。這時他把食物直接推到這個正在和Chai哥討論公事的人面前，也不管對方是不是在談重要的事情，他覺得自己做的飯更重要。

Pakin果然瞇起了眼睛。

「不是又不小心灑了一堆魚露吧？」

「絕對沒有，Kaew嬸可是有全程監控呢！」Graph搖搖頭，然後露出一副楚楚可憐的眼神。

「哥，你不吃嗎？」

「唉，拿過來吧。」之前那盤滿是魚露的炒打拋肉他都吃光了，現在他已經愛上了這小子，怎麼忍心讓對方傷心掉淚呢？於是，他只好將盤子拿到面前，在Panachai覺得滑稽的眼神注視下……。

「真的能吃嗎？」

「看起來很美味，對吧，Chai哥？」Graph隨即尋求幫手聲援，這個幫手於是淺淺一笑。

「是，看起來還不錯。」

重點其實是味道才對。

Pakin嘆了口氣，還是舀了一匙放進嘴裡，然後……頓住了。

「怎麼樣，哥？」

「呃……還不錯。」男人差點脫口說出實話，但看到那小子滿懷希望的眼神後，便不忍心傷害他，於是勉強吞了下去，說了句讓他開心的話。

Graph露出了一個燦爛的笑容。

「那我做給哥吃了……哥就讓我去旅行吧！」

哐噹。

整個盤子立刻被放回桌上，伴隨著男人沉重的聲音——

「不行。」

「哥！我為了這道菜，特地從早上就進廚房了耶！你一定要答應我！」

「說不行就是不行。」

「可惡！」

Graph本以為對方會順著自己，難得拚了命地做午餐給對方吃，卻沒得到預想中的結果，於是忿忿地罵了一句。這聲咒罵讓Pakin用警告的目光看了他一眼，無法如願的Graph只好氣鼓鼓地離開了房間。

等到Graph離開後⋯⋯。

「需要我拿去丟嗎？」一直在旁觀察的Panachai隨後開口問道，目光落在那盤看似美味，但彷彿隱藏著某種危險的炒打拋肉上。

Pakin聽了沉默了一下，隨後搖了搖頭。

「他特地做給我的，我還是自己吃掉吧。」

嘴上這麼說，但他其實也不確定自己的胃能不能撐得住。因為這次即使沒有灑太多魚露，但很有可能把糖和味精搞混了。搞不好，那小子最後還真能去旅行，因為他可能需要住院治療了。

方法二：

「Pakin哥，要洗澡了嗎？我幫你放水吧。」

這一天，Pakin回到家時已經是晚上十點多了。他結束和Siraphop的工作會談之後，一走進臥室，已等候多時的Graph便立刻彈起身，朝他衝了過來，帶著迷人的笑容詢問他。這本該讓人感到欣喜，但往深處一想，他又怎麼會不知道⋯⋯這小子討好

他，是想要獲得獎勵。

「我淋浴就好。」

「哥，你回來這麼累，還是泡個澡吧。我已經幫你放好水了……啊，還有牙膏！」Graph笑顏燦燦地說道，隨即跑進浴室搗騰，又是擠牙膏，又是往浴缸裡再加水，還把毛巾準備好。

跟著進去的Pakin深深嘆了口氣。

「如果你做這些是為了達到目的，那就不必了。」

「我沒有啊！哥，來來來，我幫你脫衣服。」

Graph立即搖搖頭，大步走過去，從背後幫他脫下西裝外套，接著又幫忙脫了襯衫和褲子，差點連洗澡都想包辦了。他耗費那麼多心力，就只為了一個目的。

「就算你再怎麼撒嬌，我也不會讓你去的。」

「就讓我去嘛，兩天而已，而且有這麼多人一起去。」

Graph依然不肯放棄，甚至打算一直這麼糾纏下去，直至達成自己的願望為止。千萬不能小看這個煩人的孩子，他會一直耗到達成目的，就連這個冷酷男人的心都得到了。

「不……操，好燙！」Pakin搖搖頭，準備把腳放進浴缸，想藉此結束這個話題，卻沒注意蒸氣飄得有些不正常，直到腳尖一碰到水面……直接爆粗口。

「你是想煮蛋嗎！！！」

Graph立刻回頭看了一眼，然後露出了尷尬的笑容。

我有點太過興奮了，所以忘了放冷水。

「那哥你洗吧……我去……嗯……打遊戲了。」既然闖了禍，怎麼可能還留下來等著被修理？Graph立即從浴室裡跑了出去，被燙到的那個人也來不及抓住他，接下來他只聽到身後傳來的咆哮聲。

「別讓我抓到你！」

第二招以失敗告終，看來還沒成功就得先送命了。

方法三⋯⋯不斷纏著他！

「哥，我錯了，我不是故意的，別生我的氣了好不好？」

「我又沒生氣。」

「吼，Pakin哥，我真的是好意啊。」

Graph拚命辯解，看著那人一如往常赤身裸體地鑽到被窩裡，只留燙傷通紅的部位晾在被子外面。Graph接著湊上去，挨近對方，又是用頭、又是用鼻子磨蹭，就像金派一樣，但看來似乎沒奏效。

「就算撒嬌也沒用。」

「如果哥答應讓我去，我就不再纏著你了。」

「你要纏就纏吧，這樣還挺可愛的。」

房間的主人絲毫不以為意，他相當喜歡少年纖瘦的身體擠過來，又是撒嬌、又是擁抱，還露出一副可憐兮兮的眼神。況且少年說話的聲音溫柔嬌嗲，不管怎麼聽，也不覺得哪裡讓人厭煩了。

最近，他甚至開始喜歡Graph撒嬌了。反正對他撒嬌，他也沒什麼損失，儘管這小子所做的每一件事，總是伴隨著危險，符合「自找麻煩的小鬼」這個名號。

「Pakin哥，說真的，我非常想去。」

「說真的——」Pakin凝視著少年的眼睛，隨即彈了一下他的額頭。

「我就是不讓你去，睡吧。」然後他就直接躺下身，背對著少年，不理會那個皺著一張臉的小子。

然而，Pakin似乎太小看Graph了，畢竟這小子的過去行為曾讓他氣到恨不得直接把人扔出家門，因為……。

啪嗒。

「好不好嘛～」

「……」

「好不好嘛，Pakin哥。」

「……」

「拜託，就兩天而已。」

無論他怎麼閉上眼，都會有聲音鑽進耳朵，讓他無法入睡。甚至還有兩隻手緊緊抓著他的手臂，而且還時不時地晃動。

「哥就讓我去嘛，好不好～」

「……」

「Pakin哥～」

「……」

「好啊，那我就一直纏著哥，直到哥答應讓我去為止。」

不管他再怎麼保持沉默，旁邊那個小子就是不肯睡覺，甚至還爬起來盤腿坐著，用力搖晃他的手臂，然後開始用刺耳的聲音唱歌搗蛋。

Graph決定繼續這麼做，直到Pakin哥同意為止。

「唱這首好了……告訴我，你為什麼這麼無情無義，是因為我犯了錯嗎……我應該怎麼做……才能讓你變回原本那個深愛我的人～」他還加了抖音。

唰。

「唉！」最後，忍無可忍的男人重新坐起身來，銳利的眼神閃著火光，令人不寒而慄。

「你是打算繼續鬧，直到我答應？」

「對～～～」

「那我看,還是讓你發出其他聲音好了。」

Pakin作勢要撲上去抱住並教訓這個纏人的小子,但卻被Graph先一步舉手擋了下來,接著開始討價還價。

「先答應讓我去,不然我不讓你做。」

聽到這話,Pakin氣得閉上了眼睛,結果讓他更氣的是……。

「就算哥有辦法讓我現在閉嘴,但是明天、後天,直到旅行的那一天,哥都會一直這樣被我煩下去。好吧,來啊。哥也很清楚,我纏了哥十年,不過就幾天的時間,我怎麼可能做不到!」

Pakin當然知道這小子做得到,而且還會做得相當成功。於是,他抬手將頭髮往後撥,看向那個一臉不服輸、直接瞪回來的人。

「好吧,讓你去也可以。」

「真的嗎!!!」Graph的眼睛瞬間瞪大,作勢要撲上去抱住對方,如果不是因為……。

「但我也要一起去。」

「啊,不要!」

「想去的話,就不要有異議。現在,談話時間結束了,我要睡了,晚安。」說完,說話的人直接躺下,完全不理會那個試圖表示想一個人去的少年。因為在他看來,這已經是最大的讓步了。

Graph聽了說不出話來,注視著那個說到做到的男人。

這次的旅行,絕對會有一位黑道老大前來監視這個高中生的生活。可是他實在萬分抗拒。

拜託,跟朋友出去玩,為什麼還要帶「爸爸」一起啊!

然而，為了能去……或許就只能帶著爸爸同行了。

這一次，執拗小鬼的方法，依舊纏到讓人煩躁，而老練大人對付他的方式……也同樣讓人無言以對。

特別篇〈執拗小孩風〉完

國家圖書館出版品預行編目(CIP)資料

Try me執拗迷愛/Mame著；胡瞳譯. -- 初版. --
臺北市：臺灣東販股份有限公司, 2025.04-
1冊；14.7x21公分
譯自：Try Me : Stubborn Wild (Pakin-
Graph)
ISBN 978-626-379-826-7(第3冊：平裝). --
ISBN 978-626-379-827-4(第4冊：平裝)

868.257　　　　　　　　　114002001

Published originally under the title of《Try Me Stubborn Wild (Pakin-Graph)》
Author © MAME
Traditional Chinese (Complex Chinese) Edition rights under license granted by Me
Mind Y Co., Ltd.
Traditional Chinese (Complex Chinese) Edition copyright © 2025 Taiwan Tohan
Co., Ltd.
Arranged through JS Agency Co., Ltd, Taiwan.
All rights reserved.

Try Me 執拗迷愛 4

2025年4月1日初版第一刷發行

作　　者　MAME
譯　　者　胡瞳
插　　畫　HT
編　　輯　魏紫庭
美術編輯　許麗文
特約編輯　何文君
發 行 人　若森稔雄
發 行 所　台灣東販股份有限公司
　　　　　＜地址＞台北市南京東路4段130號2F-1
　　　　　＜電話＞(02)2577-8878
　　　　　＜傳真＞(02)2577-8896
　　　　　＜網址＞https://www.tohan.com.tw
郵撥帳號　1405049-4
法律顧問　蕭雄淋律師
總 經 銷　聯合發行股份有限公司
　　　　　＜電話＞(02)2917-8022

著作權所有，禁止翻印轉載，侵害必究。
購買本書者，如遇缺頁或裝訂錯誤，
請寄回更換（海外地區除外）。
Printed in Taiwan